NF文庫
ノンフィクション

海軍特別年少兵

15歳の戦場体験

増間作郎／菅原権之助

潮書房光人新社

まえがき

あの忌まわしい戦争が終わってから、すでに半世紀を越える歳月が流れてしまった。しかし、だからといって、生死を賭したあの戦争中を、そして惨めな戦後を生き抜いてきた私たちは、それをあっさりと忘れ去ってしまっていいものであろうか。

私自身も国民学校を卒業したあと、満十五歳二ヵ月で海軍へ身をおいた。それは単純な憧れや物珍しさからの志願ではなく、国家の危急を救い、民族の安泰を願う純粋な真心からであった。

そこには、四月生まれの私より遅く出生した十四歳の者が大部分を占めていた。若い者を一人前に、しかも真に役立つ人間を短期間につくりあげる。そこに待っていたのは、血を吐くような猛訓練であった。それが海軍特別年少兵、すなわち海軍特年兵の制度だったのである。

十ヵ月半にわたる海兵団の基礎教育を経て、さらにそれぞれの適性に応じた術科学校へ

——三ヵ月あるいは四ヵ月の普通科教程を終えた同年兵たちは、章持ちの軍人として、勇躍各地の航空基地や艦船部隊へ配属されていった。

駆逐艦に乗り組み、新鋭の電探機器を担当した同年兵もいた。あるいは基地周辺の二十五ミリ連装機銃班の長として、十名にもおよぶ年長の兵士たちを指揮しながら、敵機と交戦した金勲配置の同年兵もいた。

また輸送艦乗員となり、敵潜水艦の目をくぐり抜けては八丈島へマニラへと、兵員や武器食糧運送に携わった戦友もあった。硫黄島で最後まで戦い玉砕した同年兵、異境で病魔におかされ、父母の国へ遂に還れぬ仲間もあった。

私たち第二期生三千九百名のうち、じつに千四百名余が、十五、六歳の若い生命を戦場に散らしたのである。

昭和十七年九月入団の第一期生から、終戦の年の第四期生まで、全国より四海兵団へ入団した特年兵一万七千四百名中、五千名余の戦歿者、それは三割にも達する大きな犠牲であった。その事実が、海軍沿革史に一行も書かれていないという〝幻の少年兵〟だったのである。

だが、この埋もれた特年兵たちの歩みも、第一期生の小塙清春氏の積年の解明により、ようやく曙光を見出すことができた。そして、昭和四十六年の五月十六日、東京都内東郷神社境内に、生存者よりの醵金八百余万円をもって、いまは亡き特年兵たちの御霊を祭る慰霊碑の建立をみたのであった。

また、昭和四十七年には、東宝映画株式会社が、創立四十周年記念作品であると同時に、八月十五日シリーズの第六作目として、今井正監督による「海軍特別年少兵」を製作上映し、多くの観客に深い感動を与えたのである。

私は幸いに生き残った一人として、自分たちが当時、置かれた時代の背景と、若い兵士たちの哀歓とを収録しておくべきではないかと、自問自答を繰り返してきた。そして、同期生諸兄の協力を得てどうにかまとめあげたのが本書である。

焦点となるべき海兵団生活はまだまだ突っ込みも浅く、表現も稚拙であるかもしれない。ともあれ、若くして逝かれた多くの特年兵の御霊よ、どうか私の微意をうけられんことを。

そして、これら特年兵たちの存在を、いつまでもいつまでも語り伝えられることを念じてやまない。

増　間　作　郎

海軍特別年少兵——目次

写真提供／著者・雑誌「丸」編集部・米国立公文書館

海軍特別年少兵

15歳の戦場体験

第一章　戦争のあらしの中で

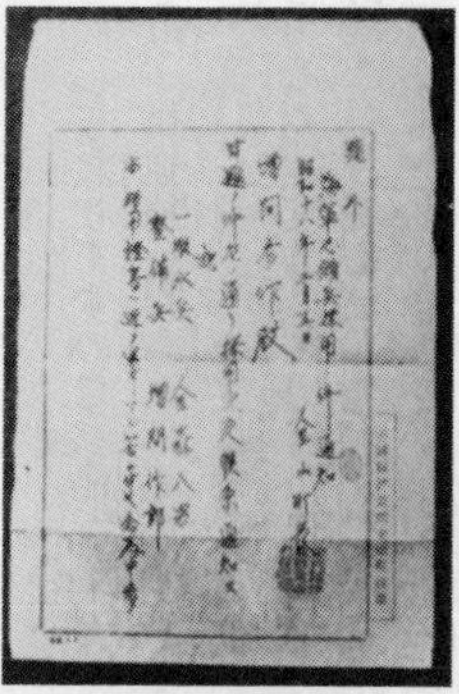
海軍志願兵の採用通知

一通の葉書から

その夜、私は職場の同僚と飲んで遅く帰宅した。するとそこには、遅い帰りの私を待ちわびていたかのような風情《ふぜい》で、一通の葉書が机の上にのせられていた。もちろん、葉書に〝風情〟などのありようもない。だが、そのときのことを後で考えてみると、やはりそのように思えてならないのである。

その葉書は、かつて横須賀海兵団第六十三分隊で一緒だった山下芳文君からのもので、そこにはつぎのような文面が書かれていた。

◎海軍特別年少兵、第二期練習生（六十三分隊）卒業生の皆様へ

戦後二十六年目を迎え、往時の思い出も年々遠のいて行く昨今ですが、同期生の皆様には

いかがお過ごしでしょうか。

さて、数年来、各鎮守府の特年兵出身者による親睦団体「特年会」が、一期生を中心に結成されてきましたが、このたび、幼くして戦場に散った私達仲間の勲と誠心を顕彰し、後世に伝うべく、東京の東郷神社に、特年兵戦歿者慰霊碑建立の運びとなりました。昨年十一月、地鎮祭も滞りなく終わり、宮内庁を通じて、皇后陛下から、特年兵戦歿者のため御歌も賜わり、来たる五月十六日の除幕式を目指して、有志一同努力しているところです。

ついては、このことをもっと多くの戦友達に知らせようと、在京有志相はかり、厚生省の理解ある協力を得て、当時の名簿が判明しましたので、これをもとに連絡申し上げる次第です。

ちなみに、六十三分隊出身者二百五十四名のうち、戦歿者は十四名です。皆さんからの消息を鶴首しています。

◎親せき関係の方へお願いします。

なに分にも、三十年近い昔の名簿を頼りに、戦友を探しておりますので、住所その他に異動のある方もあると思いますので、消息御存知の向きは、御連絡くだされば幸いと存じます。

葉書を読みすすんでいくにつれて、酒の酔いも少してつだってか、なつかしさがむしょうにこみ上げてきた。居ても立ってもいられないのである。そこで私は、発信人である東京都内在住の山下君に電話をかけた。深夜であったのと、宮城県からの電話ということで、受話器の向こう側の山下君もおどろいているふうであったが、とにかく今後はおたがいに手をとり合ってやっていこうと話し合って、ひとまず電話をきった。

だが、三十年ぶりでの戦友との会話に、すっかり興奮気味の私は、とてもとても寝つかれるどころではない。さっそく机に向かって、山下君宛に手紙を書きだした。すると、三十数年前の少年時代のことが、戦時中のことが、そしてまた海軍のこと、戦友のこと、苦しかったこと、悲しかったことなどが、つぎからつぎへ頭の中に浮かんできて、いつのまにやら酒の酔いも消えはてて、さめた頭が遠い過去の中へもどっていくのであった……。

戦火おこる

昭和十二年七月七日、北中国の盧溝橋に端を発した日支事変（中国はその当時、中華民国または支那と呼ばれた）は、近衛内閣の不拡大方針にもかかわらず、戦火はあたかも燎原の火のごとく四方に燃えひろがっていった。

現役兵は、ぞくぞくと戦地に送りこまれ、国内は急速に緊張の度を加えていく。そのような状況の下に、十一月には、いわゆる枢軸国と呼ばれた日独伊の三国防共協定の成立をみたのである。

日本の軍隊は、進撃の手をゆるめることなく、十二月十三日には首都の南京を陥落させた。しかし、戦火の地域が伸展するにつれ、応召兵が歓呼の声に送られて出ていくのも、しだいに増えていった。

明けて十三年の三月二十四日には、忘れもしない国家総動員法が成立した。まさに国を挙げての戦争の様相を帯びてきたが、七月十五日に、こんどはソ満国境において張鼓峰事件が起き、軍民はいっそう深刻な事態を迎えるにいたった。

十月二十七日、ついに武漢地区を攻略し、国内では提燈《ちょうちん》行列などの祝賀行事が盛大に行なわれた。

ところが、十四年の一月、近衛内閣は総辞職した。七月には国民徴用令が公布されて、それからは一家の柱である主人も、あるいは若者も徴用として軍需工場へと向けられていった。

一方、世界の動きは、九月一日、ドイツ、ポーランドとの間に戦いが開かれ、翌々日には、イギリスがドイツに対して宣戦布告をして、いつのまにやら世界戦争への道を走りはじめた。

開戦のニュース

昭和十六年十二月八日未明、日本はハワイの真珠湾に奇襲攻撃を敢行、戦艦を主力とする米国極東艦隊に痛撃を加えた。午前七時、ラジオは勇壮な軍艦マーチのうちに、歴史的な第一報を、館野守男アナがつぎのように報じた。

「――臨時ニュースを申しあげます。臨時ニュースを申しあげます。大本営陸海軍部、十二月八日午前六時発表。帝国陸海軍は今八日未明、西太平洋において、米、英軍と戦闘状態に入れり」

青天の霹靂《へきれき》とでもいおうか、それは大きな驚きであった。もっとも、米英などとの情勢が悪化しつつあることについては、私たちも漠然と知ってはいた。が、いま現実に、これらの大国を相手に決戦を開始したとなると、やはり驚きを感ぜずにはいられなかったのだ。

当時、私は国民学校の高等科一年に在学中であった。臨時ニュースを聞き、まもなく登校したが、仲間たちはこの話でもちきりとなった。そのうちに、だれからともなく、教室のうしろの壁板に貼られた世界地図の前に集まった。

赤く塗りつぶされた豆ツブほどの日本、その日本が数十倍、いや数百倍にもおよぶかと思われる国々と戦いを交えたという。しかも、真珠湾攻撃は功を奏して、敵艦船の破壊は甚大であったというし、港湾の設備やヒッカム飛行場の損害もかなりであったらしい。ラジオは、その後もひきつづき戦果の発表を放送していた。私はひとりでに胸が高鳴り、からだがふるえるばかりの感情が、われとわが身をひしひしとおし包んできたのを覚えている。

「天佑ヲ保有シ万世一系ノ皇祚《こうそ》ヲ践メル大日本帝国天皇ハ昭ニ忠誠勇武ナル汝有衆ニ示ス。朕茲《ここ》ニ米国及英国ニ対シテ戦ヲ宣ス……」

天皇による宣戦の詔勅が発表されたのは、正午のことであった。

朝礼と国民体操

世が世であっただけに、学校での生活にも軍事体制の影響力が濃厚にはいりこんでくるのは、仕方のないことだった。当時の校長先生は斎藤源次郎氏で、なんでも人づてに聞いたところでは、国学院神学科卒業らしいとも耳にしている。そういえば、いまにして考えると、思い当たるフシがないでもない。

私どもの学校、つまり金山町立金山国民学校は、児童生徒数四百人足らずの小さな学校であった。初等科一年から高等科二年まで、各学年とも一組であって、いまでいう男女共学が行なわれていた。したがって、他の学校へ転出するとか、初等科六年卒業後に進学でもしなければ、同級生は八年間、教室を共にしたのである。

登校して校門をはいると、最初は校庭の南東隅に置かれた奉安殿に敬礼する。つづいて職員室の二階にあった霊安室に、向きをかえて敬礼した。この部屋は裁縫室であるが、戦死者の遺影がならんでいた。そして各自の教室にはいり、教科書を机に入れながら、学友と昨日の退校後の出来事などをガヤガヤと話してから、校庭に出て遊ぶ。

あのころは強い雨でも降らないかぎり、一年を通じて、校庭での朝礼があったものだ。校庭は南北に少し長い矩形である。その校庭の南北ほぼ中央の東端に、指揮台が設けられていた。

ほどなくして、〝集合〟合図のサイレンが吹鳴される。指揮台を中心に南側が女性で、男性は北側であった。各組は男女とも二列に並ぶのだが、初等科一年生が指揮台前に、そこから見れば高学年になるにつれて両側に離れていき、各列は身長の小さい者が先頭に、大きい者ほどうしろに並ぶ。指揮台から見やすいように整列させたものであったろう。

教師たちはサイレンが鳴ってから職員室を出てきたが、児童生徒たちは、その間に各列が適当な間隔をとって隊形を整えていた。教師は担任の子供が男女に分かれても、男性教師は男子の前に立った。当直の教師が指揮台にあがり、「気をつけ」「前にならえ」「なおれ」。つづいて「番号」――と号令がかかる。このとき、指揮台にあがって号令をかけるのは、男性教師だけであったようだ。

全員威儀を正す。そして、奉安殿の方に向かって「敬礼」をする。つづいて国旗掲揚が行なわれた。掲揚塔は奉安殿敷地の一番南西にあり、すぐ近くに、町内の有志から寄贈された二宮金次郎の石像が立っていた。

日本機の真珠湾攻撃により炎上する戦艦ネバダ

掲揚塔の下には国旗を持った二名がおり、そのそばには四名のラッパ手がいる。かれらはいずれも高等科二年の男子生徒である。当直教師の合図で二名が国旗を掲揚糸に結び終えると、今度はラッパ手へ準備よしの連絡である。四名はラッパを口に持っていき、いっせいに「君が代」を吹鳴する。

〽ドー、トー、タンタンテーン　ドー、トー、タンタンテーン………

国旗はラッパの吹鳴にしたがって、するすると揚がる。掲揚係は緊張しながら糸を引く。吹鳴が終わると同時に、国旗が頂点につくように配慮しなければいけないのである。なれてくると、何回糸をたぐれば頂点につき、ラッパ吹鳴中のどの区切りのときはどの高さか、ということまで、知りつくしたものであった。ここで掲揚係二名だけが自分の列にもどり、ラッパ手の四名は指揮台の近くに並ぶ。

校長が指揮台に立つ。高等科二年の級長が、各学年の列の前を通り、校長の方へ歩いて行く。左向きとなって校長と向かい合ったあと、三歩前に出て立ちどまる。校長が全児童生徒を見渡したところで、級長は、「お早うございます」と挨拶をする。同時に、教師、児童生徒の全員が、「お早うございます」と挨拶しあう。そのあと校長や教師の注意事項、日課行事などの話があってから、校歌の斉唱があった。

このときは、音楽を好む女性教師が指揮台にあがり、三、四の合図でタクトを振るう。校歌は地元出身の大槻正治医博が、紀元二千六百年記念として寄贈されたもので、下村千秋氏作詞、作曲は布施元氏によるものであったが、みんなは、この歌を大きな口を開いて歌ったものである。

朝礼の最後は体操であった。それも、昔から行なわれていたラジオ体操ではなく、国民体操と呼ばれたものだ。

若い教師は、真冬でも上半身裸になり、張り切ってやっていた。その姿が、いまでも眼に浮かぶようである。

手を伸ばす、膝を曲げる――一挙手一投足を熱心にやらなければならない。ただ懸命にやることである。適当に動いていたなら、たちまち教師が飛んできて、突き倒されるばかりだ。

寒の最中ともなると、国民体操が終わったあとも、天突き運動を何十回ともなくやらされる。

この体操が終了し、上着をつけると、ラッパ手たちが二人交互に吹鳴する「速足行進その一」で各教室へはいる。このときも、履物の整理がまずいと、やり直しをさせられたのである。

また、たまに朝礼がない時は、歴代天皇の諡号《しごう》、あるいは教育勅語を暗誦したもので、天皇諡号は六年のころには、第百二十四代の今上天皇まで、脳裏に刻みこまれたのである。

独得の始業前

教室へはいると、時間割にしたがった第一時間目の教科書を机の上に出し、筆記用具を準備する。追いかけるように教師がはいってくる。級長が「起立」と号令すると、全員がいっせいに席を起つ。

教師は、いったんみんなの方を向いたあと、すぐ後ろ向きになる。みんなは黒板に目をやる。そこには毛筆で、太く神詞が書かれていた。まず教師が「かけまくもかしこき」と、はじめのところを奏上すると、全員がその後を継ぐ。

神詞とは左記のようなものである。

かけまくもかしこき
天照大神の大前に
かしこみかしこみおろがみまつる

天晴《あっぱ》れ
あな面白《おもしろ》
あな手伸《たの》し
あな明《さや》け
おけ

ついで、二礼二拍手一拝となる。その拍手も単に両掌を合わせて、ぽんぽんと音をたてればよいというものではない。両掌をきっちり合わせ、右掌を左掌各指の一節分を引いてから、二度拍手をし、ふたたび右掌をもとへもどして終わるということである。

一呼吸の間をおき、今度は「誓詞」と級長がいう。みんなは黒板の右側に三行書かれた文字を、声高らかに読みあげる。その「誓詞」とは、つぎの三ヵ条から成るもので、これも校長先生の発案によったものであったろう。

一、私達は神国日本のため強い身体を鍛えます。
一、私達は神国日本のため正しい心を育てます。
一、私達は神国日本のため………。

このあと、教師がみんなの方へ向き直ったとき、級長が改めて、「おはようございます」というと、全員が同時に挨拶し、級長が「着席」の令をかける。

学問のすすめ

科目は国民科、理数科、体練科、芸能科、実業科とあった。国民科はさらに国語、国史、地理に別れ、国語はなお読方、綴方の二科目に細別されていた。理数科は算数と理科、体練科は体操、武道に、芸能科は音楽、習字、図画、工作、裁縫、家事と分け、実業科は農業だけである。

現在では中学生になると、教師も教科別になっているが、当時はそんなことはない。どの科目も担任教師が一切の教育に当たった。ただ高等科の修身だけは、校長が直接受け持ったが、その修身の時間というのが、かならず第一時間目となっていたのを覚えている。

また低学年のころは、女性教師が担当するのが常であったが、私たち同級生だけは、地元出身の浅田利邦先生が一年生時に、以後平間平吾、松野吉雄、島崎捨三、戸村香苗の五氏の受け持ちで八ヵ年を終えた。

先にも触れたが、そのころは教科別の指導ではなかったから、担当教師の得手不得手は、子供たちにそれなりの影響があったことは確かなようである。そして一人の教師が、場合によっては三年も四年も引きつづいて受け持つことさえあったのである。図画の好きな教員となると、その組の子供たちの絵を描く腕が上達し、周辺校との競技会での入選者が多くなり、これが同様に習字でも工作でも、そのような傾向がみられた。

私は尋常五、六年が島崎先生、高等科一、二年は戸村先生であったが、島崎先生は故郷ではエスペラントの先駆者として知られ、綴方、国史、図画を好んだ先生である。戸村先生もまた、綴方、国史などが好きで、香雨と号して俳句をよくした方であった。高学年を、このお二人に教えられたことが、やがては自分も紀行文を書くとか、詩や短歌、俳句に興味を持つ栄養源となったのであろうとも思う。

当時の体操、それは資材不足もあったせいか、もっぱら徒手体操で、ほかにはせいぜい鉄棒か跳び箱などを使っての運動が行なわれたくらいである。いまのように野球をやることもまったくなかった。ボールがないというだけでなく、ルールを熟知している教師も不在だったからであろうか。

武道は剣道一本槍であった。これは担任の教師が不得手のため、他の組を受け持っていた石田嘉兵衛先生にみっちり仕込まれた。

学期末の試験がすむと、その結果が各家庭へ知らされるのはいまと変わりはない。近頃は「通信箋」とか「学校と家庭のれんらく」と呼ばれているが、当時は「通信簿」といった。もっとも「通信簿」の上に一号ほど小さい活字で「学校家庭」の字句がはいっていた。

授業の成績となると、前記科目の国語のうちに、読方、綴方のほかに平均があり、別に全成績、操行の欄もあった。学校名が小学校から国民学校と変遷し、結果を表わす方法もやはり変わっていた。

私が入学した昭和十年度から十三年度までは甲、乙、丙であり、十四年度より十五年度までは点数で表現し、十六年度からは優、良、可などで示された。昭和十六年、優、良、可などで表現することを各家庭へ連絡した、学校からの小さな紙片が手許に残っているが、参考までに原文のまま左記へ掲載してみたい。

御知せ

児童学習成績通信簿に関しては、従来、甲、乙、丙若しくは点数にて発表致しておりましたが、国民学校令により次の通り発表することにいたしましたから御承知下さい。
○各科目の成績は、平素の状況、実践態度など綜合的に考察して、優良可の区分によって記載する。従って、操行は学科に含ませてあります。
○良はその標準点で、学年相応の程度を収めたといふ意味のもので、程度によって良上と良下がある。
○優は良よりも更にすぐれたもので、優のうち著しく秀でたものは「秀」の評語をあたへる。
○可は良の域に達せざるもの。

以上

優はそれ相当の努力をすればもらえたが、秀はそうたやすくはいかない。一科目に一人程度、それもせいぜい数科目にその評語が与えられたに過ぎなかった。

昼食と集団訓練

昼食も、その時間がきたら、すぐに食べはじめるというわけにはいかない。風呂敷をとき、弁当箱を机上に出す。級長が「箸取らば」と節をつけていうと、みんなが声を合わせて、つぎのように唱えた。

箸取らば天地《あめつち》御代《みよ》の御恵み　君と親との御恩味わえ

そして、「黙想始め」の号令に全員が目をつむる。やんちゃ坊主たちも、このときは口をつぐみ、声をたてる者などは一人もいない。しばらくは静粛なときが流れるのである。「黙想止め」の級長の声、「いただきまーす」の声とともに箸をとる。もっとも、教師もすべて同様であった。島崎先生は、よく口へ入れたら百回は噛めといわれた。食事が終わると、また級長が「箸を置く」と唱えると、みんなで左記のようにいう。

箸を置く時に思えよ報恩の　道に怠りありはせぬかと

このように、食事のときであっても、いまから考えると、ほんとうにびっくりするような手順をへたものであった。

以前は食事が終わったあと、午後の始業までの間は、思いきり遊べる楽しい時間であった。ところが、急迫した戦時下ともなると、そんな暢気《のんき》なことは通用しなくなってきた。いつのころからか、昼食後の活用が考えられてきたのである。

それは土曜日を除いて毎日の昼休みに、なにか一つずつを実施していくことだった。月曜日は集団訓練、金曜日は座禅と、その日によって実行科目は異なっていた。音楽練習会というのも何曜日だったかにあった。

わけても、印象強く思い起こされるのは集団訓練である。集合のサイレンが鳴る。全員が鉢巻をして校庭に並ぶ。このときには、朝礼の並びかたとはちがっていた。校庭の南の方に北を向いて並ぶ。

各学年ごとに、幟《のぼり》のような集団旗があり、代表者がこれを持つ。高等科二年生が第一集団であり、以下学年を下級に第二、第三集団と呼ばれ、初等科三年生が第六集団となっていたように思う。

初等科一、二年生は、まだ自主的に団体活動の能力を持たないことから、除かれていた。集合と同時に各級の級長は、「気をつけ」――「前にならえ」――「番号」と、つぎつぎと号令をかけて整列する。校長がやはり指揮台に起つ。ラッパ手が指揮台の反対側に並ぶ。「分列行進開始」の担当教師の声、そして上級生からの行進がはじまるのである。

まず、第一集団の指揮者が、「分列に前へ」と号令する。集団旗を持った者はこれを高く持ちあげ、ラッパ手はラッパを口にあてて吹鳴の準備にはいる。すかさず「進めッ」の号令、ラッパは喨々《りようりよう》と速足行進その一が鳴り渡る。膝を高くあげ、腕を大きく振る。指揮者のあとにつづく一団、そしてまた一団、足並みもきちんと揃えて、校庭の南より一周するのである。

指揮台近くにくると、指揮者は「頭、右ッ」と号令し、集団はそれにしたがった。そして、集団が指揮台を通り過ぎたころを見はからって、「なおれ」の号令がかかった。こうして、一まわりしてもとの場所へともどってくる。これが、ときによっては三度、四度もやらされたものであった。集団訓練と呼び、団体行動の習得を、このようにして身につけさせたのであったろう。

子供にも労働奉仕

退校前には、奉安殿周辺や近くの神社などで、掃除が行なわれることがあった。奉安殿の敷地には芝草が張られ、植木もずいぶんたくさんあった。ここへは、清掃以外のときにはけっして立ち入ることは許されない。学校内ではもっとも神聖な地域である。

したがって、清掃のときでも、教師が口うるさく作業を監督していたような気がする。たとえどんなに小さな雑草でも、念入りに抜きとる。植木にも枯れているものなどは一本も見当たらなかった。

奉安殿は敷地がそう広いものでもなく、また回数も多く清掃されていたから、ここでの作業は容易であった。が、神社の方はとても大変だった。境内がかなりの広さを持っていたからである。

毎月の八日は、大詔奉戴《ほうたい》日と呼ばれていた。昭和十六年十二月八日、すなわち大東亜戦争の起きた日である。「米英撃滅」を合言葉として起ちあがった日であった。指揮者たちはその日の意気込みを忘れぬようにと、毎月八日を、殊更《ことさら》に大詔奉戴と名づけ、学校でも職場でも、そして軍隊でも、なんらかの行事や訓示が行なわれたものだ。

当然、私どもの学校でも、行事のなかに織りこまれ、その日には神社、忠魂碑周辺の清掃が義務づけられていた。だが、この日には、教師がかならずついてくるというものでもなかった。

全員が社殿の前に整列し、例のとおりの二礼二拍手一拝、そして級長が「銃後奉公の誓い」という。そのあと、みんなで「銃後奉公の誓い」といわれた長い文句を、声高らかに唱和しつづける。

いまは、もうその文句も忘れてしまった。ただうろ覚えに思われるに、多くの兵士たちが故郷を遠く離れて、南に北に戦っている。食糧も乏しく、兵器や弾丸も十分でないかもしれない。それにしても、神州不滅の念に燃えて、一命を賭しての戦争に明け暮れていることに、感謝の念で一杯である。自分たちもその御労苦に報いるため、いまやるべきこと、いまできることに全力を傾注し、共に国の危急に当たることを誓うと、まあそんな意味のものであった。

神詣でを終えると、引きつづき手分けをし、掃除をすませてから退校したのである。

当時の食糧事情は大変なものであった。米が不足しているばかりでなく、麦も馬鈴薯も南瓜《カボチャ》もと、およそ口に入るものすべてが足りなかった。そのため学校の児童生徒らにも、労働面での協力が要請された。

田植えの時期ともなると、養蚕とも重なるので、二週間ほどの農繁休暇があり、それぞれの家庭で手助けをする。そのほか出征兵士の留守宅へ、勤労奉仕としての労働が割り当てられた。

町内の田圃《たんぼ》のうちには、藩政時代に城をまもるために造られていた内沼、外沼の開田地も少なくなかった。そこへ入れられると、ぬかるみが深い。膝小僧どころか、股下近くまで足がずぶずぶとはいっていく。だが、兵士の家ともなると、しかたがなかった。午前中ぐらいは、腰をかがめての田植えも、そう苦でもなくやれる。ところが、午後三時ごろの一休みがあったあとは辛かった。腰を伸ばそうとしても、痛くてとてもしゃんとは伸ばせない。両手もすんなりとは前に出せないのだ。ついには、苗をより分ける左手の肘《ひじ》を、左足の膝小僧より少し上にあて、上体を支えるようにして植える。

昔から、〝苗代半作〟といわれている。苗の生育がよくてすこし多めに植えるときはいいが、それが反対に不足でもすると、そこの主人から、二、三本ぐらいずつ植えてくれ、と注文をつけられる。そんなときには、なおさら田植えはむずかしい。

多めに植えるには、二、三本から七、八本まで、左手のより分けもある程度のところでよいが、小苗にというと、多くなるのを避け、数えるようにして植えることになる。

ぬかるみに足をとられて、満足に後へ引けない。手の方もしだいに動かなくなってくる。だが、大人たちにできるだけ遅れまいと、せいいっぱいの頑張りをつづけるのだ。こうして、手許が見えるうちははたらく労力奉仕も実施されたのである。また、県道や町道の端の方、肩の部分へ大豆を蒔く作業もあった。

雑草を刈り取り、蒔く個所だけ土をさっと掘り返したところへ、大豆を二粒ぐらいずつ蒔く。その後、秋まで何度か除草をし、施肥をして収穫の日を待ったのである。

このころ、〝一坪農園〟ということもやらされた。これは畑に限らず、家のまわりを利用して、野菜とか雑穀を栽培することであった。

植物の生育を実地に観察させるとともに、食糧増産の一翼を担わせる目的であったと思う。とにかく、農村は食糧増産を旗じるしとして、遊び盛りの子供の手までかき集めたのである。

海軍志願兵に応募

昭和十七年にはいると、戦域はさらに広がり、日本軍はグアム島、ウェーキ島、香港、マニラと占領し、二月にはボルネオ本島に、つづいてジャワ全土にまで侵攻した。開戦わずか三ヵ月後のことである。

ところが、四月十八日、思いがけずも、日本本土が初空襲されるという騒ぎがあった。これは、緒戦に一歩も二歩も押されていた米軍が、日本国民の士気沮喪《そそう》を狙ったもので、ジェームス・H・ドーリットル中佐が指揮した陸軍の爆撃機ノースアメリカンB25十六機を、空母ホーネットより飛び立たせたものである。

これらの爆撃機は、東京はもとより、名古屋、神戸など各地に分散し、銃爆撃を加えたあと、中華民国の基地へ向かったらしい。（花は散りぎわ——漫画で綴る予科練史　大宰飛闘志作の一部を参考とした）

私が、海軍を志願しようと考えたのは、そのころのことだった。募集のポスターを見たのか、あるいは志願案内書でも手にしたものか、いまとなっては不詳である。ただ、同級生の間でも、そのことがささやかれたのはまちがいない。

私自身は進学したかった。といって、家庭の事情からそれができないことは、百も承知、二百も合点である。だとすれば、いっこくも早く兵隊に、それも海軍にはいって、国家のために御奉公しようと考えた。

私たちの一級上の組でも、志願希望者がいた。管野菊男氏もその一人だった。私は同級の松崎喜久男君、水沼重次君の三人で管野宅へ行き、四人で願書を書いた。同級の萩野光悦君だけは、家が離れていたために、別に一人で書いた。むろん、そのころの願書は毛筆である。ただし、志願といっても少年のことだから、それに親の承諾印まで必要としたかどうか、そのへんの記憶も曖昧である。

とにかく、書きあげたあと、父親に率直に自分の意見を話し、願書も見せた。父はしばらく黙って願書を見つめていたが、「どうせ、いずれは行くことになるのだから、本人がよければそれでいいのではないか」と母に語ってくれ、印鑑を出してくれた。

いまにして思えば、よく十五歳になったばかりの長男で、しかも十中八、九は死すべき運命に連なる軍隊志願を認めてくれたものだと考えるときがある。私は、両親が自分の偽らない心情を察してくれたのかと、感謝の念で一杯であった。

受験の日

昭和十七年十月九日、末弟の東洋治が誕生した。産声《うぶごえ》をあげたのは夜半のことで、産婆さんは私ども六人の兄弟全員をとりあげてくれた川端阿きさんである。母が三十六歳のときの出産であった。

それから一日おいた十月十一日が、志願兵の検査日であった。万年暦でみると、この日は日曜日となっている。これは学校の建物を借用するためと、受験者の出席をはかっての措置だったと思う。

会場は角田小学校講堂であった。いま、その朝の足どりは定かではない。たぶん一緒に願書を作成した同級生や、近くの人たちと七時ごろのバスに乗車し、十二キロメートルばかり離れた角田町（現在角田市）へ出かけたのであったろう。会場は、郡内十五ヵ町村内からの志願者で、ごった返していた。その数はおよそ四百人、いや、もっと大勢だったかもしれない。なにせ町とは名ばかりの小さい自分たちのところからさえ、十四名がはせ参じたのである。もちろん、私たち同級生が最年少であった。

海軍への志願を呼びかける当時の写真

講堂の中央部に机が並べられ、周辺に受付とか、握力を計る場所、また肺活量を計るところなど、手際よく用意され、セーラー服を着こんだ水兵たちが数人いた。ほかにも下士官や、もっと上の士官の姿も見える。

私は自分もあのようなセーラー服を、後にはつばのついた軍帽をかむってみたいものだと、それらの人たちの動きをみては、胸のうずくのを押さえることができなかった。

全員受付を完了し、下士官から厳正な〝海軍志願兵採用試験〟を行なう旨が宣言され、まず中央の机で、学科の数学から実施される。持ち時間は一時間、内容は普通の問題だったように思う。つづいて国語が実施された。これも一時間ばかりで終わったとき、もう先刻の数学の採点は終わっていたのである。

さきの下士官が口を切った。

「ただいまから受験番号を読みあげるが、これらの者は数学の方で基準点数におよばなかった者である。まことに残念なことではあるが、今回基準点数に満たない者は落とすことになっている。しかし、けっして落胆せずに、また来年の受験を目指して大いに勉強してもらいたい。どうも御苦労であった」という。

ここで約六割ほどの人の番号が読みあげられた。町内の友人からも、何人かがそこにふくまれている。まもなく受験場を立ち去った人もいたが、ほとんどの人たちは、あとの同僚の結果をみるために居残っていたようである。

内心、びくびくしてはいたが、なんとか自分はくぐり込んだらしい。第一関門はみごとに突破した。それから、しばらく休憩、その間に国語の採点、そして、結果の発表である。前と同じく番号を呼ばれた人は約一割ぐらいはいた。第二関門もぶじ通過した。

いよいよ身体検査となる。同級生二十一名の男子中、中程度の体格で、いったい大丈夫なのだろうか――。不安だ。心配である。身長一つだけとってみても、落とされるのではないかと、いうにいわれぬいらだちが、体内を無茶苦茶にかけ回っているようである。

身長、体重、胸囲、歯牙、眼疾、耳疾、色盲と型通り進められていったが、どこにも特段の意見もなさそうだ。握力も左右やってみた。ほかの人たちよりはぐんと少ないが、これも年齢相応の基準に達すればいいのだ。

懸垂もあった。これは自分の苦手とするところで、鉄棒では五回もわが体を持ちあげるのがやっとの態だ。屋内のこととて鉄棒はなく、梯子を斜めに支え、適当の高さのところからロープを吊るしてある。これに左右の手で交互に数秒間、自分の体を持ち支えろというわけだ。前の連中は軽々とやっている。

「はいッ、つぎ」の号令で梯子の下に立つ。右手を思いきり高く伸ばし、ロープの端をつかむ。ロープの端はつかみやすく、そしてほどけぬように結ばれていたが、何十人も前につかんでいるので、汗と脂でヌルヌルとしている。もともと脂肪性であり、緊張しているせいもあって、自分の手もべっとりと汗ばんでいた。

「下がれッ」の令で、足を折り曲げてぶら下がる。何秒なのか、係員はじっとそのようすを見つめている。自分自身で、「一つ二つ……」と頃合をはかってみる余裕などは、まったくない。十秒くらいたったとき、「よーしッ、交代」となったので、今度は左手を伸ばす。これが鬼門なのである。左が右よりずっと弱いことは、おのれ自身が知り過ぎるほど知っている。「下がれッ」――私は目をつぶり、渾身の力を左手にこめて、わが体を支えた。〝それッ、いま一息だぞ。がんばれッ〃これで不合格となっては万事休すだ。おのが身を心の底から叱咤激励する。ヌルヌルしたロープの結びから、手が抜けそうになる。歯を喰いしばって耐えに耐えた。「よーし、終わりだ」との声を聞いた。わずか三十秒そこそこの試練に、汗がふつふつとにじんでいた。残る肺活量も案外と順調にいった。

ここでは、同郷の先輩金森八男氏の苦労が大きかった。金森氏も、そこまではまずまずできたらしい。ところが、四級上の金森氏にとっては、相当の肺活量がなくてはならない。もはやというところまであがるが、あと一息がどうにもつづかないのだ。担当の水兵が、みずから要領を示してくれる。彼は量計が、がたーと限度にいくまで、一気に吹きこんだのには驚く。とにかく十四、五回もやったが駄目だ。

下士官も見えて、「きみはほかに悪いところはなく、これだけが問題だ。そろそろ昼食の時間だから、飯を食って元気を出し、もう一度やってみい」という。こうして昼食後に精々奮発して、どうにか基準の目盛りまで吹きあげた。

学科、体格とも良好と決定された者は、そのあと口頭試問である。徴募責任者三人が腰掛けているところへ、一人ずつ出ていく。志願の動機、家族の状況など、一人、五分ぐらいにわたって聞かれる。これですべてが終わった。

適格者とみなされた数十名は集合を命ぜられ、徴募官より挨拶があった。

「諸君は一念が実って、ここに海軍軍人としての合格証書を手にされた。ほんとうにおめでとう。心からお慶びを申し上げたい。さて、諸君は、追って採用通知が届けられ、正式に軍人としての基礎教育を受けることになるが、今後も勉学、そして身体の練成に努めて欲しい」とのことである。

その徴募官は、海軍大佐上条深志という人であった。ここで手にしたのが、左記の様式の合格証書なのだ。

第一海軍志願兵徴募区
宮城県伊具郡金山町
第一志望　整備兵　増間作郎
第二志望　看護兵
第三志望　一般水兵
右昭和十八年海軍志願兵適任者ニ付本証書ヲ附与ス
昭和十七年十月十一日
横須賀鎮守府
海軍志願兵徴募官　上条深志　㊞

町内から応募した十四名のうち、合格者は、結局、四名を数えただけであった。

採用通知来たる

こうして海軍志願兵を受験して合格となったとき、採用者にはいずれ採用通知が届けられるだろうと告げられたことは前にも述べたが、どうしたことか、それから年が明け一月、二月となっても、なんの音沙汰もなく、さてどうしたものかと不安な月日を送っていた。ところが、三月五日、役場から父宛に、一通の親展文書がとどいた。それが待ちに待った採用の知らせであり、左記のとおり記載されていた。

号外

海軍志願兵採用ノ件通知

昭和十八年三月五日

金山町長 ㊞

増間彦作殿

首題ノ件左ノ通リ採用決定候条通知ス

記

一般水兵　金森八男

整 備 兵　増間作郎

尚採用証書ハ近ク送付アル筈ニ付キ念為申添フ

これで、念願の海軍へ採用されることが確定したわけである。嬉しい。何度も何度も読み返しながら、その感激を味わった。だが、この文書によって、合格者四名のうちの二人のみが採用され、他の二人は除かれたことを知ったのである。

第一海軍志願兵徴募区
宮城県伊具郡金山町
増　間　作　郎
右海軍整備兵ニ採用徴募ス
昭和十八年七月府県（庁）ヲ経テ指示スル日時ニ横須賀第一海兵団ニ参着スベシ
横須賀鎮守府　㊞

著者所有の青年学校手帳

数日後には、正式の採用証書が送付されてきた。様式は右記のとおりであった。

親類や、転任していった恩師にも、採用のことを葉書で知らせた。自分の直接の担当ではなかったが、妹たちが教わった人に横田久志先生（現在は佐藤姓）がおられた。先生は師範学校から初めて教師として赴任されたのが私たちの学校であり、じつに元気旺盛であった。

教育召集とかで軍隊の飯を食べたこともあったらしく、厳寒でも上半身素っ裸で張り切っていた。

地理がとくいな学科であったふうで、下宿での勉強もねじり鉢巻をしめてやるというすさまじいものであったらしい。

私は、この先生の緊張した姿、つね日頃のびしびしした態度に畏敬の念を持っていたようである。

そして、当時、筆甫国民学校勤務の横田先生へ、採用の喜びを書き送った便りの返事にいただいた葉書が、手許に残っている。それは四月二日の消印があり、左のように励ましの言葉が綴られている。

冠省　お便りなつかしく有難く拝見致しました。もっと早く御祝申し上げべきところでしたが、一寸風邪にやられ失礼しました。今般は誠にお目出度うございました。衷心より祝意を表します。

これ一重に貴君の艱難の賜はもとより、戸村先生、島崎先生のおかげです。今後は難関突破の意気を一層高揚して、天晴れ帝国軍人になられんことを。（原文のまま）

三月三十一日、私は国民学校高等科を卒業した。総員四十名、うち男二十一名、女は十九名であった。

同級生との別れ

国民学校を卒業すると、そのうち郷土に残る者のすべてが、当時は青年学校へ入学することとなっていた。そこで私も、四月一日に金山町立金山青年学校本科第一学年に入学した。校長先生は国民学校長と兼務であり、この四月から斎藤源次郎氏より丹野準氏に代わっていた。

青年学校は国民学校とちがい、毎日登校したのではない。毎週何日かを招集され、普通学科、体育、軍事教練などが実施された。

青年学校へ入学すると、「青年学校手帳」が交付される。いま、その手帳の頁をくってみると、真っ先に、「教育ニ関スル勅語」つぎに、「青少年学徒ニ賜ハリタル勅語」そして、「青年学校手帳ニ関スル心得」とつづいている。

「青年学校手帳ニ関スル心得」の一番後に、つぎの条項がある。

六、　男子ハ徴兵検査（海軍志願兵志願者ニ在リテハ徴募検査）及入営ノ際本手帳ヲ携行スベシ

私はこの条項にもとづき、入団のさいに本手帳を持参したのであるが、戦後持ち帰り、表紙などずいぶんと傷みながらも、その姿をとどめている。

その中での出席時数をみると、やはり時勢を表わす一つの尺度を示しているようで興味ぶかい。

出席時数（本科）

教授及訓練科目＼学年	修身及公民科	普通学科	職業科	教練科	体操科	計	学校長印	摘要
壱	七	八	壱八	弐参		五六	学校長	自四月至六月

私は四月一日に入学し、六月二十九日には海兵団入団のために郷里を出たので、その間たった三ヵ月の在校期間であった。その間に五十六時間の教育を受けたが、そのうち軍事教練が、何と二十三時間と、ほぼ半数の時間が充《あ》てられていたのである。いかに教練が必須不可欠のものであったかは、この一事をもってしてもうかがい知ることができるであろう。

職業科の十八時間は、いちおう別として、修身および公民科が七時間と、普通学科の八時間よりわずかに一時間少ないだけというのも、国家、民族意識を吸収させることに、どれほど徹底していたかがわかるのである。

昭和十八年三月末に、金山国民学校高等科を卒業したのは四十名だった。男二十一名、女十九名で、ほとんど尋常科一年生からの仲間であり、中途からの転入者はわずか数名を数えたに過ぎない。

当時は、軍需工場などでも人手不足をおぎなうためか、卒業後、すぐにも入社の手続きがとられていた。四月二日、女性十人が川崎市の松田ランプへ出発し、その後も、九日には松崎善右衛門君が、県立農学寮へはいった。

伊藤治君は茨城の日立工場へ、さらに岩倉林君と佐藤弟三君の両名は、満蒙開拓青少年義勇軍として、はるばる満州原野の開拓へと出発した。そのほかにも、ぽつぽつと親許を離れて、厳しい世相下の職場に別れて行ったのである。

このあと二年半ばかりで終戦となるが、このときの別れが最後となってしまった同級生もいた。伊藤治君である。彼は私とおなじ集落であり、父母は理髪業を経営していた。出席簿を呼ばれるときは生年月日順で、四月生まれの私が最初に、翌年三月生まれの伊藤君が末頭となっていた。

生まれつき、あまり丈夫なほうでなかった彼は、どちらかといえば色白で、体操の時間などにも不参加のときがあった。だが、卒業後は元気にはたらいていたらしいが、二十年の七月十七日だったと思う、米機動艦隊の艦砲射撃にあい、惜しくも爆風にやられて死亡した。あと一ヵ月足らずで終戦を迎えるときだっただけに、ほんとうに残念至極である。いまは御両親も世を去られたが、往来で私を見かけては、「治もあんたと同じ年だったなあ。もう何ぼになったのや、治もあんたぐらいになっていたものを……」と、よく聞かされた。

私は、そのたびに、生きて帰って申し訳ない気がしたものだ。高等科時代の担任の戸村先生も、御両親に再々口説かれたと話しておられたが、これもなんとも致し方なく、運命と考えるしかないであろう。いまはただ伊藤君の御冥福を心からお祈りするのみである。

過ぎし学窓の八ヵ年を思い起こしてみるとき、じつにさまざまな出来事があった。一年生のとき、松崎源吉君と斎藤全男君が水呑場で大喧嘩をした。どちらが勝ったかは知らないが、それを聞いた受け持ちの浅田利邦先生は、つぎの時間、黒板に蜂の姿と鬼の面を大きく書き、二人の顔を代わる代わるに見ていた。

二年生の学芸会の劇は、因幡《いなば》の白兎であった。自分はその白兎の役であったが、何人かの友だちが鮫《さめ》の代わりに背中をまるめてうつぶせになり、その上を一つ二つと数え、飛びはねながら、もはや対岸の陸地へという一瞬に、「はは……みんなうまくだまされたナ、俺はこの島へ渡ってきたかったのだ」という声で、鮫の連中に背中をむしられ、まる裸となるあらすじである。

ところが、まる裸をあらわすのに赤いセーターをというわけだが、もちろん私にはそんなものはなかった。先生が同級生の女性からそれを借用して、これを着てやれとすすめる。私もやむをえず着用におよんだが、それが同級生への格好の題材を与えた結果となり、しばらくはいいはやされるところとなった。

また三年生のときは、全校に知れわたり、以後、有名な言葉として伝えられた出来事があった。それは、ある朝の朝礼のときである。「気をつけ」からつぎつぎに号令があって、各学年とも整列した。一刻静かになったと思われたところ、私たちの受け持ちの平間平吾先生が、「船山ー、動いちゃいけねェ」といったものである。この言葉に、そちこちからクスクスと笑い声が聞こえてきた。そして、このクスクスが飛び火となって高笑いとなり、ついに各先生までも笑いの渦に巻き込まれたという事件である。

船山一夫君は二年生のとき、隣り村の大内小学校伊手分校より転校してきたが、心やさしく明朗な性質の持ち主であった。その彼も心臓弁膜症のために、戦後まもなく生命の灯を燃やしつくして、いまはもういない。謹んで哀悼の誠を捧げるものである。

18年3月、高等科卒業間近の著者（第4列の左3人目）

四年生になると松野吉雄先生であったが、私が席を隣り合わせていた萩野光悦君と口争いをしたことがあった。それが知れて、たった一人で夕暮れ近くまで教室に立たされた苦い思い出がある。
先生は、「すでに両親に死に別れ、姉さん夫婦の許で暮らしている萩野君を、きみはかわいそうだとは思わぬか。それを思ったら、どうして喧嘩などできる。今後絶対そんなことがあってはいけない」と懇々とさとされた。この松野先生はガ島で戦死されたという。ここに改めて弔意を表したい。
ついで五年と六年とは島崎捨三先生で、国語の時間を思い出す。それは確かに「嫁入り」という題目であった。いま、嫁となって生家を去り行こうとする姉が、最後に妹に向かって、「雪ちゃん……」と呼びかける一節だ。

ところが、私たちの同級生に一条雪子さんという女性がいたために、なにかテレくさい面もあったものか、先の方こそずっと読んでいくが、「雪ちゃん……」の前で、ピタリとやめてしまう。

すると先生は、「ハイッ、つぎッ」と、後の席の者に読まそうとするが、つづけて読む気配がない。「ハイッ、つぎッ」と立ったままの者が並ぶ。先生の顔には立腹の相が歴然となる。

そして、自分の番となった。自分も先の方だけ読み、あとは立ったままだ。「ハイッ、つぎの列一番前ッ」「ハイッ、そのつぎッ」つぎつぎと声はかかっても、だれ一人として朗読しないのかと思ったら、萩野君は読んだ。先生はいった。

「萩野は読んだが、ほかの者はどうして教科書を読まれないのだ。教科書にある『雪ちゃん』の言葉がなんでおかしい。一条雪子という同級生がおっても、なんのつながりがある。みんなは勉強を一生懸命にやろうとする努力が足りない。不真面目だ。いま立っている者は全員、外へ出ておれッ」と、やられてしまった。

それから食事までの数時間、何名かは室外であれやこれやと話しながら、呼びもどされるのを待っていたのである。この謹厳な島崎先生も、勧奨退職後、わずかに一ヵ年ほどで急逝されて以来、早くも十数年の歳月を送っている。まことに惜別の念に堪えないものがある。

高等科時代は、戸村香苗先生であったが、先生はよく「話し会」という時間を設け、一人一人が教壇に立って、思いのままの話をさせたものであった。茸狩りにお富士山へ出かけたこともある。よく松崎善右衛門、伊藤富寿麿両君と、落ち鮎獲りに阿武隈川へ行ったが、先生も魚獲りは大好きで、出かけてきた。先生の咳払いは独特ですぐわかったから、私たち三人は、いくらかでも遠くへ離れて竿を振っていた。
――というのは、翌日、授業時間に眠けがでては、つぎの日から魚獲りに出かけても叱られる、と思っていたからである。

いつのことだったか、それは体操の時間であったと思う。

お寺の光ちゃんこと萩野君が、なにか先生の気に入らぬことをしたものと察せられる。突然、先生が、萩野君をつかもうとした。ところが、彼の運動神経はピカ一、一目散に逃げて百葉箱のまわりを駆ける。先生は、「萩野ッ、萩野ッ」と叫びながら数回まわったとき、彼は逃げてはまずいと直感したらしく、自分で足を止め、先生につかまった。すると、身長の高い萩野君に対して、先生が伸びあがるようにして鉄拳制裁を加えていたのを覚えている。

まあ、先生に格別に褒《ほ》められるなどのこともなかったが、同級生同士はたまに喧嘩などしても、仲良く過ごしてきたものというべきであろう。その仲間とも、数々の思い出を胸に秘めて、それぞれの職場へと別れていった。

入団の日近く

春四月、万物の息吹きもたしかに、陽の光も日ごとに輝きを増してくる。十日を過ぎると、桜の蕾《つぼみ》もそろそろほころびはじめ、近くの山々からは鶯の鳴き声も聞こえてくる。木々の若葉も一雨ごとに美しい。

四月十七日は、村社金山神社祭典の日だ。昔は神輿《みこし》はもとより、子供たちの樽神輿が町内を練り歩き、神社前には綿アメ売り屋や玩具売りなどが集まってにぎやかなものであったが、戦時下のこととて、もうなんの行事もなかった。

明けて十八日は、私の十五回目の誕生日である。ところがじつは、この日こそ、海軍の至宝とまで尊敬されていた山本五十六連合艦隊司令長官が戦死された日であった。

当時、ラバウルにいた山本司令長官は「い」号作戦終了につき、幕僚とともに前線基地バラレ、ショートランド、ブイン等の視察に出かけることとなった。一式陸攻二機に分乗した一行は、零戦六機の護衛の下にブイン上空まできたとき、ロッキードP38十六機の迎撃を受け、陸攻二機とも墜落、ついに司令長官はブインの地に散華された。

もっとも、この事件は重大なものであったから、一ヵ月余も過ぎた五月二十一日にいたって、左の通り臨時ニュースで全国に報道されたのである。

「大本営発表（昭和十八年五月二十一日十五時）

連合艦隊司令長官海軍大将山本五十六は、本年四月、前線において全般作戦指導中、敵と交戦、飛行機上において壮烈なる戦死を遂げたり。後任には海軍大将古賀峯一親補せられ、既に連合艦隊の指揮を執りつつあり」

発進基地と前線との暗号連絡が解読された結果といわれているが、なんにしても戦争は容易でない時期を迎えていた。

そのころ先輩の金森八男氏が、五月一日に横須賀海兵団へ入団すると告げてきた。お前もどうせまもなく行く身であるからと両親からも話があったので、ある日ふたりそろって神社へ出かけた。武運長久の祈願である。二人は社殿の奥深く畏《かしこ》まって、佐藤惣吉社掌の神詞に頭を垂れ、厳かに自分の氏名も高らかに祈られる声に襟を正した。

いよいよ五月一日。金森氏が入団したとなると、自分の入団も採用証書には七月とあったが、間近いに違いない。だとすれば、わずかながらも耕作している田植えだけでも早くすませる工夫をしないと、両親がどんなにか困ることになる。

いまでこそ田圃は耕耘《こううん》機で、わけもなく片づけてしまうが、当時は牛馬に鋤《すき》を曳かせて耕起するのがもっとも便利な方法で、家畜を飼育してない農家は手にたよるしか方法はなかった。腰を海老《えび》のように曲げ、三本鍬《くわ》とか四本鍬で、昨年刈り終えた一株ずつを掘り起こす。

連合艦隊司令長官山本五十六

それは並大抵のことではない。雨量のすくない年などは、土壌ががっちりと固まっていて、なかなか起きてこないのだ。ましてこの地帯は、重粘土質だからたまったものではない。それでも午前中ぐらいは、どうにか大人についていける。だが、午後も夕方近くなったら、もう腰は痛くて、背を真っすぐに伸ばそうにも簡単に伸ばせなくなる。かえって曲げたままにしている姿勢のほうが、痛みが少ないのだから不思議である。

それをしゃにむに鍬を打って父にしたがう。ところが、父は、どうしてどうして何十年ものキャリアがあるのだから、とても追いつけない。父は高等小学校を卒業してすぐさま他の農家に移り住んで、年季奉公を勤めてきたのだ。どんな農作業でも、辛い苦しいと思うことがあろうはずはない。

掌を広げてみると、豆がでている。右手も左手も、指の付け根のところには三つも四つもでた。それればかりか、手のひらにも見えてきた。しかし、そんなものをしげしげと眺めていたなら、それこそ仕事が進まない。豆のできたことなど忘れて、ひたすらに鍬を打つ。そのころになると、もう話をするのも大儀である。父は数歩も先に、ぐいっ、ぐいっと刈株を打ち起こしていく。

そして、自分の行きつくところを起こしていてくれ、戻りはまた同じあたりから揃って耕起にはいるのだ。だが、時間を経るにしたがって、父が畦《あぜ》へついても、自分の打ち残している長さが次第に大きくへだたってくる。いつのまにか豆はつぶれてしまい、ひりひりと痛み出す。父はいつまでやっても、鍬の揚げ下ろしのペースが少しも乱れない。自分は腰を伸ばす時間が、だんだんと多くなってくる。

のどかな田園、広い空のあちこちから聞こえてくる雲雀のさえずり。ただ山野を歩き見る人々にとってはまことに牧歌的な風景かもしれないが、根《こん》を限りに鍬打つ私にとっては、なんともいえない苦しさであった。

やがてたそがれがせまり、はるかに蔵王連峰の稜線もかすみ、夕陽が静かに山の端へかかる。私はしばらくそれを見つめていた。

――同級生の何人かは、上等学校へ進学していった。郷土に残る農家の同級生も、大部分は牛馬を飼育していた。それにひきかえ自分は、何とわが腕によって固い地表を掘り起こしている。

涙がひとりでに出てくる。私はそれを父に見せまいと、すっと汗をぬぐう仕草で涙をふいた。

「さあ、きょうはこれでやめるぞ」と父がいう。自分は「うん」とうなずくのがやっとだった。耕起は、前にもちょっと触れたが、その年の耕起までの天気の良し悪しがだいぶ影響して、いい按配《あんばい》に起きる年と、粘土を叩くように起こしにくい年がある。はじめの耕起を〝荒起こし〟といい、按配の良い年で、五アールを手掘りするのが一人前とされていた。

この荒起こしを終えると、つぎは堆肥を入れなければならない。堆肥も牛馬を飼育していれば、家畜に踏ませたり喰わせたりして作る。家畜がいない農家は近くの田圃に藁を積み、水をかけては腐らすのである。近くに田圃がなければ、これも他人から借用となる。こうして何度か積みかえては堆肥とし、これを田圃に運搬する。ところが、三反百姓には運搬具もなかった。やむをえず荷車を借りて運ぶ。あとで荷車借用分として、大人ひとりの労働力提供を、言わず語らずに承知しながら……。

いい忘れていたが、広い耕土のうちでも灌漑《かんがい》の便利な田圃は、まあ昔ながらの地主さんのものと考えてよい。大地主で田圃に入らない人ばかりでなく、自作農の人たちのも、概して水かかりの良い場所にある。自分の家のように、戦中になって、男手が足りなくなってからやっと耕作しはじめた農家は、まず末水と呼ばれるずっと下手の方なのだ。

家の田圃の近くまで運搬した堆肥は、あとはタンガラと呼ぶ背負い籠のようなもので、田圃の中へ適当に運びこむ。そして、これを平均的に散らすのを〝堆肥散らし〟という。このあと、〝小切〟あるいは〝切り返し〟といって、荒起こしの土くれをもう一度小さく砕きながら、堆肥を混ぜていく。この〝小切〟も、一人前は十アールとなっていた。

田圃の作業は、さらに畦の草を刈り、畦削り、畦塗りと続く。私たちの地方では畦を〝くろ〟と呼ぶ。〝くろ削り〟〝くろ塗り〟などという。つぎが代掻きである。代掻きも昨今は自動耕耘機で、一日でも多くの面積をやれる。だが、あのころは牛馬が最大の力を発揮していたときだ。一人が、それも当時は農繁休暇で休みとなった小学校児童などが、牛馬のはんな竿を持って縦、横と歩き、一人は曳かせたマンガという砕土道具を押しての代掻きで、「ホーラ回れ」「ホーラ回れ」と、牛馬を叱咤する声がそこここから聞かれた。沼田のような湿地帯では、手マンガといって、やはり鍬で土を柔らかくして、牛馬の役を果たしたのはいうまでもない。

田植えとなると、起床は午前四時、朝苗曳きである。これも上手な人は、朝飯前に一日植えるだけは曳く。朝は気持がいい。時鳥《ほととぎす》が鳴く。少し遅れて閑古鳥が鳴きはじめる。勤め居し人も古老も朝苗を　曳きに出で行く六月の農村《むら》これは戦後、私が詠んだ短歌であるが、農村では村役場や農協に勤めている人でも、朝苗曳きには加わるのが普通なのだ。もっとも、朝苗曳きが気分がいいとか楽しいと思うのは、自分のように数日しか田植えをやらずにすむ者だけの言葉であって、十日も半月も田植えをつづける人たちにとっては、やはり苦痛であったろう。

わが家の田植えも、こうしてなんとか人様より遅れながらも終了した。これからは炎天下の田の草とりや、施肥などの多くの仕事がつづくのだが、あとは両親がどうにかやっていくことだろう。田植えさえ終われば、と私もほっと一安心だった。

田植えもあと一息となった六月二十一日、町役場より一通の書類が配達された。入団通知である。いつ出かけることになるだろうかと懸念されていたが、これでようやく出発確定となった。その通知書は、左のとおりである。

入団兵の参着日時及輸送に関する件通牒

昭和十八年六月二十一日

金山町長

増間作郎殿

七月一日入団スヘキ者ノ首題ノ件左記ノ通リ通牒ス

左　記

一、参着日時及場所

七月一日午前八時　横須賀第一海兵団

二、集合日時場所及輸送

六月二十九日午後八時　仙台駅前広場集合

同　午後九時二十五分　仙台駅発（東北本線上リ）

六月三十日午前六時七分　上野駅着

同　午後二時十九分　東京駅発

此ノ間ノ行動ハ仙台集合ノ際示ス

午後三時二十八分　横須賀駅着

（直チニ宿舎ニ入リ一泊）

三、宿舎

横須賀市公郷町大塚旅館（志願兵入団者全員）

四、其ノ他

1、「入団者ニ対スル注意書」ヲ熟読シ置クコト。

2、一般父兄附添人ハ絶対認メラレザルニ付同行セヌコト。

3、旅行中ノ食事ハ左ノ区分ニ依リ各自持参ノコト。

六月三十日朝昼ノ二食分

六月二十九日の出発となると、あますところ一週間しかない。農耕へも手を出さなくてはならないし、身の回りも、あるていど整理を要するものもある。郷里を離れている恩師、友人へも、出発だけは告げておかなければなるまい。それらのことを閑をみては、自分なりにせっせと手がけていく。

遠方の親類へも便りを書いた。住所も記録しておかなくては、入団してから困るだろうと記入した。出発の日は、町民多数の歓送者の前で挨拶をしなければいけないらしい。それも頭をしぼって原稿を書きあげ、夜遅く床に入ってから、何度も練習してみた。いくら年が若いからといって、みんなの前で恥をかくようなことはしたくない。日数に追われながらも、そんなことをあれこれ考えては準備を整えていった。

家郷を後に

いよいよ出発前夜の夕方になると、身内の人たちが餞別にきてくれた。国民学校の高等科在学中二ヵ年の担任であった戸村香苗先生も、丹野準校長先生を御案内されながら激励にこられる。四月に青年学校へ入学した私にとっては、すでに三ヵ月在籍していたので、丹野新校長と面識があったのはいうまでもない。ともどもに暖かいお言葉を下さったが、とくに戸村先生は、最近まで二ヵ年間の担任であったことから、慈愛溢れるものがあった。

同級生の善右衛門君や喜久男君らのほかにも、多くの人たちが顔を出してくれ、別れを惜しんでくれた。喜久男君は一緒に願書も書き、志願兵を望んだのであったが、今回は残念にも、かれは選に漏れてしまった。入浴のとき、彼はあといつの日か会えるのだろうかと、背中を流してくれた。私は同級生の心からの友情に深く感激したのである。

同級生、隣り近所の人たち、そして親類の人も帰られてから、弟妹たちと話し合いのひとときを過ごす。そのとき、妹の美貴子は国民学校高等科一年、弟の昭夫は国民学校の初等科五年、妹の睦子は国民学校初等科二年、弟の昭康は五歳三ヵ月、弟の東洋治は生後八ヵ月、であった。

居宅が町の中心部にありながら、貧しくて電灯もつけられず、毎夕ランプのホヤ磨きをし、豆ランプで読書をするという状況で、働き手が一人でも欲しいときに、長男の自分が兵隊へ出ることは、いまの困窮から脱却することがそれだけ遅れることでもあった。でも、いまはそれを話すべきときではない。――兄弟はいつまでも仲良く手をとりあって、親に心配をかけないこと――このことがもっとも大切であることを話す。また、明日の見送りのとき、弟妹は駅近くの郵便局前に揃ってもらいたいことをつけ加えた。それは当時の出征兵士の見送りとなると、学年別に道路の左右に別れて並ぶのが通例で、そうとなれば自分がバスに乗って出かける際、左右両側に顔を出しながら、弟妹の顔を探すのが困難だと思われたからだ。一ヵ所に寄っておれば、そこにだけ目を向ければ、在学中の弟妹全員の顔をよくよく見つつ、郷里を発つことができると考えたのである。

弟妹たちが床にはいってから、私は明日の持参品などをもう一度点検し、両親と今後のことなども十分に打ち合わせをして、最後となるかもしれないわが家での眠りについた。

明くれば六月二十九日、いよいよ郷里を離れる日である。朝は少し早めに起床する。今日の天気も良さそうだ。朝食。

昨夜までに、持参すべきものはすべて取り揃えておいたつもりであるが、なお、丹念に調べてみた。佐野の祖父や彦太郎叔父（父の弟）らも顔を出してくれる。こうして、ふるさと金山を出発するとなると、一抹の淋しさはあった。やっと念願がかない、憧れの海軍に身を投ずるといっても、所詮は子供であったのか……。

いやいや、そうではない。国の危急存亡のときだ、自分がいまこそ鞭打って第一線に働かずして、いったいその安泰があるであろうか。国のために、民族のために、だれよりも先に銃を執るのだ。そして、米英などの対敵を撃滅するのだ。

同級生の諸君や隣り近所の人たちも見えて励ましてくれた。弟妹たちは三人が小学校へ出かけ、未就学の弟たち二人が遊んでいる。祖父の霊位に線香をともす。そして、両親に、「それでは出かけるから……みんな体に気をつけて……」と挨拶する。両親もすでに覚悟は決めていることなので、「お前も気をつけてナ……」という。母が残って、父が仙台市まで送ってくれることとなる。

祖父（母の父で佐藤武治といった）は、十キロ余も離れた隣り村の佐野集落から朝早くに来宅していた。この祖父にとって私は初孫であり、まさに目に入れても痛くないと表現してもいいほどの可愛いがりようであった。その初孫が、十五歳を迎えたばかりで兵隊へ行くのである。祖父は昔気質の人で、羽織袴を着用していた。

「無理をするなヨ、からだに気をつけてやれ」

何度も何度も同じ言葉をかけるのであった。

隣り近所へも、出発の挨拶をする。ことに向かいのお婆さんは八十歳近い人であったが、

「いよいよ行くのかえ、そんな年若でナ……」という。

お婆さんも、初孫をガダルカナル島で失い、その下の孫に当たる人も満州方面で活躍中であったから、十五歳で出かける私に可哀そうなとの気持があったのであろう。よく貰い風呂をしたり、食物の心配までしていただいた情け深いお婆さんであった。

当時は、まだ志願兵や応召兵の壮行会が行なわれていたので、会場の小学校へ行く。まだ農作業も忙しいときであったが、それこそ町はじまって以来の若い年齢での出発であったために、励ましの気持と哀れさもあったものか、多くの町民が見送ってくれた。

学校の児童生徒全員も整列し、壮行会が開催される。司会は町役場の兵事係、遠藤雄治氏であった。

「ただいまより、海軍志願兵増間作郎君の壮行会を開催いたします」

と、開会を宣言する。

つづいて、「壮行の辞」となり、町長の太田忠三郎氏から励ましの言葉があった。

「増間作郎君には、このたび海軍を志願され、めでたく合格、いよいよ本日、郷里を出発されることになりました。ご本人はもとより御家族様にとっても、この上ない喜びであろうと思います。いまや時局はまさに重大なときであります。国家存亡の境にあるといってもよろしいでしょう。こういう多難な下に、増間君は若年ながらも一海軍軍人として、御奉公申し

上げたいという至情は、じつに見上げたものでありまして、私どもも深く感ずるところがあるのでございます。どうか今後とも、おからだに十分ご留意をされまして、精励されることを心からお祈りいたします。なお、御家族様のことは、われわれ町民ができる限りのことをして、お守りしたいと考えていますから、けっしてご心配なく、国家民族のために渾身《こんしん》の御奮闘を重ねてお願い申し上げ、壮行の言葉といたします」と結ばれた。

私は指揮台の傍に立ち、以前、長く教員生活をされたという町長さんの言葉を胸に刻みこんだ。

「留守家族のことは、けっして心配なく」との言葉が、ことに嬉しく思われた。

そのあと、「志願兵の挨拶」と司会がいう。

私はおそるおそる指揮台に上がった。大衆の前で、一段と高い場所に起って挨拶をするなどということは、これがはじめてであった。一般見送人、そして学校の児童生徒でおよそ五百人は越えていたであろう。妹や弟たちもいる。祖父や叔父も見ているのだ。同級生たちも見つめている。私は心を静めてから口を開いた。

「私、今回、海軍を志願しましたが、どうにか合格採用され、七月一日、横須賀第一海兵団に入団することになり、本日、郷里を出発することになりました。ただいまは町長さんから身にあまる激励のお言葉を頂戴し、また多くの皆さんにはお忙しいところを、わざわざお見送りいただき、まことに感謝に堪えません。衷心より、厚く御礼申し上げます。時局、日ごとに苛烈をきわめていくとき、晴れて海軍軍人として身を軍籍に委《ゆだ》ねることは、私自身はもとより一家一門の栄誉であり、感激これに過ぎるものはありません。茫洋たる大洋に国の護りとなって、五尺の体躯を沈めるとも男子の本懐とするところでございます。家族のことは何分よろしくお願いを申し上げます。最後に皆々様のご健康を切にお祈りいたしまして、御礼のご挨拶といたします」

敬礼をして、もう一度、みんなの顔を、ずっと見渡した。見馴れた顔ばかりである。その顔の上には、大きな柿の木の枝が伸び、その枝の向こうにお富士山が見える。ゆっくりと指揮台より降りる。

「出征兵士を送る歌」となり、安久津先生がタクトをとる。この会場で、この歌を何度歌ったことであろうか。そのたびごとに、多くの人たちが陸軍へ、海軍へと出発していった。そして、その何分の一かに当たる人たちを、白木の箱に迎えてきた。そこに、いま私がみんなに送られようとしているのだ。自分もおそらくぶじでは帰れまい。ただ、お国のため、大和民族のために、「尽忠報国」の誠を捧げようと誓う。

「万歳三唱！」

遠藤氏の声がひびく。私は指揮台に、ふたたびのぼらされる。太田町長が前へ進み出て、私と対した。

「海軍軍人、増間作郎君、万歳！　万歳！　万歳！」

万歳の声が、力強くあたりにひびきわたっていった。

「以上をもちまして壮行会を終わります」

と、閉会が宣言され、国鉄バスの駅へ向かう。

駅へ到着後も、十分ぐらいの時間があった。児童生徒は、「愛国行進曲」や「露営の歌」などを合唱する。バスは予定どおりきた。町長と別れの挨拶をかわした。私は兵事係の遠藤氏、父親と乗車した。湧きあがる万歳の声は、故郷の山川にひびいていった。何度も何度も、波が打ち寄せるように起こる万歳、万歳の声。

私はバスの両側から首を出し、見送りのみなさんの激励に応えた。バスは静かに発車した。私は左手の窓側に寄る。万歳の声はひときわ高くなった。そして、郵便局前へ目をやった。紋付、羽織袴姿の祖父と、三人の弟妹たちが見えた。私は、もう二度と会うこともあるまいと思い、じーんと眼頭の熱くなるのを懸命にこらえながら、「みんな元気で仲良く頑張れよ」と、心から祈らずにはおられなかった。

事実、この日、初孫の壮途を祝い見送ってくれた祖父とは、二度とこの世で会うことはなかったのである。

車内には、隣りの大内村から水兵として採用となった横山勇四郎君が乗っていたので挨拶した。彼も村からただ一人であり、伊具郡内十五ヵ町村からは、私と、横山君の二人だけであった。そのころでは、最近のように仙台直通のバスなどは通っていなかった。バスで船岡まで出て、それから汽車に乗りかえて仙台市へ出たのである。

仙台市内には昼すこし前ごろに着き、そのあとは旅館へはいって休憩したが、その宿の名は私自身はもちろん、遠藤氏も父も忘れてしまった。四時ごろまでからだを横にしていたが、遠藤氏と父は、五時ごろの汽車に乗らないと家へは帰れない。父も、私一人を、まだだれにも頼むまでにいかずに帰途につくのは、なんとも心残りのすることではあったろう。が、そうだとしても、市内には親類があるでなし、一泊して翌朝帰宅というわけにもいかないために、駅前広場で別れることにした。

ただ一人残された私は、広場で時間を過ごすしかない。そうこうしているうちに、それらしい人が一人、二人と集まってくる。なかには円陣をつくって軍歌を歌う一団もあった。広場のあちこちに、別れを惜しむ人たちが見えた。やがて午後八時すこし前、県の引率者が見え、点呼をとる。みんな若い人たちだナと思った。入団までの日程等を簡単に説明されて、午後九時二十五分発、東北本線上り普通列車に乗りこんだ。このとき私たちと行動を共にしたのは、県内の三十八名と記憶している。うち整備科は五名であった。

汽車は定刻に発車。長町、中田、増田、岩沼の各駅あたりを通過したときには、駅のホームには夜分おそくにもかかわらず、数十名の見送人が立ち、日の丸の小旗を振り万歳で送ってくれた。汽車は一路、南下する。私はここ数日間の忙しさ、そして今朝、家族や知友と別れ、懐かしい故郷を後にしてきたことどもを振り返ってみた。

夜汽車に乗るなどというのははじめてのことだし、それにまわりの人々も、さきほど顔を合わせたばかりの仲間であったから、おたがいに話し込むような心の安らぎもない。ガタン、ゴトン、ガタン、ゴトンと、鉄路を走るこころよい音を聞いているうちに、いつしか眠りに入っていった。

六月三十日午前六時七分、汽車は上野駅に着く。大東京へ初の第一歩を印したのである。ここで周蔵伯父（父の姉の夫）と初対面をする。石工を業としているという。その後、全員で上野公園付近を見物、午後二時すぎ東京駅へ向かったが、伯父も一緒に歩きながら話をした。ここで伯父と別れ、一行は二時十九分、横須賀へ出発。途中、車内でドイツ人であったのか、二人の外人を近くに見て驚いた。

横須賀駅到着後、公郷町の大塚旅館へはいる。昨日からの心労もあってか、みんな疲労の色がみえる。でも、このころには仲間の心も少しずつとけあって、氏名や出身町村などについて語り合いはじめた。

夕食、そして入浴。明日は晴れて海軍軍人となる日だ。胸がぞくぞくしてくるのを覚えながら床にもぐりこんだ。

第二章　満十五歳の海軍生活

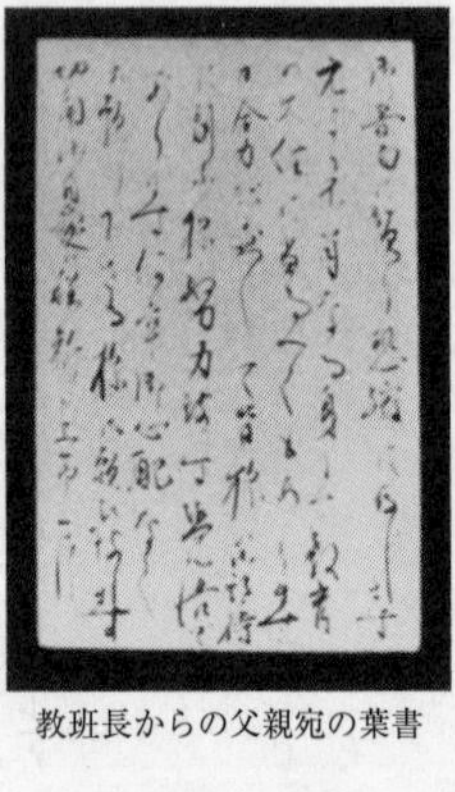

教班長からの父親宛の葉書

横志整第二一一四号

明ければ昭和十八年七月一日、ここに海軍軍人としての第一歩を踏み出す晴れの日を迎えた。

午前八時の入団である。朝食をすませたあと、引率者に案内されて横須賀第一海兵団へ向かう。歩いていく道路が、よく坂道へさしかかったりして、横須賀市街は平坦なところばかりではないナと思った。

数十分も歩いたのであろうか。めざす海兵団の団門を通過し、広場の南手にある芝生上でしばらくの間、待たされた。対する北の方には、二階建てもしくは三階建ての立派な兵舎が見え、事業服を着た水兵が目まぐるしく往来している。私たちはいつしかとなりの者と、出身地の模様などを語り合いながら、親や兄弟たちと別れてきた淋しさをまぎらわしたりしていたのであった。

ところが、そうしている間にも、新しい入団者はつぎつぎと数を増し、さしもの広い芝生内もあふれるばかりとなってきた。

どの顔をみても、自分とさして年齢に相違はないと見られる少年たちだけだ。やはり県ごとに引率されてきたのであろう。はじめてみる軍隊という垣根にはいって、並び建っている兵舎、駆け足で通り過ぎていく先輩の姿に、ただ驚きの目を見張るのみである。

その間に、私たちの身柄は、各県の引率者から受け入れ事務者の手をへて、軍隊へと引きつがれたのであった。各分隊、そして各教班への編成にしたがって、一昨日来、仙台駅から行動を共にしてきた多くの仲間たちとは、いちおう離れることになった。

私は第六十三分隊、すなわち整備科の第九教班に入れられた。

それまで、あちこちへ連絡したり、声をかけてくれる一人の下士官がいた。からだのがっしりした二十六、七歳ぐらいに見える人である。じつはこの人こそ、私の最初の教班長となった鈴木全上等整備兵曹であった。この人から、ここではじめて手渡された「配置票」が、それは更紙の四分の一の大きさのものであるが、いまも私の手許に残っている。

同僚を数えてみると十六名いる。みんな背丈の大きい人ばかりだ。

そっと一人ずつ年齢を聞いてみた。すると、十五歳、あるいは十六歳という。

「ハハァ、同じ年ぐらいの人たちなんだ。しかし、なんと体格の立派なことか」

と、びっくりする。今式の満年齢でいえば、十四歳、または十五歳の少年たちだった。

鈴木教班長が、十六名の顔を見渡しながら、

「みんな元気できたか」とのことに、そろって「はい」と答える。

「乗物酔いなどで具合を悪くしている者はいないだろうナ」

とつづいて親切な問いである。

「ありません」と、みんなははきはきと返事をする。入団したなら、さて、どんな上官が待っているのだろうかと考えていた私は、この優しい言葉を聞き、ほんとうに安心したことであった。兄さん、いや、それよりもお父さんといった方がぴったりしそうな感じさえした。それは自分ばかりでなく、他の十五人の仲間全員が、肌に感じた気持だったにちがいない。

「さあ、円座になって腰をおろせ」

と、教班長がいうので、みんな手荷物を傍らにして芝生に腰をおろす。

「これから向こうの兵舎で、身体検査が行なわれる。検査の順序などは、会場に入ればわかるようになっているので、心配はいらない。荷物は教班長が見ているので、そのままにして下着だけで出かけるように。いいかッ。だれが一番早くもどってくるか、すぐ出発ッ」

との命令である。いや、動転してしまった。普通ならば教班長が引率して検査場に出向き、いちいち世話をしてくれるのが当然と思うのに……。

言葉は親しみ深いが、威厳の備わった声である。しかも、どこでどんなことをされるのか詳《つまび》らかでないのに、だれがもっとも早く帰ってくるのか、見とどけるというのだ。私はとっ

さに、「なるほど、これが軍隊というところのやり方なのかもしれない」と思った。

そういえば、さきほどから数多くの水兵を見たが、一人として歩いてはいない。右へ左へと、個人でも団体でも、みな駆け足なのであった。

だれもかれも驚き顔で、そうそうに上着、ズボンなどをとり、身体検査場の掲示のある兵舎に駆けていく。しかも、そうしているのは、なにも第九教班員だけではなかった。北は樺太から南は静岡県にわたる地域より集まった一千四百名におよぶ人たちが、いっせいに起こした行動であった。

広い兵舎内は机や長椅子で区切られ、多くの軍医と看護兵とが待ち構えている。目、耳から花柳病の有無、肛門にいたるまで、入念な検査である。志願のときにも実施されたのであるが、あれ以来すでに半年以上も経過しているので、これからの集団生活をつつがなく過ごすためにも必要な措置であったろう。

ごくみじかい限られた時間内に大勢の検査をしなければならないために、軍医は一人について全部をみるのではなく、目、耳とそれぞれ手分けをし、すこしでも疑義のある者は、さらに慎重な検査をくりかえされた。ある軍医は検査の手を休めずに、「お前は何県出身か」とか、「君の兵科はなにか」などと聞いたりもした。だが、少年のほとんどは余計な話もせず、いっさい終了するのを待つだけだった。いきなり素っ裸にされ、緊張しているのはむしろ当たり前なのだ。この検査で何人かは疑いがあり、軍医のところで待たされたが、私は別段の異状もなく教班長の許へ引きかえした。すでに半数ぐらいはもどっていた。

「異常はないか」と、教班長がいう。「異常はありません」と答えると、「そうか、それは良かった」と話す。一人また一人ともどってくるたびに、教班長は同じような言葉をつづけ、うなずくのであった。教班員全員が首尾よく合格する。

六十三分隊には不合格者がいたのかどうかはわからないが、今日の入団者のうち、おそらく十名近くは不合格となったらしい。この人たちは軍医や教班長に、真剣になって合格としてくれるように願ったようだ。

親や兄弟と別れの挨拶をし、隣り近所からは餞別をもらい、多くの地元の人たちに送られてここへきたのである。それが事もあろうに身体検査の結果、不合格の烙印《らくいん》を押されて、故郷へもどらなければならないという。その不甲斐なさ、残念さは、いかばかりだろうかと私たちも心から同情したことであった。こうして送られてきた引率者にふたたび連れられて、団門を去っていく人たちの姿は、まったく悲哀そのものだったのである。

ところが、そのときの私の心には一瞬、別の気持が頭をもたげたのは、子供心というべきだったのであろうか。わが心をすっかりと整理し、堂々と郷土を出てきたはずなのに、はやくももう遠く親もとから離れ、あといつの日にかわが町の土を踏めるのか、いや二度と踏めないだろうと思いつめると、わずか二夜しか過ごしていないのに、なんともいえない淋しさがこみあげてきた。帰る人を、なんだか羨ましく感じたことを記憶している。

ここで昼食を渡された。御飯は麦飯であったが、あのときのおかずのおいしさはいまも忘れられない。細肉を入れた馬鈴薯の煮ころがしである。家にあっては、肉などはそう食べられるものではなかった。軍隊ではこんなにうまいものを口にしているのか、と思ったのも無理はない。

そのあと、数時間は隊内にあっての注意事項などを聞かされた。また、「お前たちのうちで学校を首席で出てきた者は手を挙げてみろ」といわれたとき、ほとんどの者が挙手をしたのにも驚かされた。

私たちが実際に落ちついた第二海兵団へ向かったのは、午後もかなり陽が傾いてからだった。第一海兵団へ入団とあったので、てっきりその海兵団へそのまま居すわりと思っていたのが、なんとここから約十五キロも離れている第二海兵団へいくのだという。それでも、歩いていくのかしらとびくびくしていたら、トラックで輸送されることになっていた。

各自の荷物は教班ごとに集められ、別途に送られたような気がする。私たちはトラックの荷台に立ったまま、家畜でも放り込むような状態で乗せられた。一台のトラックに二教班三十二名ぐらい乗せられたと思う。前の人の肩に手をかけているが、車が方向を変えるときにはかなり動揺するので、みんなわいわいと声を出しながら揺られていった。

第二海兵団には正門から入ったのではなく、私たちが入居する兵舎群の方の団門から入ったような気がする。兵舎前で降ろされた私たちは、あらかじめきめられてある居住区に落ち着いた。教班長から改めて挨拶があった。

「自分が第九教班の教班長を命ぜられた海軍上等整備兵曹鈴木全である。これから、お前たち十六名の新兵を預かり教育することとなった。いうまでもなく、海軍と呼ぶところは帝国の軍隊であって、娑婆とはまったく趣きを異にしている。いいか。年が若いからといって、甘ったれや横着は、けっして許されない。軍隊は、まして基礎教育はきわめて苦しいことが多かろうと思う。しかし、それに屈するようでは軍人とはいえない。自分は、お前たちが一人前になれるように、びしびしと鍛えていくつもりだから、みんなそのつもりでおれ。それから、からだのことなり、そのほかのことで相談事があったら、教班長を兄貴と思って、なんでも話しにこい。いいなッ」

「はいッ」と一同、疲れを吹きとばして元気に返事をする。

まもなく、「各教班より食卓番三名ずつ集合」の号令があり、私たちの教班からも体格のいい方から三名が出ていった。

夕食後に分隊長、分隊士の紹介があった。分隊長は特務（兵より進級してきた人）大尉で、三十五、六歳、チョビ髭を生やした人である。戸田吉次郎氏であった。

「――諸君は、ほかの志願兵とはちがって、選ばれて海軍練習兵として入団したのである。これから一ヵ年間、みっちりと基礎教育があるが、猛訓練にくじけずに頑張ってもらいたい――」

ざっと、こんな調子の挨拶だったと思う。

分隊士は、東大出の大柄な谷口盛次少尉と、立派な八字髭をもった岩崎酉三整備兵曹長の二人であった。

各人に〝衣嚢《いのう》〟というものを渡される。

「これは被服いっさいを入れておく衣嚢というものだ。この中には、お前たちが今後着用していくすべての被服が入っている。今夜ただいまから下着類、靴下、事業服（通常着用の上下の被服）、略帽などを使用することになる。これらの被服は貸与されたものであって、一つとして失ってはならない。心して大切に扱っていくようにせい」と、教班長から申し渡された。

私たちは教班長から指示されたように、靴下、帽子と一つずつ取り出した。どれもこれもみな新品で、衣類特有の匂いがし、嬉しさでいっぱいだ。家から着てきたものを脱ぎ、与えられた被服に着がえた。半靴も衣嚢にはいっていたので履いてみた。どうも少し大きい。

「教班長、靴が少し大きいのですが……」

「靴が大きいて。靴が大きいといっても、ここは軍隊なんだぞ。いいか、靴に足を合わせろ」

いやはや、これにはびっくりしてしまった。私のように身長が百五十センチ、足も小さい者には、ドンピシャリと合う靴なぞないのかもしれない。

さらに小間物を入れてある手函《てばこ》、軍帽を入れる帽子缶を受けとる。最後に、今夜から寝ることになる釣床（ハンモッ

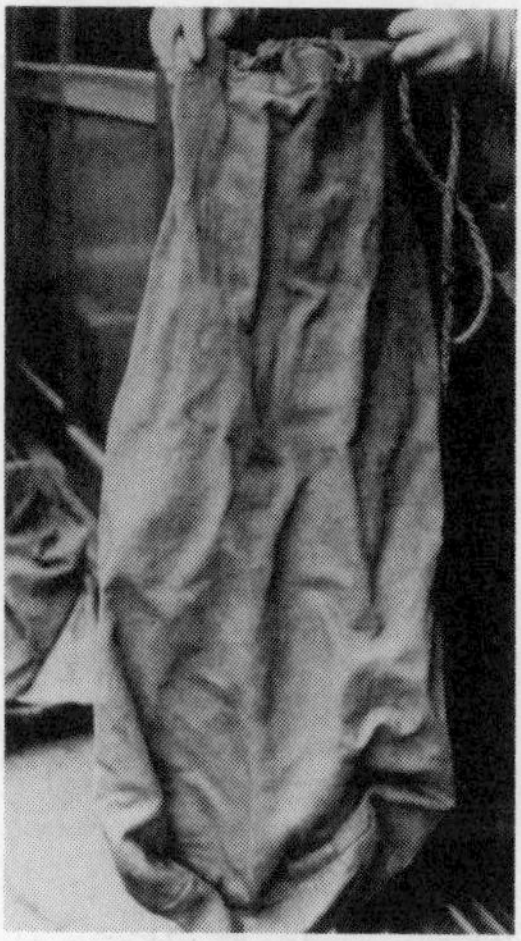
各人が被服一切を入れる衣嚢

ク）を交付される。衣嚢、手函、釣床、いずれも六三九三四と番号が入っているが、これが私の所有するものとなる。

それから各教班ごとに、釣床の吊り方と括《くく》り方について、教班長から指導された。釣床を吊るところはビームと呼ぶが、そのビームの両側にフックがある。釣床の頭の向きとなる方に環金がついていて、これをフックにかけ、足の方についているロープを、つぎの列のビームのフックにかけ、寝るに具合のいい高さを調節して結びつけるのであった。

ところが、そのフックまで、手を思い切り伸ばしてもとどかない。さあ、困ったことだと思った。どんなに伸びあがってもとどかないのである。これもずるずると一人勝手に吊るのではなく、号令一下、いっせいにやるのだという。体格のいい人なら、別に苦もなくやれることなのだ。私は弱った。なんだかんだといっても、明日からは体当たりでぶっつかる以外にはないと覚悟をきめた。

兵隊には、入籍番号、すなわち兵籍番号があるという。私の入籍番号は横志整第二一一一四号であった。横須賀鎮守府管内の志願兵で、整備科の二一一一四番目というわけだ。頭の方が二、尻の方が倍の四、そして中に一が三つか、覚えやすい番号だナと感じた。

以後、二年二ヵ月にわたって、この横志整第二一一一四号は、あらゆる艱難に挑むこととなったのである。

海兵団は広かった

緊張感と明日からの生活などを思って、眠れぬ一夜を明かした。生まれてはじめて寝た釣床は、それほど寝心地のいいものだとは思わなかった。

入団二日目の日課がどんなものであったか、それもいまは正確にわからないところだ。午前四時四十五分、「ホヒーホー」と、当直教班長の吹き鳴らす号笛《ホイッスル》が朝靄《もや》をやぶる。

「総員起こし十五分前、釣床係起きろ——」

五時に総員が起床し、釣床収め、洗面までは日課表どおりやったのであろう。そのあと練兵場へ出たのかどうかが、はっきりしないのである。

とにかく、二日目は朝の掃除を終えて朝食をすませてから、改めて戸田分隊長、谷口、岩崎両分隊士、先任教班長をはじめ各教班長の紹介があったと思う。とすれば、むろん普通学担当の教員六名の紹介もあったはずだ。整備科は第六十三分隊であった。その第九教班員十六名の出身地は、樺太から静岡県にまでおよんでいた。

背の一番高い風口速敏君が名前頭となり、一番低い私が名前尻と呼ばれる。また班の世話役として風口君を班務に、教班長の身の回りの世話等に一名配置ということで稲場欣二君を、普通学教員の佐藤敏氏には遠藤亀齢君が指名された。

そのあと、交付された物品等に氏名を書きこむ。もちろん墨書である。昨夜、大きいといって叱られた短靴にも、踵《かかと》の部分に〝9—63マスマ〟と書きこんだ。いま、私の手許に解員のとき手渡された「被服物品交付表」が残っている。それに記載されている交付物品などは次記のとおりとなっている。

交付年月	品名	交付員数 青インク	交付員数 朱インク	交付庁名
18・7	軍衣袴	一	一	横二海兵団
〃 〃	夏衣袴	一	一	〃
〃 〃	外套	一		〃
〃 〃	雨衣	一		〃
〃 〃	軍帽	二		〃
〃 〃	襦袢	二	一	〃
〃 〃	夏襦袢	三	一	〃
〃 〃	中著襟	一	一	〃
〃 〃	脚絆	一		〃
〃 〃	襟飾	一	一	〃
〃 〃	半靴	二		(二〇・四使用不能ニ付洲ノ崎海軍航空隊一、朱字)
〃 〃	袴下	二		〃
〃 〃	夏袴下	二		〃
〃 〃	事業服上衣袴	二		〃
〃 〃	腹巻	二		〃
〃 〃	蒲団甲覆	一	一	〃

〃・〃	衣嚢	一		〃
〃・〃	兵軍帽前章	一		〃
〃・〃	掃除服	三		〃
〃・〃	蒲団覆乙		一	〃
〃・〃	靴下	八		〃
〃・〃	帽日覆	三		〃
〃・〃	第一種略帽	一		〃
〃・〃	第二種略帽	一	一	〃
18・10	外套黒木綿紐	一	一	（朱書）二〇・五官房需第二五七号取立洲ノ崎海軍航空隊
19・7	略衣袴	一		洲ノ崎海軍航空隊
〃・〃	略帽	一		〃
19・9	特技章	一		〃

異動記事

達第三〇四号ニ依リ取立、一八、一二、横ニ海団

達第一七〇号ニ依リ取立、洲ノ崎海軍航空隊

官房需第二九八号ニ依リ取立、〃

官房需第二五七号ニ依リ取立、
官房需第二八六号ニ依リ取立済 〃 〃

ところで、右の「被服物品交付表」を見てみると、軍衣袴では青インク、朱インクの欄にそれぞれ一とあり、新品で一、中古品で一の交付であったと考えられる。外套黒木綿紐の欄には、二十年五月に官房需第二五七号で取り立てたことが異動記事欄でも知られるが、そのほか四回にわたって取り立てられたものが何であったかはわからない。これらの衣類を入れておくのが衣嚢であり、外底の方に番号が書かれている。これも衣嚢棚に整理する。

軍帽は確かに二個を交付されたが、あとで一個を取り立てられた。軍帽を入れるものを帽子缶といい、以前の人たちはその名の通りブリキ缶であったが、私たちのころには厚紙で作ったもので、それに横に各自の氏名を記入した紙を貼り、通路の上に並べた。

手函という小物入れの箱を受けとる。この中には海軍名判文具と記入された印鑑格納箱とか、針、糸など縫物用具、髭剃用の日本カミソリやとぎ皮など、細々としたものが入っていた。

「さあ、大変だ。これからはなにもかも一人でやっていかなければならない」

と、自分自身にいって聞かせる。これらの整理は、昼食後までかかったと思う。

兵器も各人に渡された。小銃である。イ式、三八式、九九式と三種があったが、私たち背の小さい者四人には、小型銃の九九式であった。

そのあと、着用してきた衣類いっさいを故郷へ送り返すよう指示された。ついでに

「みんな聞けッ。いいか。娑婆から持ってきたものは、いっさい包みこむことだ。お前たちの娑婆ッ気もすっかり送り返せッ」

と、鋭い声が浴びせられる。

あっちの教班も、こっちの教班も、首から白い紐で号笛を下げた教班長が、じっと作業ぶりを見ている。

事業服（通常着用の作業服）の左胸に着ける小さな白布が渡される。姓、分隊名、教班名、階級、血液型を書き、その布の上部に朱線を入れる。この朱線が一般徴兵や志願兵と区分した海軍練習兵の印であった。

これらのすべてが終わってから、教班長に引率されて海兵団内を巡《めぐ》った。

戸田吉次郎大尉

前日の夕刻、私たちが入ってきた道路の北側には、特年兵の普通学教育に使用する二階建ての温習講堂が数棟つづいており、その反対側には汽缶室、浴室等があり、またその東棟には烹炊所《ほうすいじょ》があった。

そして、この浴室の西側に、兵舎が二列に数十棟も並び、その東の方には、さらに増築が行なわれていた。

私たちの兵舎は第二兵舎で、浴室とは道路一本はなれた場所で、何かと便利だと思った。ことに私たち整備科第六十三分隊は、階下の道路沿いにあった。つぎが主計

科の第百二十九分隊、西端が水兵科第十四分隊である。

二階は、私たちの上が機関科の第九十二分隊で、中間が工作科の第八十八分隊、つぎが水兵科第十五分隊となった。すなわち、この第二兵舎という一棟に、横須賀鎮守府管内の特年兵第二期生の六個分隊一千四百名が居住することとなったのである。

兵舎の西の方は広い湾になっている。小田和湾といった。海岸の一部で埋め立て工事が施行され、団門の方から軌道が敷かれて、トロッコが奔っていた。海兵団の北東は、道路をはさんで高台となっている。この道路を拡張しながら崩した土を、海岸の埋め立てに利用していたものだ。

鳥が多く目につき、とんびがぴいひょろ、ぴいひょろと鳴いている。

北の方は広い練兵場だ。その練兵場の端には砲台があり、数門の大砲が海をにらみ、手前には二門の高角砲があり、さらに向こうには、「型のダビット（短艇の海面への揚げ下ろしに使うもの）がいくつか望見され、松林のかげに本部があった。練兵場のずっと北の方には、以前からの兵舎が見え、こちらからは本団と呼んでいた。右手端には、大きな格納庫が十棟ぐらい並んで建っている。

海兵団というところは、ずいぶん広いものだと感心した。

夕食後も、日課表などについてくわしく説明された。ふと通路上の黒板をみると、「直属上官官職氏名」が書かれていた。私はすぐ手帳に転記する。

直属上官官職氏名

海軍軍令部総長　海軍大将元帥　永野修身
海軍大臣　海軍大将　嶋田繁太郎
航空本部長　海軍中将　塚原二四三
横須賀鎮守府長官　海軍大将　豊田副武
横須賀鎮守府参謀長　海軍中将　藤田利三郎
横須賀第二海兵団長　海軍少将　江戸兵太郎
横須賀第二海兵団副長兼教頭　海軍大佐　田中正道
横須賀第二海兵団第六十三分隊長　海軍大尉　戸田吉次郎
横須賀第二海兵団第六十三分隊士　海軍少尉　谷口盛次
横須賀第二海兵団第六十三分隊士　海軍整備兵曹長　岩崎酉三

こうして定刻に釣床が吊られ、第二夜の眠りについたのであった。

海兵団の朝から夜まで

通常日課にしたがったのは三日目からだった。午前四時四十五分、当直教班長の吹鳴する号笛と、「総員起こし十五分前、釣床係起きろ」の号令がかけられるころは、もう全員目をさましていた。各教班二名の釣床係が起き出し、総員起床に備える。釣床の中では、目を輝かした童顔の少年兵たちが、

「よーし、きょうは張り切ってやるぞ」

と、その意気ごみも勇ましい。二百五十四名の分隊総員がカッと目を見開き、総員起こしの号令を、いまや遅しと待ち構える。四時五十五分、「総員起こし五分前」――緊張はますます加わり、各教班長も全員、甲板の通路に現われる。

午前五時、高声伝達機（スピーカー）より、起床ラッパが高らかにひびきわたる。と同時に、「ホヒーホー」の号笛、そして、「総員起こし、総員釣床収めーッ」の号令が飛ぶ、この一瞬を契機として、海兵団内は静から動へと変化し、甲板は戦場のようなすさまじい人々の動作となる。

さっと釣床より下り、手もともどかしく事業服を着終わると、釣床を床に置き、釣床括《くく》りをやる。基本通りに五ヵ所をしっかりと締め、両側のロープをはずしてこれに通し終わると、肩にかついで通路傍に駆ける。ネッチング（中央通路の上で釣床を格納する）には釣床係二名が待ち受け、上からすばやく引きあげ縦に並べるのだ。それも適当にやるのではない。どの釣床も番号が見えるように、背の方を表にしなくてはいけない。

「なにをまごまごしている。急げッ」

教班長、それに教員のすべてがネッチングの下に起ち、声をかけながら、われわれの一挙手一投足を見つめているのである。大急ぎに洗面所へ走っていく。顔を洗い、歯を磨いて甲板へもどる。

すかさず当直教班長の「総員兵舎離れーッ」の号令がかかる。甲板上は十六教班までの仲間たちが、全力を尽くしての活動だ。若い体がぶつかりあう。

「朝からデレデレするなッ。いやしくもここは軍隊なんだ。国民学校の延長と勘違いしてはいかんぞ」

一刻でも一足でも早くと、出入口へ駆け、短靴を履き、もう夢中で兵舎を飛び出す。当直教班長を始め、他の教班長、教員たちは、樫《かし》の棒を手にし目を皿のようにして、舎内に残っている者の足をいきなり払う。それで向こうずねを力まかせにやられては大変だ。洗面所も満員だ。先を争って蛇口をひねり、パッと両手に受けた水で洗う。二、三度、顔をこすっただけでも気分はいい。さらに瞳を輝かせて、一目散に練兵場へと走る。

私たちが練兵場へ駆けていくころには、もう先輩の人たちはとうに並んでいて、号令演習をやっていた。一ヵ月早ければ一ヵ月だけ、十日先ならば十日先だけに訓練され、すばやい行動ができていたのだ。指揮台の前に分隊、教班ごとに横隊に並ぶ。そして、一人一人が数百人に号令をかけるつもりで、「気をつけーッ」「番号ーッ」「右へならえッ」「右向け前へ進めーッ」などと、あらん限りの声を出す。それが数千人の兵士たちの声であるから、耳を聾《ろう》するばかりの大音声なのである。

「俺一人ぐらい低い声でやってもわからないだろう」

と、口ばかりパクパクやっていると、後の方から、そっと一人一人の様子をうかがっている教班長に見やぶられ、

「この横着者ッ」と、うしろから思いきりビンタを張られる。

五時二十分、当直先任下士官より、「号令演習止め」の号令。当直分隊長が指揮台に立つ。

「人員点呼」と、引きつづいての号令が発せられる。各分隊の当直教班長はいっせいに、「気「気をつけ」「右へならえ」「直れ」「番号」とやつぎばやに号令し、人員を確認の上、分隊長へ報告する。分隊長は敬礼をしながら、「第何分隊、総員何名、異常なし」と、当直分隊長へその場で報告するのである。

その後、宮城遥拝、海ゆかばの斉唱、海軍体操とつづく。体操が終わると、当直分隊長あるいは先任分隊長の訓示がある場合のほかは解散となり、駆け足で兵舎へもどって、五時半から各部掃除にはいる。

居住区はもとより外回り、下水溝、厠《かわや》（便所）、洗面所などに分かれての掃除であるが、なんといっても甲板掃除が苦しいことにかけては、海軍の名物でもあった。あの甲板（海軍では陸上の兵舎でもすべて艦内と同様にみたて、居住区をデッキと呼び、甲板掃除といった）の長さは何メートルぐらいあったのであろうか。十六教班、二百五十四名が起居していたのだから、三十メートル近くはあったものと思われる。

この甲板掃除も、用具は三種があった。一つは「ソーフ」と呼ぶもので、麻糸を束にしたものに柄がついているのを持ち、麻糸を水に浸して押していくのがあった。つぎにケンパス（麻布）を持って、腰を低くおとし、足を交互に前に出しながら甲板をこする方法であった。もう一つは藁を四十センチぐらいに切り、これに縄を端から端まできっちりと巻きつけたものを水に浸して、甲板を押していくものである。

いずれの方法とて、らくにこなせるものなどはない。甲板の一方から、「押せー」の号令で、「やあッ」と一気に向こう端に到着。届いたからとそこで息を抜き、じっとしているのではない。向こうに着いたままの姿で手を動かし、こすりつづけているのだ。「回れッ」の号令と同時に、「やあッ」と声をかけてもどってくる。こうして四度、五度と回される。汗はぼたぼたと落ちる。目もかすんでくる。それでも、「回れ」「回れ」の号令はつづく。足は重くなって自由がきかない。

「なんだ。なんだ。それでも貴様たちは海軍軍人か。そんな情けない軍人は、いままで入ってきたことはないぞ」

はぁはぁと、口を開けて進むあとから、樫の棒を持った教班長がついて回る。遅れた者には遠慮なく尻を打つ。痛さを我慢して先の者を必死に追う。

「立てーッ」

やっと救われたと、ふらふら立ちあがる。

「なんだ。その様《ざま》は……。もう一度だ。ケンパス用意、回れーッ」となる。

厠掃除も、洗面所も、それなりに徹底的にしぼられる。

六時に「掃除止めーッ」の号令がかかり、つづいて「食卓番整列」の号令がかかる。各教班四名が当日の食卓番であった。一名が兵舎内に残り、テーブルの上を拭き食卓カバーをかける。三名は烹炊《ほうすい》所へ行き、食缶二個（飯と汁）とバット（オカズ入れ）、それに煮沸消毒された食器を持ってきて、四名で配食する。配食が終わると、一名が教班長へ連絡のために教員室へいく。

「第何教班〇〇練習兵はいります」と告げ、室内へはいる。

「第何教班長、第何教班食事用意よろしい」

「よし」と教班長が顔を出す。

「つけッ」の号令。

ここでやっと食事にありつける。食後の片づけは、やはり食卓番がいっさいやるのだ。食事時間をふくめて三十分すぎると、指定分隊は浴室へ出て洗濯をはじめ、水、土曜日は銃器の手入れがある。それ以外は、朝補科（別科ともいう）といい、訓育と呼ばれた分隊長等の上官の訓示があった。

七時五十分、「定時点検」のために練兵場に集合。教班長が個人ごとに姿勢、服装の点検をする。

八時。第一時「課業始め」のラッパが吹鳴される。

「ターンテチンチンチーン、ドントントンタンテタンタンター——」

——「いやでもかかれ、また休ませる」——私たちはこの課業始めのラッパの音に、こんな文句をつけて聞くものだと教えられた。各分隊員は行進ラッパに合わせ、両手を肩の高さまで振り、両足は股《もも》が地面に平行となるまであげ、元気よく行進しながら温習講堂へ向かう。

八時五十分「同止め」

九時、第二時「課業始め」

九時五十分「同止め」

各時教課五十分、休憩十分の割りで午前四時間の普通学である。

十二時「昼食」「休憩」

十三時十五分より三時間は、実科と呼ばれた各兵科本来の技術習得や陸戦等であった。ただ私たちが入団したときは真夏であったことから、水泳訓練、そして相撲をやることも多かった。

十六時五分「課業止め」

十六時四十五分「夕食」

そのあと、夕補科（別科）として武技や体技があり、十八時十五分「釣床おろし」「各部の掃除」

十八時四十五分「厠、洗面所点検」を終え、ふたたび温習講堂へ出かける。

十九時より二十時三十分まで「温習」（自習）がある。温習が終わると「御製拝唱」、そして、声高らかに「五省」の言葉を室内にひびかせる。「五省」とは左記のとおりのもので、海軍兵学校などで行なわれていたのを、ミニ兵学校といわれた練習兵教育でも実行された。
一、至誠に悖《もと》る無かりしか
一、言行に恥ずる無かりしか
一、気力に欠くる無かりしか
一、努力に憾《うら》み無かりしか

一、無精に亘《わた》る無かりしか
二十一時「巡検」

二十一時三十分「消灯」というのが、海兵団生活の一日のあらましである。

では、土曜日の日課はどうなっていたか。土曜日も午前中だけは平日と変わっていない。十二時に昼食なのだが、土曜の昼食には、とくにシチューが出るのが楽しみであった。どうも食い気の方だけは、何十年すぎてもはっきり記憶しているようだ。

食後から「大掃除用意」となる。

十二時十五分「防火隊立付」

十三時から「大掃除始め」

この掃除はじつに徹底したもので、どんなすみずみまでも手を入れるというものだった。朝の甲板掃除以上に気合いを入れられた。一時間半にわたる掃除、その間、一人として手をこまねいている者はないのだから、居住区がきれいになるのは当たり前のことだ。

十四時三十分「掃除止め」、そして「掃除点検」が実施された。

十四時四十五分からは体技があった。これは徒手体操、棒倒し、騎馬戦、駆け足などがあり、また武技としては剣道、銃剣術、相撲が行なわれたのである。徒手体操も、海軍体操をはじめ、むずかしいことをやって、後にやはり海兵団長以下の「体操査閲」を受けたのである。

棒倒しは、海軍古来の特に有名なものであるから、ちょっと説明しよう。その使用する棒は直径十五センチぐらい、長さは約三メートルもあったろう。材質は杉だったかと思う。跣《はだし》となった分隊員は、紅白の二組に分けられる。そして各組とも一本の棒を立て、回りを固めて、両方から同時に攻撃隊が繰り出し、早く相手の棒の先端を地面に倒した方が勝ちとしたものであった。

この棒倒しは、もとより戦闘意欲をかきたてるための仕業であって、それは激しい体当たりのぶつかり合いなのだ。防御の方は三分の二、攻撃は三分の一程度の割合で人員を割り振りした。

まず、棒を立てると、その根元をからだの小さい者三人がこれを抱きかかえるように押さえ込む。私はラッパ手として抜けたとき以外は、ほとんどこの役目であった。つぎに外側に向かって腕を組みかわし、二重三重にとり巻くのである。そして、その上に十数人が肩に乗って、上部の方を固める。さらにその数十名先に、遊撃隊が水も漏らさぬ構えにはいるのだ。攻撃隊は前に出て戦闘開始を待つ。

分隊長が指揮台に立って、いよいよ「戦闘始め」の号令に、勇ましくラッパが鳴りひびく。両軍攻撃隊は、いっせいに「やあーッ」と掛け声をかけ、ぶつかり合っては間隙《かんげき》を衝《つ》き、相手の遊撃隊と火花を散らすもみ合いとなる。急所さえ打たなければ、なぐる、蹴るは許される。遊撃隊は遊撃線を守り抜くために全力をつくす。しかし、相手もこの一線を突破しなければ、敵の内懐《うちぶところ》に入り込むことはできない。まさに攻防死闘の数分がつづく。そのうちに一角がくずれると、こんどは守備隊ががっちりと待ち受ける。相手が人垣の上によじのぼろうとしても、円陣を組みながら足を蹴り、遊撃隊も加勢して足を引っ張る。なんとか組みついても、上の方に頑張っている仲間がどしどしと蹴り落とす。鼻血を出す者、手足から血を流す者が続出する。友軍激励の声、相手の士気沮喪《そそう》を誘う声、教班長たちの叱咤怒声、戦いはたけなわとなる。

こうして、がっぷり組み合った体勢は十数分にわたるだろう。そのうちに、どちらかの守備の乱れに乗じて、多くの仲間が堅陣をつぎつぎと攻めのぼって、棒を傾けさせた方が、だいたい勝利を得るものなのだ。ただし、先述のように、棒が傾いただけでは勝利とはならないのである。棒の先端が土に着くまでの戦いなのだ。したがって、棒が横になったあとも、先の場所よりかなり離れはしても、まだ先端を落とさず頑張り通すのである。やがて、ついに一方は屈服した。「戦闘止め」のラッパが鳴る。敗れた方は、まあ何らかの罰直（体罰）があると思ってまちがいはない。

十五時四十五分「体技止め」

十六時四十五分「夕食」である。

土曜日には温習はない。

夕食後は、テーブルに向かって郷土の親や知人への便りを書いたり、靴下の破れを繕ったりする。あるいはこういう時間にこそ、つね日ごろ苦しんでいる普通学の勉強に励んだものであった。

二十時十五分「釣床おろし」

各部掃除のあと、巡検の時刻を迎える。

日曜、祝祭日は、七時三十分までは通常日課と変わりはない。この時刻から、講堂での「温習」があり、「軍人勅諭の奉読」がある。黙読であるから、室内は水を打ったように静かである。八時終了。

第63分隊の騎馬戦。棒倒しなどと共に体技として行なわれた

八時三十分「外出員外出用意」

八時四十分「外出員整列五分前」の号令がかかる。

八時四十五分「外出員整列」

当直将校の訓示があって外出が許可されたが、祝祭日は行事が終わってからの外出許可となる。

外出の番となっていないときは、両親や知人への手紙を書くとか、同年兵仲間で頭髪を刈り合う。また、同郷の人で他分隊にはいっているときには、顔を合わせて故郷のニュースを知ることだ。

衣嚢を開け、衣類を引き出して、氏名の墨跡が薄くなっているのを新たにその上から書いたり、手函の整理もある。日曜、祭日だからといって、一日をまったくのんびりと過ごすことはできなかった。ときには、作業員として使役に数時間つくことさえあった。

それでも、すこしの時間を利用しては、よく海岸へ出かけてみた。天気のいい日の朝には、海の向こうに麗峰富士がくっきりと見えた。広い海原、小田和湾は美しい水の色であった。本団とは反対のこちら側の海岸には、ごつごつした岩石が姿をのぞかせている。これらの岩石の水際をよく見ると、コケのように海草がついていた。海苔《のり》と同じようなものである。これを「湯呑」にとってきて、醤油をかけて食べると、海の香りがしておいしかった。

十六時四十五分「外出員帰団」

「点検」後、軍歌演習があり、十七時十五分「夕食」

あとは、土曜日日課と同様になる。

入団式を終えてから

入団式は七月七日であった。七月七日といえば、日支事変のはじまった日でもある。この日は夏にしては割合に涼しい日であったと記憶している。

総員が二種軍装（夏用の正装）に着がえる。軍帽にも白布の覆いをする。全員、舎外に整列した。戸田分隊長から、入団式についての訓示があった。――これから行なわれる入団式、これこそ入団後はじめての大きな行事であって、軍籍に身をおく者として、もっとも意義深い日であるという。全員が張り切って、けっして見苦しい態度をとってはならない。――と、重ねての注意があった。また今日は、とくに横須賀鎮守府長官豊田副武海軍大将が訓示されることになっている旨を聞く。

歩調をそろえて練兵場中央に向かう。指揮台が置かれ、先頭集団の位置や各分隊の配列を示す白線が地上に引かれていた。私たちの分隊は中ごろであった。いま思うに、この入団式が私たち海軍特別年少兵第二期生だけであったのかどうか、はっきりしない。ただ、終戦まで各地を巡っても、同日入団した他の兵隊とは会っていないので、おそらく私たちのみだったらしい。特年兵だけなら六個分隊千四百名だ。

「ドントトタンタテチーン」──気を付けのラッパが高らかに鳴り渡った。待つこと数分、黄色の将官旗を立てた乗用車がすべるように近づいてくる。どっしりとした数名の将官ほか付き添い武官が降りられた。

さきに横須賀第二海兵団長江戸兵太郎海軍少将が指揮台にのぼり、簡単に入団式開式についての挨拶を述べられた。そのあと、豊田横須賀鎮守府長官がのぼられる。全将兵が「頭《かしら》ー中ッ」の号令で、いっせいに挙手の礼をする。私たちも入団いらい、各個教練で教えられたとおりの敬礼をした。

なにしろ、入団後、将官の姿を目のあたりにするのはこれが最初であり、しかも横須賀鎮守府管内でもっとも偉い人なのだ。神経がぴりぴりと緊張するのも無理はない。長官は、若い私たちを見わたしてから、一場の訓示をはじめた。それは型通りのもので、わずか数分間であったが、千余の新兵は身じろぎもしなかった。一人一人が、「よーし、頑張るぞ」の新たな決意に燃えたぎるのを覚えた。

解散後は、各分隊ごとに兵舎へもどる。歩調がすこしでも合わなくなると、当直教班長をはじめ、他の教班長の叱咤の声が飛ぶ。

「なんだなんだ。お前たちのその歩調のぶざまさは。そんなことでどうする。これからお前たちは軍人なんだぞ。いままでのようなお客様気分はすっかり忘れろッ」

右からも左からも、怒気するどい声がひろがってくる。

私たちは、〝ギクリ〟とした。今日までだって、かなりシゴかれてきた。それでも、〝お客さん〟扱いだったのか。としたら、ほんとうの軍隊生活とは、それはどんなものなのだろうか。教班長は火花の飛ぶ訓練だといった。場所を変えるときは、一人でも駆け足といった。二人以上となったら歩調をそろえて駆け足、何事も人に負けてはならぬともいった。

通路上の大きな黒板には、つぎのように掲載されていた。(原文のまま)

◎常に感激に生きよ

凡そ生を皇国に享けて日本男児と生れ、時恰《あたか》も大東亜戦争御稜威《みいつ》輝く戦捷《せんしょう》の下に、大元帥陛下の股肱《ここう》として世界最高の帝国海軍軍人となったことは最大の感激であって、一身の満足はもとより、家門の誉此の上もないものである。

諸子若き軍人たる者、雄心勃々として禁じ能はぬであらう。

天に声あって曰く、

「常ニ感激ニ生キヨ、軍人タルノ本分ニ邁進セヨ」

また、別の黒板にはこのように書かれていたのである。

◎軍人の動作

一、静粛（静かに）

特に必要が無ければ絶対に口を開かぬこと。

二、迅速（速かに）

手早く足早くすること。

三、確実（確かに）

間違ひ無く判っきりと正確にすること。

四、沈着（落ちついて）

軽率でなく狼狽せずに落着いてすること。

軍人は如何なる場合でも右に叶った動作が必要である。それでこそ初めて軍人が偉大なる威力を発揮することが出来る。

整列は迅速に、解散はパッと散れ。

さて、各教班には週番練習兵が、また各分隊には当直練習兵がおかれ、教班長、当直教班長を補佐する役目を持たされていた。それらの服務についても、左記のように明確に定められていたのである。

◎週番練習兵の服務

1、教班長並ニ当直教班長ノ命ヲ受ケ、教班ノ整備、整頓、諸準備等ニ関シ、教班員ヲ督励シ率先其ノ責ニ任ズ。

2、号令、命令ノ速達ト其ノ実行ノ徹底ヲ計ル。

3、教班単独ノ行動、作業、掃除等ノ場合、其ノ指揮ニ任ズ。

4、各組週番練習兵中輪番一名ハ、普通学教務ニ際シ、普通学教員ノ命ヲ受ケ、週番練習兵及ビ当直練習兵ト連絡ヲ保チ、教班諸準備、講堂内ノ整備、整頓ニ任ズ。

◎当直練習兵の服務

1、当直教班長ノ命ヲ受ケ、週番練習兵ノ上ニ立チ、分隊ノ整備、整頓、内務一般、号令、命令ノ伝達徹底ヲ計ル外、食卓番ノ引率並ニ組長任命サルル迄ノ間、軍事学、訓育、講堂ニ於ケル分隊員ノ敬礼ニ関シ、必要アル場合、号令ヲ担当スルモノトス。

2、分隊ノ軍紀風紀ノ振粛士気ノ向上ノ責ニ任ズ。

当該練習兵ハ、服務心得ニ徹シ、責務ノ完遂ニ万全ヲ期セヨ。

このように各教班には、それぞれ週番練習兵がいた。ただ週番とあるが、それが読んで字のごとく一週間交代であったか、一日交代であったかは記憶があやふやである。

とにかく週番練習兵となると、起床から就床までつねに教班長の動きに注目し、教班長の意にしたがって教班員の指揮に当たることになるのだ。号令も誤りなく聞き、そのまま示達するが、ときには言外の含みも了知してやらねばならない。兵舎を離れるときも作業につく場合も、先頭に立ってやることであった。

当直練習兵は、これら各教班の週番練習兵の上に立ち、当直教班長の指揮のもとに、分隊員全員を誘導するという大役であった。六十三分隊でいえば、二百五十四名の直接指揮者とみてよい。私たちは十ヵ月半で海兵団を退団したが、当直練習兵はその間に一回、すなわち一日だけつとめたが、中に数十名だけが二日、担当したに過ぎなかった。それだけに、当日の一日だけは、けっして人様に笑われぬよう全力を尽くしたのである。各教班長は、「当直練習兵は褌まで取り換え、真剣になってやれ」とよく話したものだ。

前任者との交代は朝食後である。新任者は、いっさいの「申し継ぎ」を受けると、腕章をつけ当直教班長と打ち合わせて、ただちに就任の挨拶をした。全員が椅子に腰をおろしている。

「聞けッ。本日の当直練習兵は第何教班の何々二整（二等整備兵）がつとめる。本日の日課は予定表どおり。終わり」

朝食後の兵舎離れ、課業前の整列、すべて当直練習兵の号令一つである。「ホヒーホー」の号笛はうまく吹けないが、いちおう吹いて後の号令であった。食事どきともなると、各教班三名、計四十八名を引率して烹炊所へ行き、食器や食事を受けとってくるのも仕事のひとつだ。就床までにはもう神経をすり減らしてくたくたとなる。だが、明日の日課の一部も受け持って、その後に後任者に引き継がなくてはいけない。入団時のように、まんじりともしないうち、夏なら四時四十五分、当直教班長とともに起床する。ラッパ手、各教班釣床係と同時刻の起床なのだ。

「総員起こし」の号令だけは当直教班長がかけたが、あとはたいていの号令はまかされてやる。もっとも日課はきちんときまっているから、大筋といえば同様で、たまに特別な場合とか日課の一部変更の際には、当直練習兵の機敏な動作、そして冷静な判断が大きな力となり、当直教班長を補佐したのである。

朝食後、後任者との「引き継ぎ」を終えて、この大役から解放された。

受けた命令を正しく相手に伝えるということは、軍隊としてはきわめて大切なことである。そこで入団後に、口達伝令の時間が設けられ、その練習をさせられる。

ところが、私たち東北地方出身者にとっては、これがなんとも頭痛の種であった。言葉はわるく発音が不明瞭ときている。〝き〟と〝ち〟、〝し〟〝す〟などの区別がはっきりしない。「教班長」の〝教〟の言葉さえ満足にできないのだ。

口達伝令は一人ずつやらされる。たとえば教班長から、つぎのようにいわれたとする。

「第何教班は、本日の一三、〇〇より、予定を変更して、カッター訓練をすることにしたことを、第何教班につたえてこい」

そうすると、伝令は命令された教班長に敬礼し、「第何教班何々練習兵は、第何教班長の命により、第何教班は本日の一三、〇〇より予定を変更して、カッター訓練をすることにしたことを、第何教班長につたえてまいります」と、復唱して敬礼し、相手のところへ出かけて伝達するのである。

短い言葉の伝達ならまだいいが、長々としたものなら、発音等の良否はべつとして、それを頭の中に入れるだけでも容易ではない。いまでこそ、東北の農村地帯でも、かなり言葉は良くなってきたが、あの当時はひどいものだった。同教班の秋田県の福士君、そして福島県の緑上君などと、よく泣かされたものだ。

それも軍隊とはなんら関係ないと思われる〝特許許可局〟がでてきたり、〝可給気装置〟という言葉がでてくる。舌がかみ切れるほど回してみても、そんな上等の字句は、東北の片田舎者の口からはでてこないのも無理はない。

軍隊は昔から、「であります」と結ぶのが普通だと聞いたことはあったが、確かにそのとおりである。「です」などの言葉を容易に使おうものなら大変だ。ところが不思議なもので、まわりのひと全部が正しい言葉使いをと努めているために、自然にそれに同調していくのであった。はじめのうちは私たちが、「教班長」と呼んだり、「やあ、飛行機が飛んで行くぞ」といっただけでも、くすくす笑っていた仲間たちも、だんだんとどうにか聞いてくれるようになった。

こうして入団後しばらくは、自分の方からはすすんで話をしなかった東北の僚友たちも、このように言葉ひとつでさえも、なみなみならぬ辛苦を乗りこえていかなければならない宿命的なものを背負わされていたのである。

埋もれた特年兵

私の履歴表の第一行目には、左記のとおり記載されている。

昭和十八年七月一日、横須賀第二海兵団二入団（練習兵）。この（　）内に書かれた練習兵の文字が、海軍特別年少兵をさしているのである。

特別年少兵は五千名あまりの戦死者を出しながら、どうしてか、いままで世に知られなかった。昭和四十六年五月の慰霊碑建立あたりから、幻の特年兵としてようやく蘇ったという悲しい運命をたどってきた。終戦までの四ヵ年間に、一万七千余名も募集しているのに、海軍沿革史にはただ一行も記載されていない、というのも原因であったらしい。

この特年兵に陽の目をもたらしたのは、なんといっても第一期生の主計兵であった小塙清春氏をあげなくてはならないだろう。小塙氏は昭和三十二年、長女を急死させたとき、親としての悲哀を痛切に味わった。そして、自分たちの同年兵が幼くして戦死したとき、その親たちの嘆きはいかばかりであったろうかと思った。自分たち特年兵とは、いったいなんであったのか。氏は多くの人に会った。そして話した。しかし、「そんな若い兵隊はいるはずがない」の返事を聞くばかりだったという。自衛隊の戦史室にもいったが、不明であった。また、当時の海軍省人事局員だった人にもたずねてみたが、「記憶がない」といわれる。

そこで、厚生省援護局をたずね、三ヵ月の苦労の末に、書類の山からやっと、「練習兵」の三文字を見つけることができた。第一期には「特年兵」と呼ばれ、第二期からは「練習兵」と改められていたとのことである。これをきっかけにして、つぎつぎと資料が見つかったのが、四十一年秋のことだった。これらを手がかりとして名簿つくりにかかる。三ヵ月もかかって千二百名ほどがわかったが、さらに調べていくうち、第一期生三千五百名のうち二千名、第二期生では千四百名と、数千名が戦死しているのをみては驚くばかりであった。その驚きと悲しみとが、後に慰霊碑建立への発想と結びついていった。

小塙氏が調査した海軍特別年少兵（略して特年兵と呼ばれた）の歴史をたどると、つぎのようなものである。

特年兵は、海軍練習兵を主体として、そのほかに海兵団の教程をへずに直接、術科学校にはいった少年水測兵、電信兵、暗号兵、電測兵、信号兵等があった。

この練習兵制度の構想が生まれたのは、昭和十六年だったという。当時の海軍には、陸軍の幼年学校に相当するものがなかったのが原因だったらしい。したがって、年少のころから海軍魂を徹底的にたたきこみ、技能を修得させて、中級幹部を養成しようというのが、そのねらいであった。戦局のどうこうではなく、これらの要求に応じられる質的にすぐれた軍人の確保は、海軍にとっては絶対に欠かせぬものであったろう。

それが、はじめて具体的な形としてあらわれたのが、昭和十六年七月五日に特別に出された官房機密第五九二一号であった。

官房機密第五九二一号

昭和十七年度に於て採用すべき海軍志願兵中、水兵「掌機雷（水中測的）兵、掌電信兵志願者を除く」整備兵、機関兵、工作兵、看護兵、及主計兵は海軍志願兵令施行規則第三十条第一号の規定に拘らず、十五年以上十六年未満の者より採用することを得。

前項により採用すべきものの採用員数及徴募検査等に関し次の通り定む。

昭和十六年七月五日　　海軍大臣

(1)採用員数

昭和十七年度海軍志願兵採用告達員数の範囲内に於て鎮守府毎に各兵種別採用員数の百分の一以内を採用する。

(2)身体検査

海軍志願者身体検査規則表第二の規定による一年上位の規格を適用する。

(3)学力試験

学力試験に於ける合格等位は一般のものに比し之を高上せしむるものとす。

(4)採用者の選定

合格者に就き成るべく体格等位、優秀なる者を選出し採用するものとす。

(5)入団期日

昭和十七年九月一日とす。

(6)入団後の教育及勤務

(イ)志願兵採用者は入団より概ね二等兵に進級せしむるまでの間、其の教育、配置及日常の服務等に関し体力増強上特に考慮指導するものとす。

(ロ)工作兵及看護兵以外の者は新兵教育教程終了後、引続き所要期間、海兵団に残留せしめ特別教程を実施するものとす。

前項の特別教育終了後は概ね之に引続き入校又は入隊すべき普通科各種練習兵に採用す。但し、所定の採用試験に合格せる適合者に限るものとする。練習生に採用し得ざるものは、各部に配置することを得。

このなかで、もともと十六歳以上が海軍の志願兵となっていたのを、従来の志願兵規則にとらわれずに、特例として十五歳以上十六歳未満の者を水兵（一部志願者を除く）外に採用できると決められている。それでも、この時点ではまだ「練習兵」の名前はない。この制度に該当して採用された水兵外を、海軍部内では「特例年齢兵」と呼んだ。

そして、昭和十六年十一月十九日に達第三五一号による海兵団練習部規則抜萃は、左記のとおりになっている。

海兵団練習部規則抜萃

昭和十六年十一月十九日

達第三五一号

第五条、新兵、准士官、軍楽練習生の修業期間を次の如く種別す。

但時宜に依り多少伸縮せしむることあるべし。

新兵、志願兵、六ヵ月以内

普通科機雷術、水中測的術練習生、普通科信号術練習生、普通科電信術練習生、普通科工作術練習生又は普通科看護術練習生たるべき者は三ヵ月以内、練習兵（十四年以上十六年未満の者より採用したる水兵、整備兵、機関兵、工作兵、軍楽兵、看護兵及主計兵にして特別教育を施すべき者）は一年六ヵ月以内。

徴兵、五ヵ月以内。

特別志願兵、六ヵ月以内、「鎮海、高雄、田辺各海兵団」

この時点で、「練習兵」の名が登場し、資格年齢も十四年以上十六年未満と規定され、修業年限も一年六ヵ月以内となっていた。

では、これらの制度を企画立案し、実際にこれを推進してきたのはだれであったのか。週刊読売の特別企画「ああ十四歳海軍特別年少兵」には、つぎのように掲載されている。

特年兵制度創設から終戦まで、横須賀海兵団の特年兵教育の主席教官付だったという相沢敬三郎氏（神奈川県川崎市在住）の話を聞こう。

「この特年兵制度は、海軍省教育局が海軍の基幹となるべき軍人養成のためにつくったものです。教育方針、教育方法など具体的な企画と指導をしたのは、尾崎俊春中佐でした。尾崎中佐は、予科練をつくった人であり、少年兵教育については、自他ともに認められていたオーソリティーでした。二十年四月に戦艦『山城』の副長として転任されるまで、特年兵教育の指導方針は、尾崎中佐のもとで作られたといえましょう。だから、尾崎中佐のおられた横須賀海兵団で規則や方針が計画され、それが呉、佐世保、舞鶴の各海兵団に配付されたのです。尾崎中佐は、その後レイテ海戦で、『山城』と運命を共にされたのです」と……。

昭和十七年八月にはいると、海兵団練習部規則追加条文が達せられた。

海兵団練習部規則追加条文

達第二四二号

昭和十七年八月二十六日

海兵団練習部規則中次の通り改正す。

第五条中普通科看護術練習生たるべき者は三ヵ月の下に練習兵（兵年齢十四歳以上十六年未満の者より採用したる水兵、整備兵、機関兵、工作兵、軍楽兵、看護兵及主計兵にして特別教育を施すべきもの）は一年六ヵ月以内を加う。

以上

こうして、とにかく第一期生三千五百名は、昭和十七年九月一日、横須賀海兵団をはじめ各海兵団に入団した。ところが、その八日後の通達では、当初一年六ヵ月の修業期間と定めていたのに、つぎのように一年と短縮されてしまった。これは明らかに戦況が風雲急を告げてきたためであったろう。

教育第一七号ノ八七
昭和十七年九月三日
海軍省人事局長
海軍省教育局長
各鎮守府参謀長宛
練習兵教育に関する件
首題の件に関し、海兵団練習部規則第五条の規定に拘らず当分の間下記の通り定む。
1、修業期間約一年
2、被教育兵種
年齢十四年以上十六年未満の者より採用せる水兵（水中測的兵、及電信兵を除く）整備兵、機関兵、工作兵、看護兵及主計兵。

さらに十一月二十日にいたって、海兵団練習部教育綱領がつぎのように出されている。

海兵団練習部教育綱領

達第三一五号　昭和十七年十一月二十日

第一章、新兵「略」

第二章、練習兵

第六条、練習兵の教育は前章の教育に準ずるの外心身の発育練成に必要なる訓育及普通学教育を重視し之を行う。

第七条、訓育は前章の新兵に準ずるも実施に当りては兵の能力に応じ特に秩序的ならしむることと共に左の諸号に留意するを要す。

1、深く内に省み軍人たるの徳性、涵養《かんよう》に努めしむること。

2、責任観念を旺盛ならしむること。

3、心身を鍛練し潑溂たる意気積極的敢為の気象を養成せしむること。

第八条、普通学教育は単に概念及理論の教授に陥ることなく、努めて具体的、実際的ならしめ、之が実施に当りては各科目相互及軍事学との関連を考慮し、細密周到なる計画に依り平易に理解了解せしむると共に、不断研鑽の慣習を培養せしむることを要す。

第九条、練習兵教育科目次の通り。

1、訓育　体育に於て全員に剣道を課する外、前章新兵の教育に準ず。

2、軍事学　前章新兵の教育に準ず。

3、普通学

数学　1、科学的考察処理応用の能力を賦与す。
物理　2、軍事学修得の基底たらしむ。
化学　3、之が為難しき理論知識の教授に惰することは出来る限り之を避け科学的素養を高むることに留意す。
国語　読書作文の能力を得しむると共に之を通じ公民として且海軍々人として円満なる常識又識見を涵養せしむ。
歴史　肇国精神、国体精華、文化伝統、皇国の世界史的意義を闡明《せんめい》し国体信念を涵養せしむ。
地理　皇国を主体とせる東亜及世界の地理的大勢を知らしめ、以て皇国の地位に対する信念を確立せしむ。
英語　普通学修得及信号書、暗号書等使用に差支えなき程度の初歩の海語、講読、訳読及書字法等に付素養を与う。
以上

（昭和四十一年九月二十日、小塙清春氏調査）

このように、練習兵教育の内容がもりこまれ、訓育、軍事学、普通学の三つからなり立っていた。

短期間に有能な海軍軍人をつくりあげるということ、それはいうまでもなく猛訓練、猛勉強を強いるものであった。一ヵ年がさらに短縮されて十ヵ月半に、普通学千五百時限、軍事学八百時限の教養課程は、筆舌に表現できない難行だったのである。

海兵団を出、ペンネントも「横須賀海兵団」から「大日本帝国海軍」と変わる。そして専門課程へ進み、三ヵ月あるいは四ヵ月の技術修得にはいった。

水兵科は操舵、応急、魚雷、大砲、高角砲、機銃、陸戦、測的、電探、潜航術水雷など、機関科は電機、主補機外、整備科は飛行機整備（航空写真）などと、全員がそれぞれの技術を持ち、十五、六歳で第一線部隊に配属、どこの戦場へ行っても比較的重要なポストに配置された。

特年兵の期別入団者数は左のとおりである。

一期生	横須賀鎮守府	1,300
	呉	600
	佐世保	1,200
	舞鶴	400
二期生	横須賀鎮守府	1,400
	呉	800
	佐世保	1,200
	舞鶴	500
三、四期生	横須賀鎮守府	1,400
	呉	800
	佐世保	2,100
	舞鶴	700
3、4期生の整備科は針尾海兵団に集結した。		

一期生は、十八年十二月ごろから、つづいて二期生三千九百名は十九年九月ごろから、その大半が特攻要員として出陣していった。三期生は一部が朝鮮、中国方面へいったが、ほと

んどは本土防衛の任についており、四期生は入団後まもなく終戦を迎えた。特年兵が練習兵と改称されたことは別記したとおりだが、いずれにしても一般志願兵徴兵とはまったく異なった教育を受けたことは、基礎教育期間ひとつをとってみても察せられるであろう。

そのうちでも大きな特徴は、普通学教科があったことである。勉強したところは温習講堂の教室であり、四個教班六十余名が一組となっていた。そして午前中がこの普通学で、夏期日課中は四時間、冬期日課中は三時間である。

教科は海兵団練習部教育綱領の練習兵の項に定められたように、数学、物理、化学、国語、歴史、地理、英語の全科目がふくまれ、師範学校出身の教員と、尉官相当の文官とが担当され、僅々一年足らずの間に旧制中学四年程度の知識をたたきこまれた。

軍事学を受けもった教班長は交流が多く、数十名に及ぶ異動があったのであるが、普通学教員には全然変動がなかったのである。私たち第六十三分隊には六名の教員がおり、記憶ちがいがないとすれば、左記のように専門的だったと思う。谷口分隊士も、折りをみては物理、化学等を講義された。

数学（数量編）　海軍二等整備兵曹　館野正義
数学（図形編）　〃　山崎傳衛
物理
化学　〃　佐藤　敏

国語　〃　　　　笹林　進
〃　　〃　　　　原　正寿
歴史　〃　　　　片野　剛
地理 ┐
英語 ┘〃　　　　文官担当

昭和四十七年一月二十九日、たまたま県内の同年兵有志と会う機会があったが、そのとき高清水町に住んでいる第十五分隊第十四教班の菅原幸三君から、当時の教科書の大部分を保存されていることを聞いた。

あとで見せていただいたら、化学の分がなかったが、そのほかは完全だった。これらの教科書を懐かしく頁を手繰《たぐ》っていたら、国語巻一の百二十八頁の端に、錆びついた一本の縫針が刺されていた。この針こそ、彼が眠気がでてきたとき、太股《ふともも》に刺し、眠気を追い払った道具なのであった。

教班長からの手紙

幼い子供たちが勇躍、離郷していったあと、親たちは遠く離れていったその身の上に思いをはせていた。父親は男なりにそれで良しと心に固めたことであったが、母親としては苦しい毎日であったようだ。

事なく入団できたものかどうか。数日がすぎた。その日数からみて、ぶじ入団したことは確実らしいと思っただろう。

だが、入団そうそうの私には、手紙を書いて親を安堵させるなどの余裕はなかった。それでも、そのころ七月十日付で、分隊長名により親許《おやもと》の方へは、ぶじ入団の手紙が届けられていたのである。入団式が終わり、いよいよ教育も軌道に乗ってきたので、各教班長が教班全員の保護者に差し出したものと考えられた。

家に保管されていた封書の宛先、そして所属分隊長名を毛筆で書いているのは、まぎれもなく鈴木全教班長の筆跡であった。その全文は左のとおりである。(原文のまま)

拝啓、貴家益御清祥ノ段奉賀候。陳者、小官練習兵分隊長ヲ拝命シ、直接御子弟増間作郎ノ教育ヲ担任スルコトト相成候ニ就テハ、教育ノ初頭ニ当リ、分隊長トシテ御挨拶旁当海兵団ニ於ケル練習兵教育ノ概況並ニ生活状態等御通知申上候。

一、編制　練習兵ハ、十数名ヲ以テ一個教班ヲ編成シ、之ニ教班長トシテ下士官一名ヲ配シ、直接教育シ又一般ノ世話ヲナス。此ノ教班ヲ数班乃至十数班集メテ一個分隊トシ、之ニ分隊長トシテ大尉一名ヲ、又分隊士トシテ中少尉若クハ准士官二名ヲ配シ、人事其ノ他一般ヲ指導教育ス。

二、教育　練習兵教育ハ、海軍軍人トシテ御奉公ヲ全ウスル為ノ基礎的一般教育ニシテ、精神教育、普通学教育、技能教育、体育ノ各方面ヨリ訓練シ、特ニ精神教育ニ重キヲ置キ、堅確ナル軍人精神ノ涵養練成ニ全力ヲ傾注ス。尚、練習兵ハ若年ナルヲ以テ教育期間ヲ一箇年ニ延長セラレ、此ノ間、特ニ心身ノ発育練成及普通学教育ヲ行ハルルヲ特徴トス。

三、生活　規律節制アル生活ヲナスヲ以テ、従来不規律ナル生活ヲナシ居タル者ニハ暫時窮屈ヲ感ズルモ、慣ルレバ却ッテ自ラ規律的生活ヲ楽ムニ至ル。課業ハ午前四時間、午後三時間宛ニシテ、其ノ他相当時間ニ余裕アリ。昨今ハ起床午前五時、就寝午後九時ナルヲ以テ睡眠時間モ充分アリ。又、日曜日課日及祭日ハ概ネ休業ニシテ、市中見学、近郊名勝地ヘノ行軍、或ハ運動諸競技等ヲ行ヒ、一等兵ニ進級後ハ日曜日課日、祝祭日等ハ自由外出ヲ許可セラル。

四、進級　入団後約三箇月ヲ経過セバ、一等兵ニ進級セシメラル。

五、食事　食事ハ官給ニシテ其ノ他ノ飲食物ハ防疫上団内酒保ニ於テ販売スルモノニ限リ之ヲ許可シ、家庭等ヨリノ送付品ハ一切之ヲ許可セズ。

六、被服　被服ハ官給セラレ、メリヤス、褌、猿股ノ外、私有品ハ一切使用ヲ許サズ。

七、疾病　衛生並ニ治療ニ充分ノ注意ヲ払ヒ、種々手

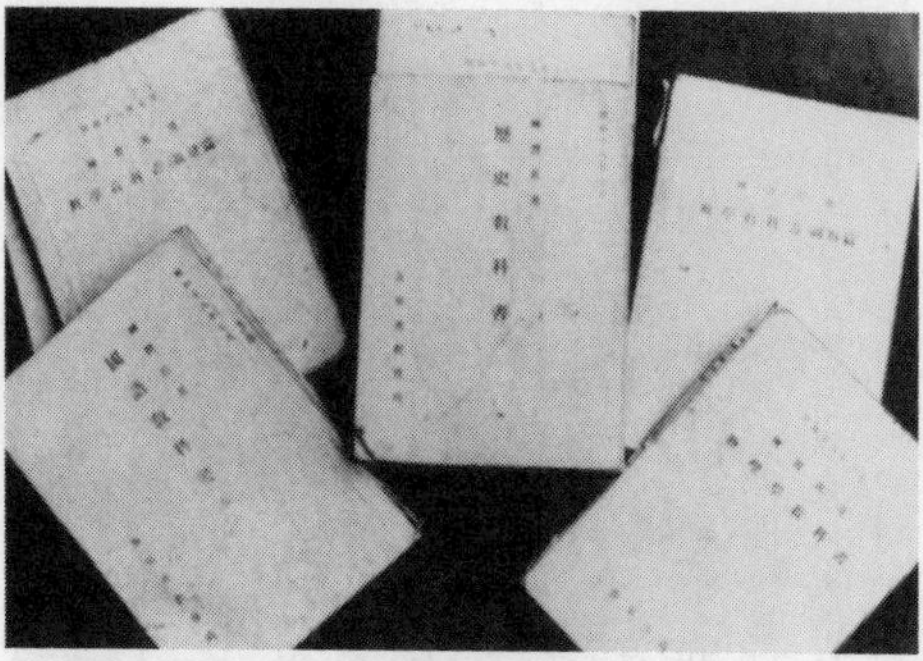
普通学の教科書。特年兵教育の最大の特徴は普通学にあった

段ヲ尽シ居ルニ付、薬品等ノ送付ハ全ク不必要ナルノミナラズ甚ダ迷惑ナリ。

八、俸給　目下ノ処、月六円五拾銭（一等兵進級後ハ拾壱円五拾銭）ヲ給セラレ、購売品トシテハ日用品、郵便切手、端書、菓子等ナリ。是等ノ物品ハ酒保ニテ販売シ俸給ニテ不足スルコトナシ、但シ、入団時日用品ヲ一通リ取揃フルヲ以テ代金約七円要ス。尚、軍隊ニテハ万質素ニ指導シツツアルヲ以テ、タトへ本人ヨリ請求アルトキト雖モ、家庭ヨリ金銭ヲ送付スルコトハ本人ノ修養上モ好マシカラザル所ナリ。然レドモ、已ムヲ得ザル特殊ノ事情ニヨリ送付セラルル場合ニハ直接本人ニ送付スルコトナク、必ズ分隊長宛「誰ニ渡シテ呉レ」トシテ送ラレ度。

九、金銭　入団時、日用品支払金約七円ノ外五円内外ヲ要シ、右以外ハ郵便貯金トシ、手持金及貴重品ハ分隊長ニ於テ安全ニ保管シ、本人ニハ金銭ヲ持ツコトヲ禁ジアリ。

一〇、面会　戦時下、警戒警報発令ノ機会多ク、且文通機関モ差当リ極メテ不便ナルノミナラズ、新兵教育期間モ短期ニシテ、面会後ニ於ケル衛生状況並ニ修業成績モ却ッテ宜シカラザル影響ヲ来ス実情ニ付、万止ムヲ得ザル事情ノ外許可セラレズ。但シ、是非面談ヲ要スル場合ハ、同一戸籍ニアル家族二名以内ニ限リ、願出ニ依リ警戒警報ナキ場合ニ許可セラルルコトアルニ付、予メ分隊長宛面会日時其ノ理由ノ概略ヲ記シ申出デ、分隊長ノ許可証ヲ受ケ持参セラレタシ。

一一、帰省　父母ノ重病又ハ死亡其ノ他本人ナラザレバ家事ノ整理出来ザル事故ノ為、本人ノ帰省ヲ願ハルル場合ニハ、父母又ハ親族ニテ願書ヲ作リ（病気ナル時ハ医師ノ診断書ヲ添ヘ）市区町村又ハ憲兵分隊長若ハ警察署長ノ証明ヲ受ケ、二海兵団長ニ提出セラレ度（書式別紙）若シ急ヲ要スル場合ニハ、先ヅ市区町村長ヨリ第二海兵団長宛ニ電報（官報）セラレ、其ノ後右ノ願書ヲ提出スルモ差支ナシ。

一二、音信　毎月必ズ少クモ一回手紙ヲ以テ安否ヲ伺ハシムルニツキ、成ル可ク本人宛ニ御返事アリ度、家庭ヨリノ通信ハ本人ニ対シテ激励慰安トナリ、教育上ノ効果至大ナリ。

一三、其ノ他

(イ)　贈呈ノ意味ニテ物品等ヲ分隊長、又ハ教班長等ニ送付セラルルハ、一々返送ノ手数ヲ要スルノミナラズ、甚ダ迷惑ニ付堅ク謝絶ス。

(ロ)　往々海軍ノ服ヲ着ケタル不良者、入団者ノ家庭ヲ訪問シウマイコトヲ申立テ又ハ手紙等ニヨリ、金銭物品ヲ詐取セル事例アルニ付御注意アリ度、尚万一右ノ如キ者アリタル場合ニハ、直ニ其ノ氏名状況ヲ小官宛通知アリタシ。

(ハ)　現金ヲ封筒ニ入レ又ハ荷物ノ間ニ挟ミテ送ラルルコト往々アルモ、郵便法違反トナルニ付斯ルコトナキ様希望ス。

以上ニテ大体御了解ノコトト存候モ、尚不審ノ廉有之候ハバ遠慮ナク御照会被下度候。尚家庭ト分隊長トノ連絡ヲ密接ナラシムルハ教育指導上最モ肝要ニ付、本人身上其ノ他何事ニ関セズ御心付ノ点有之候ハバ事大小ニ拘ラズ御通知被下度候。

追テ帰省手続特ニ電文等ハ能ク熟読願度ク、往々ニシテ官報以外ノ私電等ニテ願ヒ出タルタメ、帰兵時刻ノ遅延ハ勿論更ニ照会ヲ要スル等、御互ニ迷惑ヲ感ズルコト有之候ヘバ本紙ヲ保存ノ上御覧アリ度。

昭和十八年七月十日

横須賀第二海兵団第六十三分隊長

海軍大尉　戸田吉次郎

増間彦作殿

別紙（書式用紙白紙）――以下略。

この便りと、入団のときに着ていった衣類を送ってきたときの住所によって、親は私が横須賀第二海兵団の第六十三分隊に所属したことを知ったと思う。さらに分隊長が戸田吉次郎大尉であることも……。

さて、私たちが、いつごろから文通が許されたのか、あるいはその余裕ができたかは詳《つまび》らかでないが、はじめての日曜日か、そのつぎの日曜日であったろう。というのは、日曜日以外で便りを書くような時間は、どうにも見つけられなかったからだ。

私も自分が第九教班に配属され、元気いっぱいにはたらいていることを、真っ先に父へ通信したと考えられる。そこで父から鈴木教班長へ、息子をよろしく頼むとの依頼文が出され、それに対する教班長からの返信が手もとにある。

それは葉書によるもので、八月八日の発信印があり、毛筆で達筆に書かれている。

御書面に預り、恐縮に存じます。元より不肖なる身にて教育の大任に当るべくもありませんが、全力を尽して皆様の御期待に副ふ様努力致す覚悟であります。何卒御心配なくお預け下さる様御願い致します。

切角御自愛の程祈り上げます。（原文のまま）

なお、ついでながら、郵便はいっさい上官の検閲を要し、無断で発送することは許されなかった。外出が許可されるようになってからは、いっそうその点について注意を受けていた。手紙、葉書いずれも書きあげた場合、それを直接、教班長に差し出すのであるが、その口上はつぎのとおりである。

「第何教班長、第何教班何のだれがしが郵便物点検発送をお願いいたします」

苦行にたえかねて

七月七日に入団式が終わってから後の教班長、教員たちの、われわれに対する態度は、百八十度の転換であった。

まったく手きびしいスパルタ教育が開始されたのである。早朝の起床から就床まで、まるで腰をおろす時間も見つけかねるほどの日課に追いまくられた。食卓番などに当たると、それはじつに目がまわるほど忙しく、食器類を片づけて帰ると、もうつぎの作業が待ち受けている。

活気がないといってはアゴを張られる。少しでもヘマをしでかしたといっては額を小突かれた。それも教班全員とか分隊全員と、つねに総員制裁であった。軍隊というところは不思議なところであると思った。たった一人の失態でも、全体の責任として罰直（体罰）を受ける。

朝の「釣床収め」も気合いがはいった。戦友の目も血走ってきた。甲板掃除も物すごい。腹の中に何か未消化物でもあったら、それこそ苦しさにそれを吐き出すまでやらされる。甲板をはい回る回数もぐっと増えた。ふらふらになって、前に進めないほどに疲れてくる。

「おいおい、どうした！　貴様ら、それでも海軍練習兵か。始まったばかりでヘナヘナするような、ナマッチョロイ兵隊では、物の用に立たんぞ、それッ」

と尻を打たれる。気持だけあせるが、手足の動きはにぶくなってきた。集団から遅れたら大変だ。

「この横着者めッー。早くも弱気をみせやがって……。なにをふらついているんだ。教班長はナ、そんな弱気をみせられると、かえって闘志が湧いてくるんだ。いいかッ。日本海軍では明治このかた、この甲板掃除で魂をつくってきたんだぞ。青水吐くまでやってみろー。ソーラ回れッ」

「やあッ」

と叫ぶ声も乱れてくる。教班長たちは遅れだした者の尻を、つぎつぎに追い回しては叩きのめす。

朝食後は四時間の普通学。緊張の毎日がつづいて、疲れがでてくる。田舎からの国民学校出の者には、はじめて聞く学科も多い。「カキクケ」などと舌を噛むような文法や、ＡＢＣＤぐらいしか知らぬところへ英語を教えられる。〝化学〟とか〝物理〟の言葉もはじめて耳にした教科だったが、だからといって眠気に負けていては、自分ばかりか隣りの戦友にも迷惑がかかる。机を並べている二人のうち、一方が眠ったのをみつかれば、二人ともそれ相当の罰直なのだ。

私たちは眠気が出ると、よく右手で左手指の爪の根元を力まかせに押し、その痛みで眠らぬようにつとめた。あるいは太股を思いきりちぎる。どうしても我慢ができないと、最後の手段で、縫針を太股に刺すのである。これは隣り相手にも適用した。相手を眠らせればこちらもやられる、とあっては、やむを得ないことだったから……。

午後からは、午前中、手ぐすねひいて待っていた教班長の教育時間だ。最初は各個教練、「気を付け」の姿勢からだった。私はどうしたものか、よく左肩が下がっていると注意を受けたのを覚えている。「敬礼」は何度も練習させられた。「海軍の敬礼は陸軍の敬礼とは大分ちがう。海軍では狭い艦内での生活などからみて、大きな動作はできない。したがって、敬礼一つにしても、斜め四十五度より真っすぐに持ってくるようにする。わかったか、手のひらなどを見せてはいかんぞ」といわれる。

こうして、各個教練から教班単位の訓練へ、そして分隊訓練へとはいっていく。それも、なにしろ真夏、炎天下の訓練だから、からだにはこたえるものがあった。

夕食後、ときによっては「釣床おろし」が終わってから、「総員バスに入れ」の号令がかかる。〝ふろ〟のことを〝バス〟といった。入浴も娑婆での入浴方法とはてんでちがう。石鹸入れと手拭を持ち、分隊ごとに並んで浴場へ——。湯汲みで汗を流したあと、プールのような一度に百人以上もはいれる浴槽に入る。手拭などは、絶対に浴槽へ入れてはならない。各人が石鹸入れを手拭で包みこみ、頭にぐるっと巻きつけ、ひたいで結ぶ。浴槽の手前の方から入ると、あとは後続の者がどんどん入るため、そっとしていてもひとりでに前へ押し出される。浴槽には〝お茶ッ引き〟(何らかの理由で進級が遅れた者)の古参兵が、長い棒を手にして周囲をぐるぐると回っている。冗談をいい合うことなどは夢にもできない。そして、浴槽の向こう側へついたら、もう嫌でも浴槽からあがらざるを得ない。湯汲みを見つけ、数分間、からだをこすって終わりだ。なんとも忙しく、変わった入浴ではあった。

私の心配は、その前後にあった釣床訓練だ。〝フック〟にどうしても手が届かないのだ。頭ッから少年兵用の兵舎などはないのだから仕方もないが——。体格のいい人なら、右手で釣床を支え、左手で容易に環金をフックにかけられる。私のように小さい者には、とてもそんなわけにはいかぬ。思いあまって、教班長の「チスト」を持ってきて利用することもあった。「チスト」というのは、教班長や教員の衣類等を格納しておく茶箱程度の大きさのものだ。しかし、これとて、背の小さい者同士でとり合うのだから、のんびりと構えていたら、それも不可能となる。

たいていは「チスト」なしで、両手で環金を持ち、ちょうど蛙が柳に飛びつく格好で、フック目指して飛び上がる。うまく一発でかかれば幸いだが、一回でOKなどはたまにのことで、数回でやっとかかる。出だしがそれだから、仕上げが遅れるのは無理もない。といって、それでもいいというわけにはいかないのが軍隊である。「馴れさせられる」のである。馴れるまで徹底的にやらされるのであった。遅い者は、びしびし腰を打たれる。ビンタを張られた。

終わってホッとしたのもつかの間、「総員起こし」の号令。卸ろした釣床をまた括りなおすのである。体力のない者ほどハァハァと大きな息を吐く。顔も背中も汗と涙でクシャクシャとなった。

「総員釣床おろせ」「総員起こし」の号令が、なんどもくりかえされ、手指の爪のところはささくれ立ち、血がにじんでくる。全員くたくたになるまでやられ、やっと解放されるのだ。

釣床。朝夕、秒読みで鍛えられた

この後、二時間の温習がつづき、兵舎へもどって、二十時四十五分、号笛が鳴り、「巡検用意」。

二十時五十五分には「巡検五分前」であ

る。

このころは全員が釣床にはいり、私語をささやく者もいない。各兵舎、各分隊の甲板も、しんと静まり返っている。

二十一時、〝灯り〟を手にした先任下士官を先頭に「巡検」と伝え、そのあとに当直将校、そして分隊の当直教班長が、分隊内の通路をとおってゆく。まもなく、「巡検終わり、煙草盆出せ。明日の日課予定表通り」の号令となる。

普通は、これで一日の日課が終わり、やれやれとなるのだが、新兵にはこの時間さえ、説教やシゴキの場となるのである。

分隊長一名、分隊士二名、教班長は先任教班長をふくめて十七名、教員六名、それに助手としての古参兵一名が、私たち分隊の直属上官であった。これだけの人員となると、中には口うるさく、何かというと手っとり早く体罰を加える上官のいたことは事実である。

入団二週間目の七月十四日夜、ついにある教班から二名の脱走者が出たのであった。

教班長は二等整備兵曹で、ことに厳格な教育を強いていた。とくに罰直、説教の多かったこの仲間たちをみては、まわりの教班では、「また某教班ははじまっているナ」と、同情の目を送っていた。しかし、私たち新兵の分際では、なんの手のほどこしようもない。赤子の手をひねられるも同然なのだ。同教班の二人は前後の見境いもなく、ただ苦しさに耐えかねての脱走だったと思う。

七月十五日、「総員起こし」になったとき、二百五十余の釣床のうち、二つだけが括られずに甲板上に残っていた。分隊内は大騒ぎとなった。全員手分けをして広い海兵団敷地内を探した。木材置場や海岸の埋立地現場、あるいは格納庫周辺にもいない。十五日は暮れた。夕方までに姿は見えなかった。夜、分隊士から訓示があった。

「――たとえどんな困難があっても、それを敢然と乗り越えていくのが軍人である。いやしくも、その軍人としての誇りを、みずから失うようなことがあってはならない。逃げたにしても、けっして逃げとおせるものではなく、親兄弟にもまことにあいすまないことではないか」

と懇々とさとされた。私たちは、

「よし、いかなる苦難もぶち破っていくぞ」と心に決め、信念はますます強固になった。けれども、これがきっかけとなって、すこしは体罰がゆるんでくれるのではないかと、心ひそかな期待もあった。が、そんなことにはならなかったのである。翌日だったか、全員が飛行機格納庫に入れられた。表の戸は閉ざされる。そこは完全な密室となった。分隊長、分隊士はいなかったと思う。教班長、教員だけで全員制裁がはじまった。バッタ三本ずつ、ばっちりかませられた。「はい、つぎ」「それッつぎ」と、教班長たちはなぐりながらも喋った。

「いいか、お前たちのうちに、ああいう者が出たからといって、俺たち教班長には驚きも悲しみもないんだ。これからも、お前たちの腐れ切った精神を叩きなおしてやるから覚えておれ――」

尻を打たれたあとは〝電気風呂〟となった。これは両腕を真っすぐにあげ、両膝を半ば曲げた姿勢で立っていることをいった。三分、五分なら別段なんともない。十分、十五分ともなると、そろそろ苦しくなってくる。手がたるんできたり、体が前にのめりそうになる。と、教班長が回りながら後から前から小突く。三十分以上ともなると、体が小刻みにふるえだした。そして、このふるえが、時間のたつにしたがって大きくなってくるのだ。

――なるほど、電気風呂とはよくも名づけたものだと、感心した。

十七日の午後からだったと思う。二人の同年兵が分隊長に連れてこられた。若い者のことだ、行き先もおよそ察しがつこうというもので、たちまち非常線が張られ連れもどされた。それでも、事はそのままにはすまされなかった。いかに若年兵といえども、法を犯した罪はまぬがれなかった。数日をへて懲罰言渡式が行なわれたのである。

分隊内の教員、教班長以上、そして彼ら二人は正装し、私たちは事業服のまま整列。両名はおどおどと全員の前に起った。果たして二人はどうなるのか。私たちは彼らの身の上を案じた。分隊長が、起意、そして脱走から逮捕にいたるまでの一部始終を読みあげた。かねて示し合わせていた二人は、十四日の夜半にそっと兵舎を脱け出した。練兵場の端を通って格納庫の間を過ぎ、堀を渡ろうとする。一人が立ち止まって、「もどろうか」と声をかけたが、結局は堀を渡って娑婆へ出た。喉が乾いた二人は途中で飲水を求め、衣服をかえて逃がれたが、数日をへずして捕えられた廉《かど》により、ともに十余日の禁足処分を言い渡された。事件の発端をはじめに言い出した者が、二日ばかり長い処分だったと記憶している。

そのあとも、私たちがよく聞かされたのは、かりにも脱走したとなると、将来、再役の希望は認めず、五年の現役期間だけ勤めて帰郷させられることになり、部内の学校へも行けないのだということであった。確かに言語に絶する練習ではあったが、両名の行動はまことに残念なことで、私たち同年兵としてもいつまでも忘れることのできない突発事件というべきであったろう。

食卓番の哀歓

朝、昼、夕の食事前になると、「食卓番整列五分前」の号令が当直練習兵から発せられる。食卓番は各教班から四名ずつが、一日交代で担当することになっている。食器、飯、汁、お菜を三名で受け取るのだ。各分隊ごとに当直練習兵が引率して、烹炊所へと向かう。

烹炊所前に到着すると整列し、番号をかけてから、主計兵に分隊名を報告すると、主計兵は大きなしゃもじを持って立っており、入所を命令されてから中にはいり、食器、飯、汁、お菜を受け取り、それらを三名がそれぞれに手にし、そろって帰ってくる。それまでの間に、残っていた一名はテーブルの上に食卓カバーを敷く。

配食の間は、食卓番以外はテーブルに背を向け、通路に面して並んでいる。そして、だれか一人が前へ出て、手旗信号とか手先信号をやり、たがいに習うのであった。

食器はアルマイトづくりで、大中の食器と湯呑みが各人に一人ずつ。それにお菜入れは二人に一つの割りで配られる。一般兵は中食器に飯、大食器に汁となっていたが、特年兵は育ち盛りとの理由で、大食器に飯、中食器に汁と反対であった。でも、そうまでされても、食べ盛りの私たちでは、腹の虫がいつもぐうぐうと泣いていた。自分たちが食卓番のときは、ひとりでに、その当番四名分へ、少しでも多く配食することになったようだ。飯はみんなのところにはふっくらと配り、四名のところだけ、下の方をしゃもじでねりあげるようにし、上の方だけふわふわと見せかけた。当時の楽しみといえば、食うことと寝ることだけなのだ。たがいに、あと四日目にしか余計に食えないとすると、どうしてもそんな手を用いたものである。

配食が終わると、食卓番のうちの一名が、教員室へ教班長を迎えにゆく。

「第何教班長、第何教班、食事用意よろしい」

教班長がテーブルに着いたところで、通路の方を向いている教班員に、「回れ右、つけッ」の号令をかけ、全員テーブルに着いた。そして黙祷のあと箸をとった。

この「回れ右、つけッ」の号令で振りむきざま食卓を見た瞬間、今日はどこに坐っている四名が食卓番なのか、一目瞭然とするほど、交互に食欲を満たす方法をとったものだ。だが、あまりにこれが過ぎると、教班長が箸をとる前に、「全員起立、何歩右へ寄れ」と命じて、なにごとも公平であるべきを諭したこともある。

教班長が入湯外出して、朝帰ってきたときなどは、よく青い茎のついたままの生姜《しょうが》を持ちこみ、辛味をつけて食べていた。こういう朝は、教班長はそう食事をとらない。ときに近くの者に飯を分けて与えることもあったが、なかには、わざと煙草の吸殻を落として、あまった飯を他人の口に入らないようにした教班長もいた。

また、忙しまぎれに教班長の飯と汁を左右反対に置いたことも、いずれの教班にも二度や三度はあったことだ。ある教班長は、なにもいわずに飯と汁の食器を持ったまま立っていき、通路に放り投げて教員室へ帰っていった。別の教班長は、そばの教班員の食器をずっと回りへ離したあと、食卓へあがって後ろ向きになって食べた。飯と汁が反対になっていたから、自分のからだを逆に向きをかえ、全員に背を向けての食事をした。もちろん、こんなとき自分たちは飯にありつけなかった。配食したものを手もつけずに、そのまま食缶へ入れて棄ててしまうのだ。となりの教班長が謝ってくれ、半分だけ食えといわれたときは嬉しかった。だが、みんながみんな、このような教班長だけではなかったことは申すまでもない。「反対になっているぞ」と、自分で置きかえてもらったときなど、この温情に感謝したものである。

食事が終わると、食器を洗いにゆく。洗い場には烹炊所の看視員がいて、食缶に飯や汁が残ってきはしないかどうか、チェックしている。なにかの都合で少しでも余った場合は、蛇口から水をたっぷり入れ、他人のかげでかきまぜながら、さっと流さないと、つぎの食事から量が減じられた。洗った食器は、定められた場所に格納して引き揚げてくる。

烹炊所に同郷出身者とか知人がいると、とても助かったものだった。あのしゃもじで一杯だけ多く入れてもらっても、いくらか多めに腹におさまる。同教班の石井君は郷里の先輩でもいたのか、おかげで自分たちも余恵にあずかった。

しかし、この石井君も一度ヘマをやってしまった。夜食を食器一杯もらってきたが、余裕がなく食べる時間がなかったものらしい。温習講堂の机の中へ入れてあった。その匂いを佐藤敏教員が嗅ぎつけてしまった。コッテリしぼられたあげく、ついに彼の口には入らずに、とりあげられてしまったのである。

スパルタ式海軍水泳

海軍といえば、だれしもが青い海と勇壮な軍艦マーチに波濤を蹴って進む艦隊を想像する。海と海軍――それは当然すぎるほど深いつながりをもっており、海があるからこそ海軍の必要性があったものだろう。四面海に囲まれた日本、それこそまさに海国日本と呼ばれるゆえんなのだ。

私たちが入団したのは、七月一日である。暑い最中の入団であったから、水泳はそうそうに教えこまれた。と、いっても、すぐに海へ入れられたわけではない。

水泳用の褌布が、まず各自に配られた。鈴木教班長がからだの大きな名前頭の方から、一人一人の氏名等を毛筆で書いてくれた。教班長は、じつに字の上手な人で、つぎからつぎへと造作もなく書きこんでいく。最後が名前尻の私のものである。私は教班長の前に進み出て褌布を伸ばし、両端をピンと張って書きやすいように準備する。

「つぎは増間か」と話したあとで、みんなのものと同様にスラスラと書いていく。横須賀第二海兵団第六十三分隊第九教班増間作郎と墨痕も鮮やかである。こうも褌布の全面にわたるように大きく書いた理由はほかでもなく、水泳終了後に水洗いして乾したあと、他人のものとまちがうことのないように、との配慮からであった。

水泳最初の日は、この褌の着用から手をとって教えられる。先にある程度の長さを保ち、上部の方を左肩へかける。そして下部の方を股間を通して臀部の上のところを左手で押さえ、ぐるっと左から右へ一回りさせ、前に左手で押さえたあたりできっちりと巻きこむ。そのあと左肩からおろし、前方から股間を通して同様に巻きこむのである。

ついで各人に手わたされている手函を持ち出し、適当な間隔をみてデッキに置く。この手函が練習台となるもので、みんなが手函の上に腹ばいとなる。教班長は立ったままの姿で、両手をまっすぐに上へ伸ばす。その手を左右へまわしながら、足の方をひいていく平泳ぎについて説明しながら、この動作をくりかえす。海軍の基本泳法は、あくまでも平泳ぎである。スピードの早いクロール、そのほか横泳ぎや背泳もいちおうはやるが、広い海原を対象としては平泳ぎにかなわないのだ。

海軍となると、なにも水兵科ばかりが水泳練習をやったのではない。整備科にしても工作科にしても、主計科にあっても、みんなその泳法会得につとめた。

手函の上での基本動作をおぼえると、いよいよ実地訓練にはいる。

まずもって各人がどの程度、泳げるかを申告することによって、泳げる者を甲、乙、丙だったかと思うが、三段階に分けられ、ぜんぜん泳げない者は赤帽組としてまとめられる。丙組は白帽の下縁の方に朱線が一本、乙組は朱線二本、そして甲組は三本がはいっていた。私は二、三十メートルは泳げると思い、丙組にはいる。

かわいそうなのは赤帽組であった。準備体操をして、浅いところで両手を持ってくれ、足をばたばたさせたあと、短艇（カッターと呼ぶ）に乗せられていき、相当の深さのところで、いきなり海へ入れられる。海をみたこともないという長野県出身者などが多かった赤帽組である。手足をばたつかせながら、必死になって櫂につかまろうともがく。でも、教班長たちはけっして温情主義はとらない。目を白黒させて浮いたり沈んだりする。どうにもこうにも苦しくなって、声をあげながら、なんとかしてくれという。そして、すっかり疲れきったと思うころ、やっと櫂を差し出し、短艇へ引き揚げるのだ。苦しまぎれに身につける水泳であったから、上達も早かった。ぜんぜん泳げぬ者が一週間もやると、数十メートルは泳げるまでになるからおどろく。

私もまもなく乙組へ、さらに甲組へと編入された。水泳は手をかくと同時に顔を海面に入れ、つぎに手をかくときは顔を起こして呼吸する方法で、二列に並びながら、先行の教班長につづいていくのである。小田和湾の中は、あくまでも美しかった。海底の水草の揺れ動くのが見え、ごつごつした岩が、泳いでいく腹に触れるのではないかと思われるほどに澄んでいた。が、このように静かな海も、ときには大荒れする。台風が近づいたり、強風が吹きまくる日もある。こんなときを見はからっての水泳訓練もあった。波が一方から海岸の方へだけ押し寄せるとはきまっていない。風の吹きようで横波もあるし、波型も大小かさなりあってくる。そういう場合の水泳は苦しい。海水をいやというほど飲まされる。喉がヒリヒリと痛み出す。悪戦苦闘も、みんなわが身のためと頑張りとおした。短艇がそばについて二、三時間も泳ぐ遠泳訓練もあった。分隊対抗の水泳競技もあったが、わが分隊はつねに上位であった。

こうして数ヵ月、水泳査閲の日を迎えるのである。団長以下、海兵団の首脳が岸壁上で見まもるなか、二列縦隊となった練習兵が一人残らず、ゆうゆうたる泳ぎを披露したのであった。

汗まみれの陸戦訓練

海軍では、執銃訓練などのいっさいをふくめて陸戦と呼んだ。「気を付け」の姿勢から各個徒手教練がはじまり、つづいて教班単位となり、やがて分隊総員の訓練へと進んでいくとは先にも述べた。こうして、いよいよ執銃訓練である。

当時、小銃はイ式、三八式、九九式の三種があったが、主なるものは三八式で、銃架は兵舎の窓側にあった。各教班の背丈の小さい方の四人には、九九式が配置されていた。九九式というのは銃身が短く、太い針金の脚がつけられていた。入団後しばらくは全員に、一梃ずつ渡っていたが、戦局が熾烈化するにしたがい、戦地へ送られるとか入団兵の激増によって、何梃ずつかをとりあげられていった。そのために、後になってからは各分隊に銃器係をおき、残った小銃を相互に貸借して教練をすることになる。銃の取り扱いは、きわめて厳格だった。ことに引き金はかならず引いておくこと、背負皮は伸ばしておくことの二点はやかましい。

「捧銃」「立銃」――すべて規定どおりに仕こまれた。これも各個教練によりはじまる。弾丸の装填、着剣動作、みなまじめに身につけた。そして分列行進、散開、匍匐《ほふく》前進、突撃訓練と、習得することも多い。

暑いときは、全身汗みどろである。寒中でも激しい訓練のため、汗と埃りにまみれた。夕刻には綿のように疲れきった。あるとき練兵場での演習で、一人の仲間が尾栓を紛失した。全員が一列横隊にならんで探しもとめる。銃器は武人の生命であった。むしろ、われわれの生命より一段と高いところにあったのだ。教班長たちはよくいった。

「銃器は簡単には造れない。人間は二銭の葉書一枚で、お前たちよりもっと気の利いた者が、いくらでも集まってくる……」と。

そこで、部品を紛失すれば、たとえ草の根を分けても見つかるまでは探させられた。

教練は地形地物の利用が、うるさいほど要求される。練兵場訓練から、野外教練として団外での演習も実施された。また、横須賀市内の森崎練兵場へ出かけての教練があった。そこまでは十キロ以上はあったろう。小銃を持ち、弾薬盒、雑嚢、水筒などを身につけ、駆け足もまじえて練兵場へ向かう。到着後、一休みして、終日、散開戦闘訓練をして、また帰途の一部の距離を駆け足で帰団するという猛訓練だった。

小銃のみの訓練ではない。擲弾筒《てきだんとう》訓練は、長浜演習場で行なわれた。このように、海軍にあっても陸上戦闘訓練はきびしく実施され、やがてその総仕上げともいうべき、三泊四日にわたる辻堂演習へと移行された。

ちょうどそのころ、私は営内で金森八男氏に逢ったことがある。

私たちは入団直後は、あれこれと多くの予防注射をされた。暑いときであり、悪疫の流行時期であったことも、予防注射の多い原因だったかもしれない。普通の予防接種の終わったあと、すぐに定められている課業につくのであったが、ときに、いまの腸パラ予防接種のように二種混合とか、三種混合というのもあったらしい。あるときなどは午後から出かける前に釣床をおろし、接種して帰ったあと、夕方まで寝せられたことがあった。そのときには注射部位がだいぶ熱をもち、赤くはれあがって、夕食前に食卓番がやっと出かけていったことがあった。

これらの予防注射は、すべて医務室で行なわれた。したがって私たちの兵舎からは、広い練兵場をすぎ、本部前をへて医務室へゆくのであるが、かならず往復とも駆け足であった。炎天下の駆け足は苦しかった。医務室周辺や近くの道路の両側には、先に到着して順番を待つ兵隊たちが〝折敷け〟の姿勢で並んでいる。終わった分隊は、陣容をととのえて帰路へつく。

ある日、私たちの分隊が駆けてゆくとき、左手の芝生に腰をおろしている分隊にふと目をやったら、そこに二ヵ月前に入団していた金森八男氏の姿を見とどけた。

辻堂演習。訓練につぐ猛訓練をへて３泊４日で行なわれた

かけたあと、

「おやッ」と思った。が、まさしく金森氏にまちがいない。私はとっさに隊列を離れ、呼び

「六十三分隊の第九教班に入った」

とだけ伝えると、急いで隊列を追った。

それから数日後の日曜日、金森先輩が見えた。海兵団生活は相当にきびしいが、幸いにからだも丈夫で元気になっているという。水泳はもとからやってきたので心配はなく、カッターもまあまあだと話していた。私は先輩が出た後の、郷土の二ヵ月間のニュースを聞かせただけであったが、休みにしても、互いに忙しいからだのため、一時間ほどで別れた。

そのあと何日ぐらい過ぎたころであったか、やはり日曜日のことであった。私が仲間と頭髪を刈ったり、刈られたりしているとき、ふいに金森氏が訪れてきたのである。聞けばそのときはもう海兵団を出て、第一線へ発つ数日前のことであった。あれやこれやと話したあと、金森氏は白地で丸い名札を私に見せながら、

「自分も近々第一線へ出ることになった。なにせ南の方らしく、向こうへいけば、おそらく生きては帰れないと思う。そこで、君が元気で帰ることができたら、これを俺の形見として家へとどけるようあずかってくれ」という。

だが、私自身、元気で帰れるなどとは夢にも思っていなかったので、その旨を話したが、万一元気で帰れたら、ということだし、いま戦地へ出るという先輩のたっての依頼であったから、あずかることにした。

金森氏はこうして名札の一枚を私の手許に残して、まもなく南海の南鳥島へ出航したのである。補給もつづかぬ島とあって、木の芽、草の根を食べ、蛇、蛙などもあさって、非常な苦労をしたらしい。

以来、私は、その名札を金森氏の分身とも思い、たいせつに保管しつづけ、復員帰郷後、そうそうに同氏の生家をたずね、両親へその事情をつたえて手渡したのである。金森氏はかなり遅れたが、栄養失調とはいえ、まずは元気に故国の土を踏むことができたのは、うれしいことであった。

かくてラッパ手となる

ラッパというものは、広範囲の兵員に対して、瞬間的に命令を伝達することができる。陸軍でも、大隊とか連隊とかの大部隊になれば、ラッパ手が配置されていた。海軍でも同様である。航空基地にも艦船にも信号兵がおり、上司の命令伝達や他の部隊、僚艦との連絡を担当していた。

海兵団でも、むろん同じであった。各兵舎の階下二ヵ所は通りぬけられるようになっていて、その一角に当直将校の詰所がある。そこにスピーカーの装置があり、ここで通話することが上下六個分隊に、そのまま通ずることになるのだ。特年兵収容所以外の兵舎がどんなものであったかは、詳細を知らないが、内部の造作はすっかり同じであったと思う。ただ普通の志願兵や徴兵は、三ヵ月ぐらいで退団していくから、これらの兵舎には、あるいは信号兵が配置されていたものと考えられるし、あるいはまた本団とは分離して、こちらに一名だけが常駐していたとも思われる。

ところが特年兵の集団は、これらの兵員とは別の兵舎にそっくり収容され、訓練期間も長かったために、補助信号員の配置が検討されたらしい。補助信号員とは、あくまで信号兵の補助的な役割をになうものである。入団一ヵ月ぐらいのあいだは、起床ラッパ、巡検ラッパは信号兵がスピーカーの前で吹いていた。

ある日、当直教班長からつぎのような話があった。

「ちょっと聞けーッ。お前たちのうちに、入団前にラッパを吹いた経験のあるものはいないか。もし吹いたことがあるという者は、あとで教班長を通じて連絡するように……」

というのである。私はあとからその事実ありと、教班長へ申し出た。教班長は、からだが小さく名前尻の者がラッパを吹くとのことに、びっくりしたようすだった。数日後、海岸へ集まるようにという。

六個分隊から、約二十名ぐらいがでてきた。一人の信号兵が本団の方から見えていた。そこで、補助信号員がなぜ必要であるかを簡単に知らされた。結局は、私が考えていたのとさして大きな変わりはない。つぎに一人ずつラッパを吹鳴させられた。自分も、何番目になにを吹いたかはぜんぜん覚えてないが、たぶん五音を吹かせられたのではなかったろうか。

五音とはラッパのドレミファと同じで、ドレミファは八音階から成るが、ラッパの場合はドトタテチの五音階となっている。ドレミファでもその発声を聞いただけで、その人の持つ声がどんなものかは、およそ察しがつくだろう。ラッパとてまったくそのとおりで、音階が明瞭であるか、吹っこみがどうかで、良否の判定は容易である。全員が思い思いにプープーと吹き終えた。

「よしッ、わかった。お前とお前、そしてお前とお前、それからお前とお前に、これからやってもらいたいと思う。分隊の方にはこちらから連絡しておくので、明日より各部掃除の時間にここへきてもらうことにする。いいなッ」

「はいッ、わかりました」

　集まった者のうちから選ばれたのは六名だったと思う。こうして、私は海軍部内としてはあまり例をみないと思われる補助信号員として、退団までの約十ヵ月間、起床、巡検ラッパなどを吹鳴することとなったのである。

　同分隊からは秋田県出身の関勝太郎君がおり、彼もなかなかの伎倆であった。

　翌日、朝の体操が終わったあと、きのうの浜辺へ行く。信号兵が六個のラッパを持ってきていた。一個ずつ渡され、その構え方から教わった。見るとこのラッパは、自分たちが郷里で使用したものよりは小型であり、しかも三回りであった。陸軍のものは二回りである。また口に持っていったときも、陸軍では〝回り〟の部分を左にくるようにするが、海軍では下の方に向けた。

　起床ラッパは陸海軍ともおなじ。食事ラッパは少し異なる。一日のしめくくりとなるラッパも、陸軍では消灯ラッパといい、海軍では巡検ラッパといって、音階もまったくちがっていた。分隊長を集める「分隊長呼び」などというのも教えられた。その後一ヵ月ぐらいか、しばらくは海岸での教習があり、短い鞭を持った信号兵からの伝授がつづく。ときには磨粉をもらってラッパを磨くこともあった。

終わって帰隊すると、朝食の時間である。教班の連中は各部掃除で、ことに甲板掃除にでも当たった者は、青水を吐くまでやらされているので、「ラッパ手はいいなあ」とよくいわれた。だが、ラッパ当番ともなると、総員起こし十五分前、すなわち夏期日課なら四時四十五分には起こされた。たとえ一分でも寝ていたいときに……。

スピーカーの前に一人でラッパをかまえる。午前五時、先任下士官の合図で起床ラッパを吹く。

　タンタタンタ、テンタタンタ、ドンタタンテターン
　テンテテンテチンテチンテタンテドントターン

　このラッパの音で、同年兵一千四百名が起きるのだと思うと、なにか誇りみたいなものが湧いてきた。毎日の「課業始め」につづく行進はもとより、棒倒し、雪合戦のときなどにも、それに応じて吹き鳴らした。わけても思い起こされるのは巡検ラッパである。もの悲しく長々と強弱を漂わす巡検ラッパは、一日の鍛練に耐えぬいた己が身を慰さめ、遠い故里の親や兄弟をしのばせるに充分である。吹き終えて教班へもどっていくと、みんなは「ご苦労さん、良かったぜ」と、釣床から声をかけてくれた。

　そもそも私がラッパと縁ができたのは、高等科一年の秋からであった。

私の町の台町と呼ぶところに、作間誠さんという人がいる。この人は昭和十三年に、朝鮮咸興の第七十四連隊第二中隊へ入隊し、連隊ラッパ手として活躍した。そして退役後は、町警防団から引きつづき消防団のラッパ手として勤め、町村合併後もラッパ班長として、若いラッパ手たちの伎倆向上に大きな功績があった。

この人こそ、私にラッパの手ほどきを教授してくれた恩人なのである。

昭和十六年の秋、だれから話がでたのか、作間さんにラッパを習ってみようということが、一年上級の高等科二年の男子の間で相談されたらしかった。で、作間さん宅に何人かが訪れて、その了解を得たものと思うが、台町には三人ばかり二年生がいたから、きっとその人らが代表で出かけたものであったろう。

練習は、十月ごろから十二月末ごろまでの夜間に行なわれた。家のすぐそばには高等二年の水沼昭作氏がいた。彼もラッパを練習した一人であった。そんなとき、自分もひとつ習ってみたいものだと考えていたが、やはり隣家の同級生である松崎善右衛門君もおなじ気持でいた。二人は打ち合わせをして、先輩の水沼氏に仲間入りを依頼したが、彼も彼自身の判断のみで即答はできず、仲間と話し合いをしてからとのことであった。

さて、日数をおかずに話をしたものとみえて、他の人たちも快く承諾してくれたと聞く。私は早くもその日の夕方から同行したので、数日おくれただけで練習にはいることができた。私たちの集落から作間さんの家までは、およそ三キロぐらいはあった。夕食後、おたがいに声をかけ合い、各集落からでてくる。そして町はずれで、こちらから出かける人たちが集合して、台町へと向かう。全員が歩いていくのだ。先輩の高等科二年生が十二、三名、それに後輩の私と松崎君であり、台町で先輩三名が加わる。途中は世間話をしたり、学校での話をするほか、ときにはラッパでプープーとかすれた音を吹いたりして、作間さん宅へ着く。

作間さん宅は阿武隈川の近くで、西の方には、東北では有数の台町古墳群がある。農家で、作間さんの長兄とは同じ屋敷内ではあるが、別棟の方に住んでいた。作間さんは私たちが到着すると同時ぐらいに、生垣前の道路に出てくるのがつねだった。

ラッパは青年学校のものを使用したらしい。四名ずつ、作間さんの吹鳴するラッパに合わせた音を吹くのである。ド、ト、タ、テ、チの五音で、中間音は割合に出やすい。しかし、高いチ音や低いド音はむずかしい。第一、子供たちが玩具のラッパを吹くような簡単なものではない。頬をふくらませては、すぐこめかみが痛くなる。

ラッパの口に、自分の口の中央部分をあてる。そして、あらかじめ舌を細めて、口もとからわずか出しておく。それを引きこむと同時に息を吹き込むことで音を発する。高音の場合は、舌をより細くまるめて早く力強くやればよく、低音はその反対である。

はじめは音らしい音もでない。中間音がでたナと思うと、すうーとかすれてしまう。同音を長く吹鳴するまでには数日を要するのである。疲れたころを見はからって、四名ずつ、つぎつぎと代わる。こうして二時間ぐらいの練習がつづけられた。つぎの夜もそのつぎの夜も、出かけていった。なんとか音になりかけてきた。

音階吹鳴がややよくなってくると、こんどは本番にはいる。速歩行進のその一、その二、起床、消灯、ここまでくれば、ラッパもおもしろくなってくる。ラッパは練習後、数日交代でわが家に持ち帰る。家混みでは、うるさいから吹けない。やむを得ず、ラッパの音の出口に手拭などをぎっちり詰めて、思いきり吹いても音が外へひびかないようにして、一人げいこをやる。

作間さんの口づての音符指導がしばらくつづいた。たとえば、消灯ラッパならば、

　タンタンタンタン　タンテンタンテンチーン

　チンテンチンテン　タンテンタントンターン

となる。やがてそのうちに、作間さんが兵隊時代に書いたというラッパ音符集から転記する。それを他の人がまた転記する、という具合で、できるだけ正確に覚えるための努力をした。最初は、みんなの頭の中へ早くしみこませようと、文句にその音符をつけてやらされる。起床「起きろや起きろみな起きろ、起きないと班長さんに叱られる」であり、火災は「火事だ、火事だ、私物持って逃げろ」となり、消灯は「兵隊さんはかわいそうだネー、また寝て泣くのかョ――」となる。作間さんの都合が悪い夜以外は、ラッパの練習はあった。

君が代、国の鎮め、食事、撃ち方始め、行進は速歩行進一と二、曠野行進、戦捷行進、旅路行進、駆け足行進と、通常吹鳴されるものは、ほとんど会得した。

戦没者の遺骨が帰還したときも、出迎えは私たち小学校生徒のラッパであった。選抜されたラッパ手は白手袋を着用し、駅から小学校講堂までは〝葬送行進〟を吹き、講堂にはいってからは〝御霊鎮め〟が吹かれ、その指揮はいつも作間さんであった。

また、遠足などのときも、十余名で二交代または三交代し、行進曲を吹きながらゆく。いつか十二キロばかり離れた中浜海岸まで出かけたとき、途中の峠で休んだだけで、往復吹きつづけたのである。くちびるにはラッパ口のあとがそのまま深く食いこんで、最後には触れただけでも苦痛を感じたが、徒歩者の士気を燃やすために頑張ったのであった。

先輩が卒業したあと、こんどは自分らの学年仲間と、ふたたび前年と同じように練習にはいった。同僚もたがいに腕をあげ、かなりむずかしい音符もこなせるようになった。松崎君は農業専修への道を進み、県立農学寮にはいり、ここでラッパの特技を生かし、岩倉林君は満蒙開拓少年義勇軍として、満州の荒野でラッパを手にしたという。

松崎君は、いま作間さんの後継者となり、ラッパ班長として、ほかにも同級生の佐藤清君、和田今朝治君らが健在だ。現在の丸森町消防団員七百二十名の士気を鼓舞するラッパ手の大部分は、作間さんの指導を受けているのである。作間さんは明治三十八年一月生まれだから、もう七十歳である。

軍歌と剣道と銃剣術と

軍歌は士気を鼓舞するものである。演習は日曜日の夕方、練兵場で行なわれた。各自にはポケットにもはいりそうな「軍歌集」が一冊わたされていた。

演習は当直教班長を中心として、円陣をつくって行なわれた。なにしろ、一個分隊の員数が二百五十四名もの大勢である。そこで円陣も三重にも四重にもと、何列にも組む。はじめに教班長が、歌名とその作成されたいきさつと述べたあと、歌詞を読みあげる。軍歌は口先だけで歌うものではない。腹の底から力強く、大きな口を開いて歌うのである。

　当直教班長が、いまから歌おうとする歌名を、たとえば「軍人勅諭」という。「前へ」の号令で、左手に持った軍歌集をサッと眼の高さにかかげる。「進め」の号令で左足をあげると同時に、「軍人たるの本分は……」と歌いながら、円陣のまま歩き出す。ときには足踏みしながら、場合によっては外側数列が一節を歌い、つづいて内側数列が同じ節をくりかえして歌うときもある。あるいは前者が一節を、後者が二節目に入ることや、外側、内側の列が逆回りしながら歌うなど、その方法もまちまちであった。

　普通の志願兵、徴兵が三ヵ月程度で海兵団を出たり、中には新兵教育をいきなり航空隊で受けた人たちは、軍歌演習の時間も少なかったといわれている。特年兵はあの緊迫した状況のとき、十ヵ月半という普通の兵士たちの三倍にもおよぶ海兵団生活であったため、軍歌をよく知っていると伝えられているのも、理由のないことではなかった。

＊

　剣道は日本古来の武術の一つであることから、海軍でもこれをとりあげて、全員にその手ほどきをしていた。

　私たちは国民学校高等科時代に、すでに相当の時間を体育時間にあてられ、練習を積んでいた。講堂内の壁には、男子生徒全員の氏名札が掲げられ、十級から順次、昇級していく。五級、四級と上級に進むにつれ、人数が少なくなっていくのはもちろんで、私も卒業のころには、もう一級の腕前であった。当時、学校には伊藤嘉兵衛先生（後に石田姓となる）という新進気鋭の先生がいた。先生は剣道の時間となると、暑いときも寒いときも、千斬りと称し、切り返し一千回をやらせたのである。一、二と号令をかけては前へ二度切り返して進み、三、四と後へ下がりながらの二度の切り返し、こうして五、六とまた前に、七、八と後へもどる。暑さのときは汗びっしょりとなり、寒さの場合も、すっかりと汗ばんでくる。その後、一息入れ、練習に入るのであるが、紅白に分かれての練習試合も再三にわたって行なわれた。負けじ魂、根性が、いつしか心身に植えつけられていくふうであった。人に負けるな、負けて悔やしかったら勝たなくてはならぬ。剣道は心気体が一つとならなくてはならぬ。心に弱気があってもいけないし、まして気合いが入ってなくては、相手に立ち向かうこともできない。先生はいつも剣道着、袴を着用して、真っ先に防具に身を固め、心ゆくまで教授に努めた。生徒たちも立居振舞いことごとく教師の姿を求めるようで、師弟愛は深まるばかりであった。

剣道の相手、それは五尺の標的である。しかし、剣の道は相手の一瞬の心の虚を衝くことであって、面、胴、小手、突きの四ヵ所のうち、いずれかに一太刀をあびせることだと説いた。それも受太刀であってはいけない。先太刀の一刀で仕止める力倆を磨けとも話す。

剣道を終えると、いったんは静座黙想に入る。まもなく起立。そして全員、威儀を正して詩吟朗詠の一刻を過ごす。

私が高等科一年のある日であった。近隣の国民学校対抗の剣道大会が、隣りの国民学校講堂で開催された。高等科一、二年で一チーム五名を単位としたA、B二チームが編成され、私も選抜されてAチームの一員として参加したのである。他の学校のチームは、いったいどれほどの実力があるのか、それはまったく見当がつかなかったが、とにかく持てる力をそのまま出し切れ、と伊藤先生はいう。私たちは恐れずに正々堂々の戦いを挑んだ。首尾は上々であった。A、B二チームとも、つぎつぎと相手を討ち取って、ついに両チームで優勝決定を争うということになったのである。

このような実績を持っての剣道である。からだこそ小さいが、剣道には自信があった。からだの大きな同僚にも、一歩のひけもとらずに、真っ向から立ち向かっていっても、そうも疲れはしなかった。多くの同年兵のうちには、防具をつけたことのなかった人もいたかもしれない。その人たちにとっては、やはり剣道も苦しい科業の一つであったにちがいないと思う。

寒中のけいこなら、けっこうからだも暖まってよい運動ともなったが、暑いときの剣道は大変である。額にきっちりと手拭を巻いても、たちまち汗がにじみ、そして激しい動きにつれて、したたり落ちてくる。頬を伝う。目にも遠慮なく入りこむ。息苦しくなってくる。それでなくても真夏の午後である。頭がボーッとなり、目がかすむ。

「そらッ、どうしたッ」

教班長の声に、ハッと驚いたときはもう遅い。ビシッと手首に手ごたえがあったとき、とうに竹刀を飛ばされている。

「なんだ、そのざまはッ。お前はそれでも人を斬れるかッ」

あわてて駆けて行き、竹刀を拾いあげ、正眼の構えをとったとみるや、「面ッ」と一発見舞われる。相手は六尺近い教班長だから、たまったものではない。頭上から振りおとされた竹刀は後頭部をしたたかに打ち、ズシンと痛みを感ずるのである。戦友仲間なら、身長の差もたいしたことがないから、面を打たれても、せいぜい防具の金具の上を叩かれる程度だ。ところが、長身の教班長の一撃は、そんな甘っちょろいものではない。まさに脳天を叩き割られるような重圧感がある。小手にしても、ビリビリと腕の付根にまで感じてくるのだ。こうしたきつい剣道を通じてからだを鍛えるとともに、精神修養をはかったのであったろう。ところが、細沼分隊長となり、戦争も一段と苛烈になってくると、もはや剣道の在り方も昔のままではなかった。すなわち、実戦向きの剣道へとやりかたが変えられていった。もっとも、一対一の試合であることには変わりがないが、両者はざっと五十メートルの距離をへだてて相対峙する。

防具を着け、竹刀を手に伏せの姿勢で相手を凝視する。そのとき、「始めッ」と教班長の気合いの入った号令がかかる。両者はいっきに駆け寄り、「エイッ」と相手に一刀で斬りかかる戦法なのだ。「面」とか「胴」とか、定められた個所に限って斬り込むのではなく、袈裟斬り、胴斬りなどの一刀両断を考えるのだ。したがって急所を避けるという注意事項だけで、あとは大きく足を払おうと、右胴を打とうと問題外で、いかに相手の機先を制して効果的な一刀を与えたかにより、勝ちを宣したのである。

＊

銃剣術も、在郷軍人や青年学校生徒がよくやっていたことは見てきた。自分も、国民学校卒業後三ヵ月間、青年学校に入籍しているが、入学そうそうの者には、まだ銃剣術の実地訓練はなかったのである。

したがって銃剣術は、海軍に入ってはじめて、その訓練を受けることとなった。いま振りかえってみると、剣道、銃剣術の防具は、それぞれの分隊に間に合うだけ格納されていたものではなかったように思う。だが、銃剣術の時間となると、二百五十四名の全分隊員が防具で身を固めたのだから、ある程度のものを各分隊ごとに保管し、分隊間で貸借し合ってやったのかもしれない。

とにかく、防具は兵舎外へ持ち出したあと、身に着けたものである。「兵舎離れ」の号令で舎外に整列、右手に木銃、左手で防具を小脇に抱える。そして、隊列を組んだまま駆け足で練兵場へ向かう。この駆け足の時点からが、もう苦しいときなのだ。私たちにドンピシャリと合う靴など、どこにもないことは前述した。でも、はばき（脚絆）の下の方の両側にボタンがあって、細い皮革で短靴を横にぐるッと巻くようになっていた。まるっきり靴が抜けてしまう、ということはまずない。だからといって、けっして歩きやすいものではなかった。大きめの靴を履いて、背丈の大きい仲間が先頭となって走ってゆくのについていく。それだけでも並大抵ではない。まして、防具を小脇に抱えてである。

防具は胴の部分の内部に、面や胸当てなど、すべてがきちんとはいっている。重みも、ずっしりとある。銃剣術をやった経験のある人なら、その防具の大きさがどれほどあったかは、よくわかっているだろう。大の男でもこたえる重量であったから……。私は、この重みを掌《てのひら》全部で受けるわけにはいかなかった。からだが小さいから腕も短く、胴の端の部分にやっと指の二関節までがかかるだけであった。それだけの指であの重みをかかえこみ、足に合わない靴を履き、練兵場へ走るのだ。剣道には、ある程度の自信はあったものの、事実、これには少々まいった。

練兵場に着くと、それを身につけて休みなしに訓練だ。「前へ」「後へ」「前々」「後々」と木銃をかまえたまま、しばらくは前後への移動の動作がつづく。ときどき「突けーッ」の号令、「やあーッ」の気合いもろとも一突きする。

そのうちに、教班長は号令に代えて号笛を使う。「ピッ」が前へ、「ピッピッ」が後へ、そして「突けーッ」が、高く、それに長く「ピーッ」ということになる。

そのあと、相手との訓練へ入る。いい加減なことをしていたら、教班長に相手をされ、それこそからだがのめるまでやらされる。これも、やはり分隊対抗試合があった。私たちの分隊では、秋田県出身の菅峨弘司君が十七、八名勝ち抜き、大いに名を挙げたのである。

皮膚病に泣く

そのころは、ちょうど猛暑の時期であったために、からだの汚れもひどかった。バス（入浴）があるといっても毎日ではなく、二日に一度だったと思う。もっとも水泳が終わったあと、水泳用の褌を洗い、からだをさっと流す程度のことはあった。だが、そんな具合では清潔なからだを保つことはできないことだ。〃たむし〃があちこちに出てきた。〃インキン〃にもかかる。甲板掃除など跣《はだし》でやる作業もあるため、〃水虫〃にもやられる。といって、医務室まではかなりの距離があるので、おいそれと簡単に治療にいくわけにもいかない。第一、そんな余裕はどこにもないのだ。

18年7月、63分隊第1教班に配属された。後列左端が著者

〃たむし〃も放っておくと、どんどん大きくなる。ことにそれが〃銭型《ぜにがた》たむし〃といい、丸く出てくる厄介なものである。赤くふくれあがり、周囲の発疹が日ごとに広がっていく。背中の方に、太股に脇腹にと、どこへでも遠慮なく顔を出す。それが、私たち第六十三分隊ばかりではない。水兵科にも機関科にも、工作科の分隊にも、患者が続出してきた。

そこで夕食後のひととき、この皮膚病退治の時間が設けられることになった。ところで、その薬というのを看護兵がやってきて、みずから塗布薬を手渡したものであったか、あるいは薬物を練習兵分隊へ持参してくれ、それをこちらの担当者が分けてくれたものであったのかは知らない。それはそれとして、夕食後ともなると、患者全員が集まってきて列をつくり、上半身、裸となる。そして、一人一人の左の掌に、係員が指につけては薬をちょびちょびと渡す。そうすると、各人は右の人差指にこれをつけ、前の人の患部に塗りつけるのである。薬は粘土のようなもので、かなり匂いの強いものであった。この薬をすりこむように患部に塗っても、〝銭型たむし〟はなかなか頑固で、そう簡単には抜け切らなかった。患部は、だいたい上半身に多かったように思う。数百人がこのように、毎夕、列をなして、あたかも大蛇が動きまわるように治療する風景は、ちょっと奇妙にも見られたが、自分自身もその一人となっていた。

私も右の大腿部に一ヵ所でき、そのあと顔面にも一つが現われてきたのである。しかも、こいつは憎らしくも額の真ん中に、直径五センチばかりの姿を見せたのだ。

ちょうどそのころのことである。温習の時間であった。私は一番前の席にいた。佐藤敏教員(天津敏の名でテレビ俳優として活躍)が、ふいに「増間、起て」という。私はなんのことかわからぬまま、いわれたとおり起立した。つづいて「回れ右」の号令なので、後を向く。四個教班六十四名の顔が自分を注視した。すると佐藤教員は、

「みんな、増間の顔をようく見ろ。顔もよく洗わんと、こういう状況になるぞ、いいか」

みんなが、「はい」と答える。

「よーし、増間、回れ右、着席」とのことで坐る。なんのことはない、額の真ん中にできた〝銭型たむし〟を、衛生教育の実物として披露されたものであった。

佐藤教員の通常は、謹厳そのものであったが、たまにそんなときもあった。いつだったか、

物理の時間に、一升壜《びん》を立てながら、「みんなよく見ておれ、これは一升壜だナ。俺は砂糖壜（佐藤敏）だ」と話したり、「俺の地方は、おすす（おすし）弁当というのだが、増間は知っているナ」といわれたことを覚えている。なにせ、佐藤教員は東北、それも宮城県出身らしいことを耳にしたこともあったが、果たしてどうだったか――。

水虫も治りにくいものであった。指の間が裂け、血がふき出してくる。これは格別な薬はなく、風をあてるなりして乾かす以外に方法はなかったようだ。中には、ぐちゃぐちゃになり、ずいぶん難儀をした連中もいたようだが、私はこれからは縁遠く、大して苦労の思い出もない。

だが、インキンにはやられてしまった。これも夜、寝たあと、かゆくて困ったものだった。日中も汗でひりひりするが、まあ忙しさにまぎれて過ごす。入浴後に薬の代わりに歯磨粉をつけたりしてかわかすなど、人知れぬ悩みを持ちながら、ひたすらに涼風を待ちわびたのであった。

地獄の罰直責め

海軍に籍をおいた人ならば、どうにも忘れられない言葉の一つに〝罰直《ばつちょく》〟がある。罰直とは、いってみれば体罰のことである。なにかヘマをしでかしたり、横着な態度があると、たちまち罰直となった。つまりは、精神がたるんでいる、成績がよくない、あるいは規律違反の場合、罰直の声が飛ぶ。そして罰直には、じつに多くの方法があった。

"アゴ"を殴られるなんていうのは、一番軽いものだ。それも「足を左右に開け」「歯を喰いしばれ」と、指図を受けてから、思いきり左右のアゴを張られるのである。これが練習兵同士の時もある。二列に並ばせられた後、「前列、一歩前へ進め」「回れ右」。そして、おたがい同士でビンタを三つとか五つとか、命令されただけ殴り合う。

〝対抗ビンタ〟ともいったが、手加減でもしようものなら、俺が教えてやるとばかりに自分がビンタを張られる破目となるから恐ろしい。

私が最初にビンタを張られたのは、入団後十日目ごろであった。その日は食卓番に当たっていて、どうしても洗濯物をとりこみに行けなかった。すると教員室に呼ばれた。すでにその洗濯物はとどいていたのだ。

「なにか思い当たることはないか」と、教班長はいう。

「洗濯物をとりこみに行きませんでした」と率直に話した。

「そうか、お前はわかっていても、自分のものをとりに行けなかったのか」

と、左右二つずつやられた。目から火が出るほどにこたえた。食卓番で暇《ひま》がなかったことを話しても、「言訳無用」とのことだった。残念で涙がでてきた。

「兵隊に泣く奴があるか」とまた叱られた。

夜おそく、鏡の前に立ってみた。わずか二つずつと思ったのに、頬がすこし紫色にはれあがっていた。

〝前支え〟というのもある。両手両足を、地面や甲板に、からだを伏すようにして支えるのだ。疲れてきて腰を低くしたり、逆に高くしたりすると、バッタで小突かれる。こうして、十分も二十分もやらせる。さらに「右足を揚げーッ」となる。つまり両手と左足でからだを支えることになる。「方向舵をかえーッ」となると、こんどは右足をおろし、反対に左足を揚げる。

真夏のある日、この前支えを朝補科の四十五分間やらされたこともあった。汗と涙で顔の下はすっかり濡れた。苦しくなり、両手のそろえた指を自然の前向きばかりか、横にしたり斜め後ろに回すなどして、苦痛に耐えた。

またバッタというものがあった。これは野球のバットより少し細めに、樫の木でつくられた棒である。〝軍人精神注入棒〟といった。このバッタで、人間さまを後ろ向きにさせ、腰を思いきり叩くのである。叩きやすくするために腰を突き出した姿をみて、〝グリコの看板〟ともいった。顔などを打てば、すぐに紫色となり変形する。腰なら衣服を着用するから、外見上、なんの異常も認められないわけだ。これをはじめてくらったのは入団後まもなくで、教員室前に集められ、教班員全員が二つずつかまされた。これは痛かった。骨が折れたのではないかと思うほど激しいショックを受けた。殴られた直後は、足が硬直したようになって歩くことさえつらかった。樫の棒にも、よくお世話になったのである。教班長たちは殴る前、かならず腕時計をはずしていた。強く打つので、時計に狂いが生ずるのを避けたものらしい。一つ打たれるのを一本と数える習慣だった。このバッタを三百本打たれぬと、一人前の帝国海軍軍人にはなれないと話す。そして、お前たちは今後もよく数えておけともいった。私は八十数本まで数えたが、ばかばかしくてやめた。月に何度かのバッタ制裁を数えるほど愚かなことはないと思った。軍人精神注入棒も、時局の逼迫につれ〝大東亜戦争勝抜棒〟と呼ばれるようになった。

〝電気風呂〟もよくやらされた。両手を上に挙げ、膝を半ば曲げの姿勢で数十分つづけさせる。疲れてくると、からだ全体に弱電でも通じたように、わなわなと震えてくる。

〝自転車〟というのもあった。釣床を吊るビームの金具に、両手でぶらさがるのだ。足は自転車を踏む仕草をする。教班長が、「それ、坂道だ」といえば、足の動きを早めなくてはならない。手がしびれて下へ落ちると、「そら、パンクだ」と樫の棒で足を払われるから、すぐに飛び上がる。

また、〝鶯の谷渡り〟というのがある。テーブルをならべた下をくぐり抜けて、甲板を端から端へ移動する。向きを変えてくるとき、「ホーホケキョー」と鶯の鳴く真似をしながら、急いで抜けるのだ。あまたのうちだからと思って声を出さぬと、「ここに唖鳥がいたぞ」と腰を打たれる。

ときには、この〝テーブル〟の中央に班務を坐らせ、あとの十五名で数十分も、このテーブルを両手に高く揚げさせられる場合もあった。乗っている班務もつらいだろうが、揚げて持っている者も大変だった。

そのほか〝手函〟の上に長い鉛筆二本を横にならべ、ズボンをまくりあげて坐わること。衣嚢棚に足をあげて、両手を背中に組んで、頭の先だけで甲板に倒立するという〝B29の撃墜"と呼ばれるものもあった。これなどは五分もやらされると、数日間、頭の芯がうずき、痛みがとれないのである。

　そのほか、小銃を「捧げ銃」の姿勢で長時間もたされる。釣床を頭の上に両手で持ち、兵舎を駆足で回るなど、数えあげればきりがなかった。

　これとは別に、直接からだに痛みはないが、やはり苦痛を与える方法もあった。〝蜂の巣〟などはそうだ。夏の盛りに、自分の衣嚢棚から衣嚢を引き出し、掃除服を三着、それに外套を着てその衣嚢棚に入る。あの小さな棚に着ぶくれて入るのだからたまらない。汗をぼたぼたかきながら顔を出している様は、いま思い出してもぞっとする。

　教班対抗や分隊対抗競技となると、教班長たちの意気込みはものすごい。必勝の信念で全力を出しきっても、負ければ〝飯の半減〟ぐらいは覚悟すべきものだ。食べたい〝菓子〟も止められる。はなはだしいのは〝通信止め〟といい、家族の郵便発送も期限付で差し止められたらしい。夜の説教なども忘れられないもので、同じような文句を毎晩のように聞かされたものである。

負けられぬ短艇競争

　短艇（カッターと呼ぶ）は海軍軍人として、当然に習得すべきものの一つである。もともとは艦艇の入出航するとき、小型のものは直接、桟橋に横づけとなって上陸、乗艦ができるが、大型艦ともなれば吃水が深く、とてもそこにつけることができない場合が多い。そんなときに、短艇をもって桟橋との間を往来して上下艦する。あるいは戦闘その他の事故により、艦艇を離れる場合もないではない。そういう事件にぶつかったときも、いちはやく短艇をおろし、それに乗り移って身の安全をはかるなど、海の生活にとって短艇の重要であることは、論をまたない。

また、短艇はけっして一人や二人の力ではどうにもならないのだ。艇長以下十三名の、一糸乱れぬ動作によってのみ、その効能が大いに発揮されるのである。したがって、その訓練はまことに厳しいものであって、「一人が総べて」の海軍魂を養なう基幹ともいっていいであろう。

短艇も他の実科教育と同様、午後から行なわれる。それも一部の教班だけが、ということはけっしてなく、分隊全員、すなわち十六教班総員がダビットへ急ぐ。ただし、普通学教員はいつも参加とは限らず、翌日の学科の関係から支障のないときにだけ出かけたようだ。当直練習兵の先導で、足並みもピシャリと練兵場を駆ける。たとえ、いかに足並みがそろっていても、まわりを走る教班長の鋭い声が飛ぶ。

「元気がないぞッ！　そらッ、どうした。元気を出せ、元気を！」

当直練習兵の「一、二ッ、一、二ッ」の掛け声も、しだいに上ずっていく。

「覇気《はき》がないぞッ。なんだ、お前たちのその駆け足は……。駆け足だからといって、ただ駆ければいいというもんじゃないんだ。胸を張れ、上体を起こせッ」

「おいおい、腕はどうしたあッ。腕の振りが足らんじゃないかッ」教班長の怒声は、前後左右から、がんがんと絶えまなくひびく。
砲台傍を通り、やがて本部前の短艇庫前に到着する。ここで係員から、教班ごとに爪棹《つめざお》と櫂を受けとることとなる。舵柄はそのとき受けとったものか、あるいはそのまま据え付けておかれたのかは、記憶がはっきりしない。

短艇訓練。尻の皮は破れ手には豆で、厳しい訓練だった

一教班、一艇分の用具、それは爪棹が甲と乙との二本であり、櫂は十二本であった。ダビットとは短艇を揚げおろしする鉄製の「型をしており、一つのダビットには二隻の短艇が手前と奥とに二列に並んで吊り下げられている。そして、このダビットが岸壁にいくつも並んでいた。ここで数教班が一組となって、教班長の「短艇おろせっ」の号令で、号笛のもと海面へおろす。つぎつぎと十六隻がおろされると、岸壁の梯子を伝って教班ごとに乗りこむ。

二本の爪棹を岸壁に突き当てて、短艇を離す。短艇は左右に六名ずつ、計十二名が漕ぎ手となる。私たち背の小さい者四名は予備員となり、艇長である教班長のそばに腰をおろす。教班長は艇尾に腰かけ、艇首を向きながら舵柄を片手に握る。そして片方にはバッタを持ち、口には号笛をくわえる。

漕ぎ手は艇尾の方を向き、幅のせまい板一枚に腰を浅くかけるのだ。

「防舷物出せッ」の号令。すぐさま舷側を痛めぬようにつくられたものを艇外へ出す。つづいて、

「櫂座栓はずせーッ」の号令で、櫂の挿しこまれるところの金具をはずす。

「櫂立てーッ」

十二名がいっせいに櫂を上へあげる。「櫂用意」で、櫂座栓に押し込んだ櫂を握ったまま、上体を前に倒す。全員緊張して、口を真一文字に結ぶ。

「前へーッ」で、櫂を握ったからだを後に倒しながら水を掻く。教班長はピーッピッ、ピーッピーと号笛を鳴らし、櫂を引いたとき、バッタで舟底をトントンと叩きながら調子をとる。

少し馴れてから、バッタでの調子とりは予備員がさせられた。潮風があるといっても、たちまち汗が出てくる。ちょっとでも櫂運びが合わなくなると、教班長の語気が激しくなる。そのうちに、「予備員交代」の号令がかかり、さあこんどは私たち予備員より背丈の少しまさっている四名との交代である。櫂は三メートル余もあるのだ。握り手をつかんでみても、指が半分とわずかしか回らない。おまけに、通常やってない四人だから大変である。前の人にすっかり合わせて引かないと櫂がぶつかってしまい、ときには波に持っていかれてしまう。たちまち教班長が爪棹を持ち、頭に打ちこまれる。痛いなんていうものではない。とんびのくちばしのようなもので、頭に穴をあけられ、血がふき出した同年兵もいた。顔まで鮮血に

染めての頑張りであった。海軍には特年兵用のものなどは何もないのだ。小銃も釣床も、櫂でもみな徴兵が使用するものと寸分もちがわない。櫂が艇と交叉する櫂座栓のところは、摩擦で熱くなってくる。

「着せまき湿せーッ」の号令で海水に浸す。十五分、二十分とつづける。腕も折れよと漕ぎに漕ぐ。

「櫂立てーッ」の号令。〝やれやれ救われた〟と思いながら思いきり、櫂にからだの重みを加え、その反動で櫂を立てるが、一瞬、からだがふらふらする。暑いときならまだいいが、寒いときでも櫂立てと同時に、冷水が襟首にさっと落ちてくる。尻の皮は破れ、手には豆ができる。整備科は週に一回の割りで、短艇の訓練があった。やっと尻っぺたに薄い皮が張ったと思われるころ、またつぎの訓練となり、ついに海兵団にいるうち満足に乾いたときはなかった。

短艇は海が平静なときだけやったのではない。波が荒れたときもやった。こういうときはよく櫂をとられ、流された。ある日のこと、飯田君だったと思うが、櫂をとられたことがあった。そのとき彼は、すばやく衣服を脱ぎ、海へ飛び込もうとした。その一呼吸の機転の動作に教班長も叱らなかった。「よーし飯田、飛び込むな、舟を回せ――」といって、艇上から拾いあげたのであった。

短艇競争もよくあった。十六隻が、海上に一線に並んでスタートである。末等にでもなったら大変だ。飯半減などの罰直が待っているのだ。全員、渾身の力をこめての戦いであった。

櫂をとらない予備員の声援にも力が入った。こうした血の出るような訓練をして、岸壁へもどってくる。そのとき予備員の一人が、すぐに短艇のロープを持って、モヤイ結びという結び方で、いったん繋留する。そして、おろしたときとは逆に、こんどはダビットへ揚げるのである。

短艇は真冬にでも実施された。寒げいこということもあった。駆け足、剣道、銃剣術などとともに短艇の日もあった。午前五時起床、外は真っ暗だ。〝灯り〟を持って短艇を出すのだ。その日も、何教班かの仲間が、岸壁から短艇へ移乗のさい、誤って短靴の片方を海中へ落としてしまった。数時間の訓練後、明るくなってから、彼は褌一つで真冬の海に飛び込み、数メートルもぐって引きあげてきた。からだが寒さで真っ赤であった。

短艇で思い出されるのに、荒天準備のための緊急揚陸がある。短艇はそのすべてがダビットに吊られていたものではない。数十隻は岸壁の近くに繋留されていた。ところが、台風などで風波が激しくなると、いかに防舷物を出していても舷側がぶつかり合い、破損することがある。そのため、「荒天準備」の指令がはいると、号令一下、総員が駆け足で直行し、短艇の揚陸作業にかかった。それも、ダビットへ吊る余裕はない。岸壁の手前に、海岸へ通ずる斜道ができている。結局、二教班くらいの人数で、短艇を肩にかつぎあげ、この斜道をのぼって安全な陸地へ運搬したのである。鞭を持った教班長が、艇の中に立つ。

「上げーッ」の号令で、みんなが肩を入れる。教班長が鞭を振りながら、「右上げーッ」とか「左すこし上げーッ」と平行に上げさせて、エッサ、エッサと運ぶ。かなりの重さの短艇である。歯を食いしばって、一歩一歩とのぼりつめる。背の小さい私たちは、このときは割りとらくであった。肩が低くて舟底にとどかないのだ。肩ががっちりはいっている人たちは、キイル帯（船の最下部を走っている船の背骨となる木材）の錆止め塗料で、その部分が赤くなっている。私たちも横着者よばわりを避けるために、仕方なく伸びあがっては、塗料を肩にくっつけるという状況である。

短艇と同じく、通船、別名を伝馬船とも呼んだが、これもやった。漕ぎ手は艫櫓《ともろ》と脇櫓《わきろ》の二名で、両名がうまく調子を合わせないと進まない。下部に小さなへそがあり、そこから紐がピンと張っていないと、すぐにはずれる。押す、引くの力が同じでないと、船はくるくると一方にばかり回る。教班長が、「押え回ーし」「控え回ーし」と号令をかけたり、「海兵団の煙突へ向かって宜候」などと号令しても、そうたやすく漕げるわけではない。でも、そこは訓練の賜物で、けっこう一人前の漕ぎ手として育っていった。

私は整備兵

私の兵科は整備兵だから、とうぜん飛行機の整備に関する時間数は、相当にあった。兵舎内で、テーブル、椅子をビームの上にあげ、甲板を邪魔ものなしにして、自分の手函を机代わりに講義を受ける「座学」も多い。けれども、大部分は練兵場の東端にあった十棟ぐらいの格納庫内での実地指導訓練なのだ。

そして、いまでも記憶に残っているのは、この格納庫の扉をいっぱいに使って、敵国の飛行機の型が描かれていたことだ。ボーイングB17、コンソリデーテッドB24、F4Fワイルドキャット、グラマンF6Fヘルキャット、双胴の悪魔の異名をとったロッキードP38ライトニングなど、爆撃機、戦闘機が、緑色の上に白ペンキによって、その機型が書かれていた。

練習機用の小型エンジンの名称、分解組立などからはじまる。エンジンは、中島製の「寿」と呼んだ七気筒のものであった。受講はみな熱心で、すすんで前の席をえらぶようにした。前にいれば実物がよく見えるし、教班長の声も明確で、なによりも直接、手を触れられる利点があるのはいうまでもない。

「おい、間隙《かんげき》ゲージを持ってこい」

と命令されるのはいいとしても、忙しく、「スパナを持ってこい」とか、「モンキースパナをくれ」といわれるのはどうしたものかと思った。というのは、「スパナ」は回螺器、「モンキースパナ」は自在回螺器であり、捻子回しは割回螺器と教えられていたものだから……。

整備兵には、上下つづきの掃除服が三着手渡されていた。普通は事業服だったが、あまり汚すまいとしても機械類をいじる仕事だから、あとの着衣の洗濯が大変だ。あのころ、いまのようにいい石鹸はなかった。最初のうちこそ、たまに「ニッサン石鹸」などが支給されたが、その後は薄青色の粘土のようなものであり、とても具合よく汚れが落ちるという代物ではなかった。だからといって、薄汚れたのを着用すれば、体罰が待っているだけと思えばいい。

海兵団はもともと基礎訓練の場所だから、実戦に役立つような飛行機はない。羽根も羽布でできたもので、その修繕などを翼にあがってやらされる。ときには組立を終えた練習機を庫外に引き出す。飛行機を停止させるときは、かならずロープのついた三角型の車輪止め（チョークと呼ぶ）を置く。教班長が操縦席につき、始動をする。この場合、始動を助けるため、プロペラに皮をかけ長いロープを数人で曳く。そして「エナーシャ回せ」の号令で始動し、「コンタークト」となる。しだいに回転を早くする。機体の尾部の方が浮き揚がる格好となり、後部に乗るよう指示される。それが夏ならば、まさに気分爽快にはちがいない。大扇風機代わりだから……。が、それが冬の冷気の沁みるときとなったら、もう完全にお手あげだ。

練習機は同乗装置で、教官が操縦桿を手前へ引けば、別席の操縦桿もそのまま作動することになっている。足では足踏桿《あしぶみかん》（フットバー）を動かす。油圧の状況、電気系統、補助翼、垂直尾翼の動きと、目は八方にくばられる。講義は飛行機そのものだけで、機体よりみて翼が翼端に対して上がっている角度を上反角何度とか、後方に向かってのものを後退角とか、「ノッキング」とはエンジンのしょう外爆発のことにとどまらない。当然、航空燃料のことも覚えなければならず、オクタン価がどうのこうのと、とにかく短期間にガムシャラに詰めこまれた。

もっとも、最初に航法に必要な羅針盤、航空図板、航空計算盤のこともふくみながら……。

童顔のほころぶ時

海軍では、〝酒保〟という言葉が聞かれた。

航空隊や部隊の駐屯地などにあったものであろう。艦船勤務の経験のない私には、船ではどんなものだったかもしらない。

酒保とは、それら隊内、基地内で、部内者を相手として便箋や塵紙等の日用品、または飲食物を売っていたところと解していいだろう。海兵団にも確かにあったのだと思われるが、どうもいまの記憶ではあやふやである。はばきの下に靴が抜けないように巻いた皮革の帯を買いにいったような気もする。なにせ、昭和十八年半ばからのことだし、世の中に品物も不足になってきたときだから、あるいは格別に酒保などは置かなかったとも考えられる。それに、場所が新兵の基礎教育の拠点でもあったから……。

入団後、各人に甘いものは支給された。しかし、これは無料ではなくて、一回十銭ぐらいであったろう。週に二度ぐらい、小袋に入った菓子がくばられる。ふつうは細切れのパンであり、私たちはこれを〝切りパン〟と呼んだ。そのほかには、〝甘露《かんろ》〟がきたこともあった。甘露とは、いまでいう〝甘納豆〟である。食うことと寝ることしか楽しみのなかった私たちとしては、これは嬉しい支給品であった。夕方になると、「各教班より二名、教員室前集合」などとの命令が下る。そうすると、いつでものことだが、それを耳にした者がだれに限らず、指定の場所へ駆ける。二人は菓子袋を持ち、にこにこと帰ってくる。迎える者の笑顔もまたこぼれるようだ。

これは釣床おろし前あたりのひととき、各人に渡される。湯茶が出され、「酒保開けーッ」の号令で、袋の中を見、おしいただくようにして食べるのである。

この楽しい酒保も、戦況の悪化とともに三日が四日おきに、そして五日おきにと、その間隔がだんだんと大きくなっていった。罰直の一つにあった「酒保止め」とは、この菓子袋の支給を差し止められたのである。食物の憾《うら》みこそ恐ろしいというが、いまもって当時の無念さが思われてならない。

＊

入団してしばらくの間は、海兵団だけの生活である。そこにはまったく女性の姿はなかった。特殊の物をのぞいては、物品等を買うことも必要でなく、お金を見るということもなかった。兵隊以外の人といえば、海岸の埋め立て工事に働いている朝鮮出身の人を主とする労働者の一群だけである。よくいわれた〝娑婆〟とは没交渉の生活がつづく。三ヵ月をすぎたころ、はじめて外出を許される。海軍には、昔から「クラブ」と呼ぶ新兵の外出先がきめられていた。

実施部隊（教育終了後に配置される航空基地や艦船等をいう）へ行くと、外出もはっきりと右舷、左舷に分かれて許されるものであった。そのために、日中の外出は半舷外出と呼ばれていたのである。だが、海兵団は教育を行なうところであり、実戦部隊とはちがう。昼夜を問わず戦闘に備えている場所ではなかったから、外出も分隊員が同じ日に許可された。

しかし、その外出は、世間で普通かんがえられるようなものではなかった。一人で勝手気ままには歩けなかったのだ。教班長に引率され、クラブへ行って家庭的な雰囲気を味わってくると思えばいいだろう。当日は弁当と菓子の小袋一個が与えられる。初の外出ともなると、小学校時代の遠足と同じように、いや、それ以上の嬉しさがあった。ひとりでに心がはなやいでくるのも当然である。クラブとはどんなところであろうか。子供たちはいるのだろうか。あれこれ思う外出前夜は、気分も和やかだ。教班の仲間たちは、温習前の一刻をさいて準備をしている。一種軍装を衣嚢から出してみたり、靴下をそろえたりする。それもつかのま、釣床訓練のあと講堂へ……温習後が就床だ。ゆうゆうと髭を剃り、念入りに衣類に目を通し、持物の点検をする暇はどこにもないのだ。やっと釣床にはいって、両側の仲間と二言、三言語り合うと、もう睡魔がどっと襲ってきて、たちまち深い眠りにはいる。

翌朝、外出日だからといっても、朝の日課には別段の変更はない。朝食を終えてからの用意である。前夜に一応の準備らしいことこそしているが、靴を磨いたり何かとやるべきことはあるものだ。一種軍装に着がえたあと、そそくさと温習講堂へ向かう。そして、三十分ほど、軍人勅諭の奉読をして兵舎へもどってくる。これも精神安定を図ったものか……。号笛が鳴り、「外出員整列五分前」の号令がかかる。各自は〝姿見〟の前に立ち、服装をととのえ、雑嚢だけを右肩から左脇腹へかけて練兵場へ整列する。そして、当直将校が号令台にあがったところで、各分隊ごとに人員報告がある。さらに当直将校より、外出に際しての注意事項が伝えられる。

「諸君は、本日はじめて半舷外出を許されることとなった。七月一日の入団以来、海兵団という殻の中に閉じこもっての教育が実施されてきた。早いもので、もう三ヵ月を迎えた。上官の適切な指導と、諸君たちのやる気が相まって、どうにか軍人らしくなってきた。しかし、ほんとうの軍隊というものは、けっしてそんな生やさしいものではない。これから長い期間にわたって、血の吹き出すような猛訓練が課せられることであろう。そういう日課の今後を前にして、本日は半舷外出を許可されたのである。いまは一般の人たちも、戦争遂行のために、全力をつくしてその場に働いていることは、諸君も承知のとおりだ。そこで、たとえ外出を許されても、のんべんだらりと過ごしては、世間さまに申しわけないと考える。本日、諸君らが出かけるところは〝クラブ〟といって、軍の方から特にお願いしてある家庭であることは、すでに教班長などから聞いているものと思う。はじめての外出でもあるから、教班長もみんなについていくが、まちがってもクラブに迷惑をかけるような行動をしてはならない。礼儀を正しく、帰るときにはよく室内を整理してくることが大切である。とにかく、今日の一日、大いに英気を養って、明日からの訓練に勇敢に立ち向かってもらいたい……」

と、まあ、こんな調子の訓示があって、各分隊ごとに出発だ。水兵科の第十四分隊を先頭に、歩調も高らかに団門を出て、ここで左右に分かれる。自分たちは、ここから拡巾工事をしている道路を通って長井町の中心街へといくが、道路はずっと海岸に沿って通じていた。練兵場近くの海岸にはそう岩石などはないが、こちらへくると大小無数の岩がある。奇岩怪石ともいえるものもある。海はどこまでも青く、団内から見た風景とは逆に、団外より自分たちの生活圏を眺めるのも、別の味わいがあるものだ。

兵舎が何列にもならんでいる。手前があとからできたところで、自分たちも朝夕なじんでいるが、そこから練兵場の向こうに、以前からの兵舎が見える。そのわずか手前の海岸には、湾に砲口をのぞかせている砲台があり、間近にダビットがならぶ。本部は松の小高い丘にさえぎられているが、そのかなたに大楠山が見える。

長井町は漁業をやる人もいたが、浜特有の磯臭さも大したことなく、静かな町である。クラブは道路より少しはいったところにあった。おばさんが快く迎えてくれ、すぐに湯茶の接待をしてくれる。私たちの休み場所として、八畳間二室を開放してくれた。教班長の実戦談を聞いたり、たがいに故郷の話をするとか、からだを横にして休養する。また、近くの海岸を歩いて、ひさびさに団外の空気を存分に吸うことができた。夕方までの数時間、看視というようなこともなく過ごせる外出は、十二分に英気を養うことができたのである。

刻限がくると教班長に引率され、海兵団へともどってきて、帰団点検を受けるのだ。軍歌演習があった。外出の夜にはよく説教を聞かされたり、釣床訓練も回数を多くやらされるとか、バッタをかませられる場合もあった。〝娑婆の空気が抜け切っていない〟という見方である。こうした数回の引率外出のあと、自由外出となる。町を歩いても、ご時勢だけに腹に詰めこめるものはまずない。しかたなく海辺へ行って、手漕漁船からいわしなどを買ってきて、クラブの縁側で焼く。煙が部屋に漂う。おばさんに、「外で焼いて下さいョ」などと声をかけられた。

なにしろ、いつも腹をすかしていた。きょう食べなければ、あと二週目にしか、食卓番以外では余分のものを口に入れられないのだ。魚でもさつまいもでも、さがしては食べた。食い意地が張っていた。これを食べると腹をこわすとわかっていながらも、口に入れた。外出の夜、そして翌朝の厠《かわや》（便所）当番は、泣かされたものである。

＊

18年10月に葉山行軍が行なわれた。写真は御用邸付近にて

半舷外出ではなく、日曜日を利用しての行事も何回か実施された。これは歩行訓練であり、その土地の名所や旧蹟を見せて、視野を広めさせる目的であったらしい。

昭和十八年十月六日、葉山行軍がおこなわれた。全員一種軍装を着用し、それに白いはばきをつけ、雑嚢を持っていく。とても天気のいい日で、御用邸の近くまで行った。

海岸より少し離れたところ一帯に、石垣が積まれていた。ここで各教班より数名が出て、野外演芸大会が催される。私も教班員から無理に選ばれたかたちとなって、詩吟をやった。忘れもしないのは乃木将軍作「金州城外」である。全員の前に立った。目をつむって腹の底から吟ずる。

山川草木転荒涼　十里風醒さし新戦場　征馬

途中でみんなが笑った。はて、どうしたものかと席へもどって同教班員に聞いたら、征馬進まず人語らずを、征馬語らず人進まずとやったという。では、あがったのか、これはしまったと思ったが、後の祭りであった。……

十一月二日は油壺行軍である。途中、柿の実を見つけて故郷を思いおこした。

そこは風景もいいところだが、海岸へ下りていったところに水族館があった。建物の入口にあった貯水槽に、大きな青うみ亀が二匹泳いでいた。屋内には多くの貯水槽があり、各種の魚が泳いでいるのを見た。

同月二十五日は鎌倉行軍で、このときは乗物も利用した。露座の大仏、鶴ヶ岡八幡宮、そして護良親王が幽閉されていた洞穴を見るなど、鎌倉時代の歴史に直接ふれたのは嬉しかった。

明けて十九年一月三日は、衣笠山《きぬがさやま》行軍であった。ここはその名のとおり数百メートルの山で、明治時代に使用された大砲が、空を向いたかたちで保存されており、はるかに横須賀軍港も望まれる。あちこちに艦艇が錨をおろしているのも見えた。

二月二十三日は、走水行軍であった。いつか教練で駆けてきた森崎練兵場傍をとおり、大津の海軍刑務所前をとおる。ここからは海岸沿いに歩いて、走水神社を参拝しながら、前に歴史で習った「弟橘媛《おとたちばなひめ》」の悲話を思い起こす。

四月二十四日には、久里浜行軍が実施された。ペリー上陸地を歩いた後、海軍工作学校へ寄ったが、ここの甲板《デッキ》はピカピカに磨きあげられ、顔も映るように光っているのにおどろく。ものすごい甲板掃除で、練習生が鍛えられているのであろうことが察せられた。

そのほか三笠見学とか、追浜行軍もあった。

追浜へも乗物を利用して同地の海軍航空隊へ行き、はじめて航空母艦を目のあたりにした。また二式の大艇をみては、その大きさにびっくりし、新型の局地戦闘機が黄色いシートに覆われているなど、活気ある基地の実際を見ることができた。

〝鷗《かもめ》〟から一等兵へ

二等兵のときには、階級章というものはない。私は正式にいえば、入団時に海軍二等整備兵を命ぜられた。海軍では各兵科にわたって、階級も簡略に呼称した。二整という。階級章がないから二種軍装（夏期に着用し白地のもの）を着用しても、腕にはなにもなくそのままだ。〝鷗《かもめ》〟と呼ばれた。また一種軍装をしても同じで、これは〝烏〟組と呼ばれたのである。

三ヵ月をへて、十月十五日、海軍一等整備兵、すなわち一整へと進級する。こうなると、右腕に階級章が付けられる。

階級章は官職区別章といい、地は黒、それに錨と線は黄色の刺繍《ししゅう》である。その線一本が一等兵、二線となると上等兵というわけだ。また、線と下の錨の間に桜型の色別章があって、兵科を表わした。水兵が黄色、私たち整備科は緑色となっていた。

進級祝いは、長井国民学校講堂を借用して、十月二十七日に行なわれた。分隊長をはじめ全員が出席した。分隊長からは、一等兵に進級したのだから、一段と心を引きしめて軍務に精励されるようにとの訓示があった。

このあと、演芸大会が行なわれる。各教班から、寸劇、歌謡、詩吟と多彩に繰りひろげられた。入団時、第九教班だった私たちは、ほどなくして第一教班となったが、その第一教班も寸劇を披露した。寸劇は私が即興的に書きあげたあらすじに、風口速敏君、矢島武雄君と私をふくめた三人の演出になるものである。題は〝溜息をつく男〟というものであった。学校の先生から背広を拝借し、私は眼鏡までかけて舞台へ出たが、当日の懐かしい写真が色あせて、いまも手許に残っている。

この日、やんやの喝采を浴びたのは、第九教班で群馬県前橋市出身だと記憶しているが、下境敏夫君の歌謡「赤城しぐれ」であった。

月は雲間に赤城はしぐれ　恋に嘆きの峠を行けば
またも一雨またも一雨　さよしぐれ

彼もそう大柄な方ではなく、むしろ痩せ型の体格であったが、歌は抜群のうまさがあった。アンコールの声が何度かあったのも無理はない。それからは就眠前に、よく歌好きの当直教班長が甲板巡視に見えては、下境同年兵に声をかけ、全員が釣床に入ったまま「赤城しぐれ」の一曲を聞かせられてから、眠りにつくということがあったのを覚えている。

彼は翌年五月、私たちと同じく写真練習生として、洲ノ崎海軍航空隊に入隊、卒業後も第七十分隊に所属する映写班に編入され、各地を巡回しながら特技としての喉《のど》を生かしていた。

である。

病気休養もつらし

病気や怪我をしたときの処置は、つぎの方法がとられた。それは軽業、休業、入室、入院である。

ごく軽微なものは軽業と称し、軽い作業には就かせるが、つぎの休業ともなると、分隊内甲板の一番はずれに釣床を吊って休養させる。といっても、そこは軍隊だ。たかが下痢とか頭痛ぐらいでは、釣床上にらくな姿勢とは問屋がおろさない。

数日間食欲がない。顎骨《あごぼね》がとがって見えるようになると、やっと釣床休養の命令がでた。だが実際は、それよりも、むしろ教班長たちの徹底した制裁により、この経験をした者が数えるほどしかいなかったことを知るべきであろう。下着が汚れている。試験の結果がよくない。そんなたわいもないことに腹を立て、だれはばかるところなくシゴクのである。こっちはなにひとつ反抗できない。腰を打たれ、顔の形を変えて釣床に横たわるばかりであった。

進級祝いの演芸大会で演じる著者（舞台中央）

何月ごろであったろうか。秋口とも思われるが、三笠見学が行なわれる二、三日前のことだ。どうも体調がよくない。食欲はほとんどなく、疲れがひどかった。が、なにごとも我慢だと自分に言い聞かせつつ勤務はしていた。教班の連中も心配してくれる。

「どうだ、大丈夫か？　あまり無理せん方がいいぞ。なんだったら、教班長へ話してやるさ」という。

「まあ、いいや。まだなんとか勤まるだろ」

私ははっきりと、そう言葉を返していた。といっても、人間には限界がある。やがては吐く息がどうも変だという。みかねた仲間が教班長へ通報したらしい。

医務室へ連れていかれ、軍医の診断を受けた。病名は「急性腸炎」と告げられた。ただちに入室すべしとなった。入室とは、入院するまでもないが、だからといって分隊内でただ釣床へ寝かせて休養させるだけではいけない者を、収容治療することである。洗面具その他の持物もあるため、いったん兵舎へもどる。教班長の後にしたがいながら考えた。

一日一日が猛訓練なのだ。一日休めば一日だけみんなに遅れる。ここで数日入室となれば、どれほどの差がつくか計り知れないのだ。

「教班長、私は入室をせずに、分隊でめんどうをみていただきたいと思います。……」

「なにッ、入室しなさい。そんなわけにはいかん。軍医がそくざに入室しろといったじゃないか。そうそう無理をせんともいい。黙って数日、行ってこい」ときた。

こうなってはどうしようもない。あきらめるよりほかはなさそうだ。

――まあ、これがいきつくところか、いまへたな我を張って病状を長引かせては、かえってマイナスになりそうだナ。

教班の仲間たちは心配していた。

「どうした、増間」

「どんな具合なんだ？　軍医はなんといっていた」と、代わる代わるに顔をのぞきこむ。

「急性腸炎ですぐ入室だとヨ」といえば、「そうか、そうか。その方がいいよ。早く治してこいナ」と励ましてくれた。

――ああ、勉強もそうだが、三笠見学もできないのか。

三笠見学は前々から待たれていた行事だった。「三笠」はいうまでもなく、日本海海戦のときの、わが海軍の旗艦となった艦である。明治三十八年五月二十七日、有名な〝皇国の興廃この一戦にあり各員一層奮励努力せよ〟のZ《ゼット》旗は、この「三笠」の楼上高くひるがえって戦意を高揚し、大勝利を博したのだ。「三笠」は排水量一万五千トン余で、「富士」「八島」の最初の装甲一等戦艦より、さらに副砲二門をふやし、「朝日」「敷島」「初瀬」とともに、日本海軍の主力として活躍した当時の巨艦であった。

その三笠艦にも、もういけない。残念しごくだが、病気ではどうにもならなかった。身回品を用意する。教班

一等整備兵に進級した著者

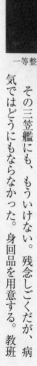

長は、

「だれか持物をはこんでやれ」という。

教班長と二名の仲間に付き添われ、ふたたび本団の医務室へ出かけたのは夕方近くであった。教班長が受付へいき、若い看護兵に私の身柄を託す。別の看護兵が見え、すぐに小部屋へ案内してくれた。ここは甲板とちがいベッドであった。仲間から持参の身回品を受けとる。教班長は、早く横になって休めといってくれる。

落ちついたあと、教班長と同僚は帰っていく。ぽつんと一人、部屋に残されてみると、なんともさびしいものだ。頭までがんがんしてきた。看護兵がきて脈をみ、体温計を置いていく。五分ばかりして体温をみにきたが、

「これは、だいぶ熱があるぞ。いま氷枕を持ってくるから、そのまま休んでおれ」という。

看護兵は自分よりも年は三、四歳は多いと思われた。たぶん志願兵なのであろう。階級は私と同じであった。氷枕を持ってくると、

「それ、これを枕にしろ」と普通の枕と取り替えると、さっさと帰ってしまった。ぶっきらぼうな奴で、余計なことは一つも言わない。すべて事務的である。国のために大事な軍人の治療を担当しているなどの気持のそぶりは、彼らには微塵も持ち合わせていないのである。下士官や将校ならいざ知らず、一般兵卒はどこへ行っても虫けら同然の扱いだった。

弱っているところに、暑い日射しの下、二度も医務室へ足を運んだために疲れたのか、三十分もすぎると、うとうと眠りについた。どのくらい眠ったのか、

「おい、夕飯の時間だ。起きろ」の声に目をさます。さきほどの看護兵が膳を持って立っている。

〝ははァ、この看護兵が自分の受持だナ〟と直感する。彼は枕許にそれを置いた。かゆ食の上に梅干しが一つ、味噌汁、それに生卵なのか一個がはいっていた。私はちらッと目をやったが、すっかり食欲をなくしていた。おそるおそる上体を起こしてから、

「飯はとりたくないんですが……」と話す。

「そうか。飯はいらんというのだナ」と、目をぎょろつかせた。私は黙ってうなずいた。彼はさぐりを入れるような目つきで、私がまたベッドに寝るのを見ている。

「おい、ぜんぜんいらんのだナ」とのぞきこんで、「そうか、それでは持ち帰るぞ」

彼はニタリと笑みをもらして、膳を持ち去った。飯は無理にでも少しは食べておくものだとか、少しでも口にしてはどうかなどの言葉はかけらもない。それよりも、患者が不要と答えるのを待ち望んでいるふうにさえ思われる。そそくさと運び去って、あとはゆうゆうとわが腹に詰めこんだのであろう。

医務室は病院ともちがって、治療も看護兵だけが当たっている。看護婦は一人もいない。男だけが病に臥し、男だけが看護につとめるという殺風景なところであった。夕食後のすこしの時間こそ、ぼそぼそと話し声が聞こえ、廊下を歩く音などするが、そのあとはことりともしない。

収容施設も、せいぜい二、三十名どまりかも知れない。九時ごろだったと思う。入室後は

じめて治療らしい手を加えてくれたのが、浣腸であった。これは別段どうともなく、彼のなすがままにまかせていた。夜半に氷を砕く音だけが、ぶきみに聞こえるばかりである。それでも、あの看護兵は一度だけ氷を入れかえてくれた。

翌日の朝、昼も食欲なし。午前、腕に注射一本。そして氷枕のままである。食事どきとなると、彼は相変わらずきちんと食膳を運んできたが、不要の声を聞くと、もう枕許に置くでもなく、くるりと背中を向けて帰ってゆく。通路を往来する看護兵が、どうしたものか恨めしく、わけても当番看護兵に無性に腹立たしささえ感じたのである。

夕方ごろ、どうにか熱も下がってきたふうであった。そうなると、気分もすぐれてきたように思う。彼はまた夕食を運んできた。うまくいけば、今夜もありつけるかときたのであろうが、合点、そうはいかない。こちらも、そろそろ補給をしなければ、それこそ目玉が裏の方で光ることになる。食膳を手にしたまま、

「おい、夕食がきたぞ」という。すかさず私は、

「今夜は少しいただいてみますから……」と返事した。彼は予期に反した声を聞いてか、

「なにッ、食えると……」と、念を押しての言葉である。

「はあ」といいながら食膳を受けとった。献立は前日の夕食と同様だった。かゆは半分くらい食べたが、卵だけは残しておいた。それくらいの施しをしておかぬと、あの貪欲な看護兵が、こんどはなにを仕出かすかわからない、と考えたからだ。十分も過ぎてから膳下げにきた。

「どうも御馳走さまでした」と、いちおう笑顔だけは見せておく。彼も、どうせ食えないとあきらめているし、いつまで不服面をしていてもまずいと思ったのか、

「ああ、どうだい。うまく食えたかい」と話しつつ、目はもう卵に注がれていた。

どうにか食欲も少し出てきたので、やれやれと思う。就眠前、体温を計ってくれたが、もう熱もほぼ平常くらいとのことだ。気分もよく、二夜目はすぐ眠りに入ったが、夜半に「ちょっと、起きろ」という。そして、より重患への氷砕きを手伝えというのである。やっとよくなりかけた病人に、しかも夜半に起こして氷砕きをさせるとは、と驚きと怒りで、怨念がもくもくと頭をもたげた。我慢してやった。終わってからも長いこと眠れなかった。口惜しさで……。

翌朝も、食事どきには入口から病室まで、他人の分まで運べとの命令なのだ。その日の夕方、教班長がようすを見にきてくれたので、事のしだいを報告、教班長は強引に話を運んでくれ、その翌日、三日目には帰った。

教班長は、分隊内での数日の休養をみとめてくれたのである。

鈴木教班長との別れ

入団後十日ばかりすぎてから、分隊員全員が教班長たちの首実検をされたことがある。練習兵が外に出て腰をおろし、教班長や教員が一人ずつ兵舎内の窓から首を出す。それをみて、第何教班長のだれだれと渡された紙に記録して出すのであるが、忙しさにかまけてわかるの

は半数ぐらいの有様。十日も顔を合わせていながら上司の氏名も知らないのかと、ずいぶんどやされた。

海兵団生活中、第六十三分隊でも、多くの人たちとの離別にあった。入団当時の分隊長であった戸田吉次郎大尉は、トラック島へ赴任されたと聞いたが、後任は細沼繁中尉となった。髭の分隊士といわれた岩崎酉三氏も少尉に昇任して転任された。岩崎分隊士は八の字型の立派な髭を生やし、独特のしわがれ声で話していた。夏時分はずっといっしょで、水泳をやると髭の油が落ちてしまうのか、普通はピンと張っているのに、ドジョウの髭のようにぶらりと下がっていたのがおもしろかった。部屋に帰ると、油をつけ、櫛でよく撫でつけていたのを見たものである。後任に見えたのが小沢武整備兵曹長で、小柄ながらきびきびとした、いかにも歴戦のつわものを思わせる分隊士であった。

海兵団生活中に、四名の教班長が変わったことをいま思うと、いかに人事の交流が激しかったかを知ることができる。入団当初は鈴木全上整曹、そして小野正己二整曹、退団のときは関根文治一整曹であり、そのあいだにも短期間ではあったが、岩瀬衛二整曹にも指導を受けた。だが、なんといっても思い出ふかく、ことのほか記憶に残っているのが、最初の鈴木全教班長との別れである。

鈴木教班長は、私たちの入団当初からの担当で、炎暑の下に不動の姿勢から挙手の礼、水泳、短艇、銃剣術と、実技いっさいの訓練をされたのであった。身体もがっしりとしており、やることなすことのすべての動作がみごとなもので、まさに模範に足る人物だったと思っている。筆字もなかなかのものだった。もちろん訓練そのものは厳格で、弱年だからといって、けっして情を見せない点もあった。殴られもしたし打たれもした。が、本心から教班長を怨むということはなかった。

その教班長に転任の命令がきたのは、十月ごろだったろうか。私たち第七教班の者は、おどろいてしまった。が、だからといって、私たちにはなんの策も講ずることができない。

ずるずると別離の日をむかえた。兵舎の外に第六十三分隊の全員が両側にならび、挙手の礼で鈴木教班長を見送った。教班長は第一種軍装で、帽子缶を左手に返礼をしながら、「元気にやれよ」と笑顔で去っていく。

列の後尾にひかえていた私たちのところへさしかかった。一人一人の顔を、つぎつぎと見渡しながら、

「みんな、からだを大切に頑張ってくれ」と話される。

髭の分隊士・岩崎西三少尉

私たちは、いまさらながらに慈愛ふかかった鈴木教班長との別れに、涙が出てくるのをどうしようもなかった。教班長は最後尾のところで、全員のほうへ振り向き、挙手の礼をする。

そのとき、当直教班長が、「帽振れーッ」と号令した。全員が帽子をとって、うち振った。教班長も立ち停まって、しばらく帽子を振った。やがて帽子をかぶり直し、

ふたたび挙手の礼をしたあと、回れ右をして本団の方へ向かった。他の教班の連中は、まもなく解散して兵舎へ向かったが、私たち十六名だけは身じろぎもせず、一歩一歩、遠ざかっていく教班長のうしろ姿を見つめている。だれも一言もしゃべらない。そのときだれかが、「教班長ーッ」と叫びながら駆け出した。あとの十五名も、すぐにつづいて教班長を追った。広い練兵場をただ一人で歩いてゆく教班長のまわりに、全員が寄り添った。

「教班長」「教班長」

ただそれだけの言葉しか出なかった。

「お前たちは、新しい教班長の言いつけをよくまもって、りっぱな軍人になれヨ」とさとされる。

「はい」と、全員が返事をしながら歩く。

教班長は最後にいった。

「さあ、日課が待っているぞ。ここまででいい。帰って、しっかり勉強しろ」

だれからともなく声が上がった。

「教班長、お元気で」「教班長、さようなら」

教班長とても別れが辛いのは、同じなのであろう。後を振り向くと情が表われると思っているのか、まっすぐに立ち去っていくのであった。それでも、これが鈴木教班長との最後の別れとなるのかと思うと、去りがたい気持が、みんなの胸に大きく広がってくるのであった。

「教班長ーッ」

だれかがまた叫ぶ。そして駆ける。全員が走った。十六名全員の目には涙があふれ、そして、ひとすじ、ひとすじが光りながら頬をつたった。

「教班長、教班長」と声をかけながら、教班長の横顔をみた。教班長は泣きたい気持を、ようやく押さえながら、歩を進めるふうである。こうして、広い練兵場も半分あたりまで行った。このとき教班長は、毅然とした最後の命令をされた。

「よーしッ、みんなの心は教班長が知りすぎるほど、よーくわかった。ほかの練習兵も待っているだろう。教班長も残り惜しいが、ここでさよならをしよう。いいナ。さあ帰るように……」

私たちはもうこれ以上はついていけない、と考えた。

「教班長、ありがとうございました。お世話になりました」

いよいよ足ばやになった教班長の後ろ姿は、こっこくと小さくなっていく。いまとなっては、ただ離れ去ろうとしている親を必死に呼びつづける幼鳥のような私たちであった。

「教班長ーッ」「教班長ーッ」

悲痛な声が、その背に何度もかけられた。ふと、教班長がくるりとこちらを向いた。もう顔の輪郭も、はっきりとは見分けられぬほどの距離にあった。

教班長は帽子缶を地面におき、手旗信号の送信合図を送ってきた。私たち全員も、受信合図を送った。

「ミ、ン、ナ、カ、ヨ、ク、ゲ、ン、キ、ニ、ク、ラ、セ」

と、規格どおりの手旗信号（手旗を持っていないが、両手で行なう）を送ったあと、教班長は帽子缶を手に、背を返して本団の方の松林の中へ消えていったのだ。

みんな泣いた。とめどなく涙が出てきた。だが、それをおたがいに見せまいとして、手の甲で拭った。溜息をつく。

「いい教班長だったなァ」

と、となりの友に声をかけながらも、涙の顔を見せるのがいやで、相手の顔を見ることはしない。

「さあ、みんなで、がっちりやるぞ」「そうだ、そうだ」

笑い声が出てきた。だれともなく兵舎の方へ走り出す。男の悲哀、別離の苦しみから、十六名のまた新しい出発がはじまったのだ。

映画『水兵さん』の頃

起床から消灯まで、目の回るような忙しさに明け暮れる海兵団生活にとって、なによりも嬉しいことは家族との面会であった。

私も十ヵ月半にわたる海兵団での暮らしのうち、数回の面会があった。第一回目は十一月ごろだったと思う。もう一等兵には進級していたが、訓練もいっそう厳しさを増してきたころである。列車の速度が速くなり、いつでも汽車に乗れる現在でも、武山の方まで出かけるのは大変なことだ。それが、食糧事情もわるく、乗車券も思うように入手できないときに、乳呑児を抱えた母と父とがわざわざ面会に足をはこんでくれたのである。

その日は日曜日であり、私は外出していた。夕方、そろそろ海兵団に帰るころ、突然、友人の一人から告げられた。

「君のところへ両親らが面会に見え、探しておったぞ」と。

私は同教班の緑上君とともに、友人が会ったという方向へ急ぎ、どうにか会うことができた。野外での面会である。両親と末弟東洋治、それに勘蔵叔父（母の弟）かね伯母（父の姉）たちであった。わずかに数十分会っただけだったが、それでもひさしぶりに、夢にまで見つづけてきた両親らの元気な姿に接したことは、ほんとうに嬉しかった。

緑上君が一足先に出たあと、団門の近くまでみんなも歩いてきたが、なにせ時間もないと思い駆け足になった。

ところが、団門の近くの道路拡幅工事の爆破作業のため、折り悪しく暫時、交通が禁止されている。父母らも心配したが、数分後に通行可能となったので団門へ駆け込んだ。小野教班長が、衛兵所まで出迎えてくれる。

「間に合ってよかった。よかった」と話してくれた。

私は歩きながら、入団以来はじめて、短い時間ではあったが両親たちと面会してきたことを告げた。

それから数日後、面会人が来ているからとの通報で、団門傍の面会所へ行った。同級生の松崎喜久男君と、同郷出身の佐藤作右衛門さんの二人であった。松崎君が郷里から鎌倉市在住の佐藤さん宅を訪れ、そろって、にわかに来てくれたもので、とてもありがたく、数十分間にわたって隊内の模様を話したり、同期生のようすなどを聞いたりした。

そのあと、親類の山中五郎さんにも、面会にきていただいた。山中さんは私の祖父（母方）の兄の長男に当たる人で、当時、横須賀防備隊勤務の海軍上等兵曹だった。そのころとしては珍しいケーキなどを食べさせてもらった。

越えて翌十九年の春、父母とかね伯母夫妻が見えた。こんどは朝早めに会うことができ、長井町のある家を借りて、ゆっくりと一刻を過ごすことができた。そこは海岸の近くで、居宅は石垣の上に建てられており、三橋うたさんというお婆さんがおられた。七十歳近い方だったと思う。東洋治は母の背からおりて、室内をはい回るようになっていた。おはぎを持ってきてくれたのを食べる。うまかった。同級生が乾柿を贈ってくれたという。みんなの顔を思い出しながらいただいた。なにもかもおいしかった。父母は、いまの生活はどうかと繰り返し聞いたが、もうすっかり馴れ、厳しいながらも、しっかりやっていることを話した。

会ったときとは逆に、別れはつらいものであった。このあといつ会えるか、いや会えないままに、いずれかの実施部隊へ配属されることも予想された。もっとも、その後、終戦まで約一年半は、両親との面会の機会はなかったのである。それ以後、外出のとき、三橋さん宅をたずねるたびに、乾柿を食べ、湯茶の接待を受けたが、お婆さんはそのあといかがお過ごしだろうかと、いつも気にかけていた。

東京のかね伯母は、一人でなんどか海兵団へ見えた。重箱に入れたおはぎを一人で食べてしまう食欲に、びっくりしていたようである。

＊

厳しい日課に明け暮れている私たちにとって、たのしいこと、それはただ食うことと寝ることだけだった。そして、そのほかには家族との面会、たまには行軍といって近辺の名所、旧蹟を訪ねることもあげられるが、部外からの慰問演芸もまた楽しみともなり、忘れられない思い出になっている。

私たちが十ヵ月半、武山海兵団にいるうち、いま思い出されるのを順序不同だがあげてみよう。松竹映画『水兵さん』の撮影で来団していた岸井明、坂本武の両氏――ハーモニカの宮田東峰氏の兄に当たられる方とかうかがったが、木琴演奏されたのをみた。

声楽家としては四家文子さん、女優としては歌もうたわれた轟夕起子さんのお二人も見えた。会場は、いつも私たちが実務としてしぼられる格納庫が開放され、手函に腰をおろして見ていた。人数が多いときは、前の方が腰をおろし、後の方は立ってということにもなったが、たいていは満員だった。

このような行事があるときは、たいてい前日の夕方とか、当日の朝に知らされた。そして午前中なら十時ごろから、午後なら昼食をすませたあとあたりから見せられる。通常は号笛や甲高い号令に追いまくられている兵隊たちには、それらの慰問がどれほど役立ったかは、はかり知れないものがある。

よくあのころに歌われたものに、「勘太郎月夜唄」とか「湯島の白梅」などがあった。慰問に見えられた歌手は、時節柄、軍歌を主としたものであったが、それ以外に世間で大いに歌われていたものも聞かせてくれた。当時、折りにふれては口ずさんでいた歌は、いまも思い出の歌として懐かしいもので、ひょっと何かのときに耳にしたとき、元気溌溂と全力をつくしたころを、しみじみと追想するのである。

昭和十八年秋のころだったと思う。松竹で『水兵さん』という映画がつくられた。その映画製作の舞台となったのが、私たちのいた武山海兵団だった。岸井明、坂本武両氏ほか、あまたの俳優が訪れ、私たちのデッキにも太い電線とか、録音機とかがたくさん持ちこまれた。釣床訓練などが撮影されたが、普通よりゆっくりでもよいから確実にやれと話されたようだった。きっと、高速度撮影でもしたものであったろう。海の男らしい短艇訓練、ダビットより短艇を揚げおろしする動作、陸戦、手旗信号など多くの場面がカメラにおさまった。この映画が、いずれは日本国中の人に見てもらえると思うと、すべてに活気があふれてくるのも無理はない。

映画の合間には、俳優さんたちの慰問演芸があった。岸井明氏が歌をやり、坂本武氏は犬や鳥の鳴き声などをやってみせた。

なによりも忘れられないのは、この映画の主題歌として、「水兵さん」の歌ができたことである。作詞は、当時海軍省の嘱託としてレコード関係の窓口をつとめていた米山忠雄氏で、水兵の生活を明るく歌ったものだった。米山氏は、有名な『轟沈』も作詞されたひとである。

作曲者は古関裕而氏で、わざわざ武山海兵団に〝一日入団〟して、その実感を表現することにつとめたということであった。

深まりゆく体験教育

日がたつにつれて、陸戦も各個教練から分隊訓練へと、その規模が大きくなっていった。銃器の取り扱いは懇切に指導してくれるが、その管理は厳重をきわめたのはいうまでもない。

こうして、あるていど銃器に馴れてきたときに行なわれるのが、実弾射撃である。射撃場は海兵団からそう遠くない山手にあって、各分隊が入れ代わり使用されるのであったが、整備科の第六十三分隊は、たった一日だけの小銃試射なのであった。実弾を撃つところであるから、とうぜんながら民家は近くにはなく、山峡を利用してつくられた射撃場であった。山手の一番奥に監的壕があり、その手前の百メートルあたりのところに、帯のように平地がある。ここが〝膝撃〟の地点であり、さらに二百メートル離れたところに、また平地があった。それが〝寝撃〟の場所である。

はじめての実弾射撃とあって、私たちは数日前から神経が張りつめていた。通路にも射撃の心構えが書かれていた。「引き金は心で引くな手で引くな、暗夜に霜の降るごとく」また教班長は、別の言葉でも言い表わした。「引き金は心で引くな手で引くな、秋の木の葉の散るごとく」――そうは聞いても、十五歳の若い私たちには、そんな落ちついた心境に達することは不可能である。その日、空は晴れ、風はなかった。

「タンタンタンタンタンタントンタテーン」

「撃ち方始め」のラッパが鳴りひびく。さきに膝撃五発をやらされたように思う。教班長がすぐ傍につきっきりで、弾丸装填を慎重に見つめている。監的壕には常時三人がいるように命令された。あちこちに望遠鏡が用意され、士官、準士官が目を光らしていた。

ふるえるからだをどうにかおさえて標準をつける。あまりに狙う時間を長くすると、かえって目がかすんでくるような気がした。〝これでよし〟静かに引き金の第一段を引き、そしてぐっと力を入れる。瞬間、「パーン」という音と同時に、肩に食いこむ衝撃を受ける。まもなく、監的壕からニュッとつきでた棒の先にボンボリのようなものがついたのが、左右に振られた。〝弾痕なし〟だ。教班長が、

「おちついて撃て」と励ましてくれる。

こうして、つぎつぎと五発の弾丸が撃たれる。そのあと、後方に下がって寝撃五発の発射だ。こっちはどうにか三発が的に入ったが、わずかに四点であった。

監的壕にもゆく。壕のなかは幅がおよそ一メートル半ぐらいで、弾丸がヒューッ、ヒューッとうなりをあげて頭上を飛ぶ。的は中心部を要《かなめ》にして上下にあった。「ダァーン」と銃声がすると、下方の的に手をかけ思いっきり左へ回すと、これが上へいき、いま撃った標的が下にさがってくる。そして弾痕の有無を確かめ、一人が紙と糊で弾痕の上に張り、あとの一人が長い棒を揚げて弾着の状況を知らせるのだ。よく見もしないで弾痕なしと合図をしても、向こうではちゃんと望遠鏡で見ており、

「ただいま、何番標的は弾痕なしを示したるも、何点の誤り」と電話がくる。

結局、当日は寝撃五発で、分隊最高得点者が三十五点であったのにひきかえ、私はたったの四点で、徹底的にシゴかれる破目とはなった。私としては一発で四点でなく、三発で四点だからと、わが身をなぐさめる。

小銃のほかに、拳銃による実弾射撃も別の日に行なわれた。陸式拳銃で十四年式だったと思う。

これは足を半ば開き、右手に持った拳銃の銃口を空に向けて、肩の上においた姿勢が構えである。「用意」で、真っすぐ上に右手を伸ばし、前におろしてきながら左手を添える。照準がついたところで引き金を引くが、その反動で手許が浮きあがる。このとき、一発撃てばすぐ引き金から指を離さないと、装塡された五発全部が発射されてしまうので注意を要した。実射は十五メートルの距離で行なうが、これもなかなか命中はむずかしい。

休憩のとき、標的のところへ行ってみる。山肌に弾丸がいくつも現われているので、手にとってみていたら、「お前たちは、なにしにここへきたのだ」と驚かされた。

＊

兵隊では、衣類の洗濯やつくろいは、すべて自分の手でやらなければいけない。それも、いつとはなしに、のんべんだらり、というわけにはいかない。洗濯の時間があり、しかも限られた日にしかできないのである。夏期日課では午前六時四十五分から七時半まで、冬期日課では七時四十五分からと朝食前であった。

指定分隊は洗濯衣類と石鹸を持ち、洗濯場である浴場へいく。教班長の「洗濯始め」の号令一下、まず水洗いよりはじめる。洗濯は、汚れ物にいきなり洗濯石鹸を使用しては駄目なのだ。そんなことをしたら、汚れの色が付着してしまって、真っ白な乾き方にはならない。そのため十分な水洗いをして、さきに落ちるだけの汚れをとるのである。ことに靴下などは、赤茶けた皮革の色がとれにくくて苦労をした。

水洗いが終わってから、洗濯石鹸をもちいてゴシゴシとこする。ところが前にも書いたように、そのころは石鹸が不足していた。思い出したころに、むかしながらの〝ニッサン石鹸〟の支給があるが、ふつうはどうも汚れの落ちにくかった〝練り石鹸〟だった。掃除服のように、地の厚いものは刷毛を利用した。

すっかり汚れがとれれば、つぎに濯《すす》ぎに入る。教班長が時計をみながら、「そろそろ濯ぎに入れよ」と声をかける。じつはこの「濯ぎ」も大切なのだ。適当にしてやめると、黄色に乾く。そればかりか、やがては衣服の寿命を縮めることにもなりかねない。濯ぎが終えると、今度は乾かし場にいくが、浴場からはすこし離れていた。千平方メートルぐらいの区画が地表をコンクリートで固め、まわりは有刺鉄線で囲まれ、出入口は一ヵ所だけとなっている。ここにはいつも一人の衛兵が立哨し、出る場合には持物の氏名を認めたうえで携帯を許可したのである。

夏の洗濯はまだいい。だが、厳寒の洗濯はつらかった。ズボンは膝までまくりあげる。水より湯の方が泡も立ち、汚れがとれることは知っている。としても、湯は洗うときくらいで、水洗いや濯ぎは水を使う。手がかじかんでくる。乾かし場に行って、衣類を下げるための小さな穴に細い糸を通す。手指が動かず、なんとも通りにくい。ハアッと指先に息を吹きかけてはこれを通し、物干紐に下げるのである。

靴下は八足もあったが、長いうちにはいたんでくる。石鹸箱を内側に入れ、体裁よく穴かがりすることも教えられるのであった。

＊

訓練は、しだいにきびしさを増していった。それは普通学も軍事学も同じであった。

「何々とは……」の定義づけは、そのほとんどを暗記した。物理も化学の教課も、日ごとにむずかしくなっていく。厠の中でも、ネッチングの上に腹ばいになっても、勉強また勉強である。消灯後、釣床内での勉強は許されない。万一、教科書などを毛布の上にそのままにして眠りこけ、見つかったら、翌朝の制裁は確実なのだ。

午前中の普通学の時間、教班長たちは一人一人の小銃の点検などをやるときもある。背負皮がピンと張っているか、引き金がかけられたままになっていないか、衣嚢の裏あたりに洗濯未済の靴下などが放りこまれていないか。そして、正規の格納場所におかれていないものは全部あつめられて、オスタップ（桶のこと）の水の中へ入れられる。そんなところへ、講堂より昼食のために帰ってくると、

「これから官品売買をやる。呼ばれた者は出てこい」

といわれて、一つ一つ、濡れた物品をとり出しては所有者を呼び、バッタやアゴと引き換

えに渡された。テーブルにつくのも、試験の成績順によって位置づけをさせたりもした。午後からの軍事学にしても、気合いがかかってきた。執銃訓練、短艇、剣道と、みなみな熱がこもる。

海の会話と呼ばれる手旗信号も、覚えが悪いと、その棒で頭を叩かれ、赤白の手旗を左右の手に伸ばしたまま何十分もやらされた。ロープでのいろいろな結き方を教わる〝結索《けっさく》〟その他、衛生に関する講話、工作科の鍛冶術、機関科の投炭訓練、そして艦砲操法と専門外のことも訓練される。砲台へ行くと、教班長たちは見本を示してくれる。

海軍は明治三年、太政官布告により、英国式にならうこととされたという。その精神は英海軍の伝統で、指揮官先頭と見敵必戦だったのである。艦砲は大きい。操作は多くの人員を必要とし、その熟達をめざしての艦砲教練なのだ。

東郷大将は艦砲教練について、つぎのように訓示している。

「武力ナルモノハ艦戦兵器ノミニアラズシテ之ヲ活用スル無形ノ実力ニアリ。百発百中ノ一砲能ク百発一中ノ敵砲百門ニ対抗シ得ルヲ覚ラバ、我等軍人ハ主トシテ武力ヲ形而上ニ求メザルベカラズ」と……。

月月火水木金金の猛訓練は、この着眼が発端となった。

釣床訓練も、ただ早く早くということばかりではなくなった。時間を制限しての訓練だ。釣床おろしが二十五秒、釣床収めが四十五秒である。

「お前たちは轟沈ということを知っているか。いいかッ。轟沈というのはだ、艦艇が一分以内に沈んでしまうことをいっているのだ。一分、たった一分だぞ。お前たちが釣床括《くく》りにモタモタしていると、その時間にもあの大きな船が沈んでしまうこともある。もっと手早くやれッ」

と教班長が、バッタで床を突く。教班長は秒針をみながら激励する。

「遅い、遅い。いつまでかかっているんだ。遅いことは杉野兵曹長でもやる。マゴマゴするなッ」と叫ぶ。

杉野兵曹長は立派な軍人と教育されてきたが、部内ではのんびり構えていたから帰艦できず、上司の広瀬中佐まで道連れにしたということらしい。これには、なんとしても恐れいった……。

釣床おろしも釣床収めも、時間となると「止めーッ」の号令で身動きひとつできない。からだが小さいとか、健康が思わしくないなどは通用しない。できないのは、ただその気合いがはいってないからだと殴られた。また、釣床をかついで、兵舎の回りを跣《はだし》で何回も駆けさせられる。弓矢の弦《つる》のように、いつもピンと緊張しつづけの毎日であった。

東郷連合艦隊司令長官の連合艦隊解散訓示に曰《いわ》く、

「惟《オモ》フニ武人ノ一生ハ連綿不断ノ戦争ニシテ、時ノ平戦ニ由リ其実務ニ軽量アルノ理無シ、事アレバ武力ヲ発揮シ、事ナケレバ之ヲ修養シ終始一貫其本分ヲ尽サンノミ」

海軍というところは、「査閲」とか「点検」がじつに多いのに一驚した。軍容査閲、体操査閲、水泳査閲、短艇査閲とか、軍事点検、分隊点検、銃器点検、釣床点検、被服点検、甲板要具点検、短艇点検、火の元点検などと、まるで査閲と点検の中に生活しているようなものであった。

このような査閲、点検をつねに実施することにより、すべてのものが整理整頓され、定位置に格納されることが、いざの実戦時に役立つことになるのだ。

私は海兵団では消火器係を命ぜられ、消火訓練ともなれば昼夜を分かたず、いちもくさんに保管場所へ駆けつけ、これを肩にした。いったん事があると、すぐに上部のハンドルを左へ回し、上下に振ると内部の薬液が混合し、勢いよく発砲消火される。

釣床をおろした場合も、釣床の高さを加減するロープの端は、かならず天井を向けることとされていた。これを下に向けておけば、括るとき数秒早くやれる。

ところが、そんな横着は許されなかった。教班長が一つずつ点検をし、規定外のものはロープをはずす。釣床はたちまち体重の重みで、足の方から下に転がり落ちる。

昼の疲れでぐっすり寝込んでいたのに、手を抜いていたばかりに、ふいに甲板にふり落とされ、あわててまた吊ることになるのであった。

釣床の頭の方を少しでも広げて、身体を楽にさせようなどと、浜辺から拾ってきた木片を安眠棒として、レイシンにあてたりしても、「お前たちはぜいたく」と取りあげられてしまう。

訓練は、こうしてますます厳しくなっていくばかりであった。

＊

辻堂演習——これも横須賀海兵団に入団したものにとっては、忘れることのできない行事の一つであった。以前はどんなものであったか知らないが、私たち練習兵は三泊四日の日程だった。

前夜には、もちろんすべての用意がととのえられた。暑い時期ではなかったから、衣類の着がえなどもごくわずかしか持たなかったと思う。事業服、下着、略帽、雑嚢、雨衣、はき、銃、弾薬盒、それに靴下は二足ぐらいの予備はあったかと思われる。雨衣はくるくると巻きこんで、左肩から右脇腹へ、雑嚢は反対にと着装した。

昭和十九年三月二十七日、全員、ピカピカに磨きあげられた小銃を持った練習兵六個分隊が、練兵場に整列。演習についての注意事項が詳細にあったあと、各分隊は、それぞれに「想定」が発せられる。わが六十三分隊も小沢分隊士の「想定」を受けたが、その内容は、ざっとつぎのようなものであった。

小沢武整備兵曹長

「相当数の敵部隊が、わが方に向かって進撃しつつありとの情報に接した。わが分隊もただちに行動を起こし、海岸沿いに東進、これを辻堂付近に捕捉、撃滅せんとする。第一教班は尖兵、第十六教班は後衛となり、その他の各教班は本隊を形成し出発せよ」

水兵科第十四部隊を先頭分隊として、千四百名は堂々の隊伍を組み、練兵場を通過して、今日は本団の方の団門を通って国道を東進する。天候はまあまあで、左手に青い海原をみながらゆく。途中からは、演習態勢にはいり、伏せたり駆けたりの前進である。飛行機の爆音が聞こえると、これを仮想敵機とみなし、小銃による射撃の訓練も行なわれた。

四キロ、八キロと進むにつれ、足は少しずつ重くなってくる。辻堂までは約二十キロの道程にある。途中なかばごろで休憩、昼食となったが、行軍中の食事は格別においしい。食後、菓子袋に少し手をつける。行軍中は、とくに一日一個の割りで、小さい菓子袋四個をもらっていた。演習場は叉銃《さじゅう》の場所より離れることはできない。足の裏が、ちくちくと痛むような気がする。私は教班長に見えぬように後向きになり、左足の靴下をすばやくとってみた。まだ目的地の半分というのに、豆ができそうな気配である。右足もきっとそうなっているのだろう。

のんびりする時間もなく、また出発。陽射しは気分がいいが、ただ足どりだけが、しだいに重くなっていく。逗子市街へ入り、隧道《ずいどう》を出たとき、桜山郵便局の前へ出た。思えば、ここには祖父（父方）の弟に当たる清三郎という人が住んでいたこともあった。明治時代の海軍軍人で、機関兵であったという。

その後、鎌倉をへて由比ヶ浜を左手に見ながらゆくが、青い海原と、右手の家並みの間に生える常緑樹の美しさと、風光の明媚さとが、足の痛みとからだの疲れを癒《いや》してくれるようであった。

古戦場の稲村ヶ崎をすぎ、七里ヶ浜を通り江ノ島へと着く。このあたり一帯は、じつにきれいである。小さな川を越すと左手に松原があり、その公園で暫時休憩。辻堂には夕方になって到着し、民家へ投宿する。

土間に叉銃し少しくつろいでから、交代で入浴、ひさしぶりに木の香のする風呂で汗を流す。

辻堂演習。昭和19年3月、貝殻山での撮影。この写真は東宝映画「海軍特別年少兵」のラストシーンで使用された

それから銃にかけていた雑嚢を見にゆき、菓子袋を出そうとしたら、おどろいた。手つかずの三袋と、食べかけの一袋の四袋全部が消え失せていたのである。これはなんとしたことか。民家へ着いて数時間のうちの出来事なのであった。これで帰団の日まで、自分だけが切りパンも甘露も食えないと思うと、がっかりだ。でも、そのことは教班長には申し出なかった。教班全員への制裁が恐ろしかったからである。

——たとえ教班以外の人に持っていかれたにしても、である。このことは数人にだけそっと話し、自分一人でこのくやしさを堪え忍ぼうとしたが、教班員はそうはさせずに、みんなで少しずつ分けてくれた。

畳の感触は、なんともいえないほどよいもので、両足にできた小指の頭ぐらいになった豆を数えて寝た。

翌日からは、海岸へ出ての攻防戦が展開される。広い演習場で起伏のある砂原だ。松林もある。砂は意外に深く、短靴に入ってくるのには弱った。歩きにくいこと、はなはだしい。貝殻山だとか作兵衛山などと、名前もついており、作兵衛山には陣地が構築されていた。

空砲は一日当たり五発ずつであった。教班長たちが機銃の試射をみせてくれる。

夜戦も一夜だけ実施された。折り悪しく、夜戦のときは小雨となる。分隊総員が雨具を装着し、指揮官の右手一本の動作で進み、そして退く。曳光弾がスーッと打ちあげられ、夜空をふわふわと落下する。全員がそくざに身を伏せる。一声も発することはできないのであった。夜戦でおそく帰っても、銃器の手入れは明日にとはいかない。砂を落とし、槊杖で銃口内の煤を払っておかなくてはいけない。こうして二十八、二十九日を過ごし、三十日に帰団の日を迎えた。

この日こそ、忘れられない追撃離脱戦が決行された。

これは、装備をしたまま駆け足する作戦なのだ。私は本隊と後衛との間の連絡係となる。「想定」により、辻堂から駆け足となった。この駆け足は、つねづねの駆け足とはわけがちがう。追う、追われるの戦場での状況を想定しての駆け足だ。

私の前後にも、五十メートルおきに連絡兵が配置されていた。

汗は流れて目にはいる。足も三日間の演習で、なんとも重い。だれの話し声も聞こえない。ザッ、ザッ、ザッザッと靴音だけがひびく。道路傍の景色を眺める余裕などはなかった。とにかく走る。走るだけであった。二キロ、三キロ、四キロと、かなり走ってきたようだ。懸命に走るが、前の連絡兵との距離が、少しずつ離れてきたらしい。気はあせるが、いぜんとして足が重い。

雨衣、雑嚢、弾薬盒の重み、そして小銃の重さが、きりきりと肩に喰い込んできた。

ようやく江ノ島が右手前方に見えてくる。もう、五キロは駆けたろう。このころ、特別命令の連絡兵が、私を抜いて駆けていく。そして、この特別連絡兵がちょうど私と前方の連絡兵との中ごろとなったとき、江ノ島近くに到着した。ここで離脱戦を終え、橋を越えたところで向きを変えて伏せ、追撃して駆けてくる後方部隊と撃ち合い、戦闘は終了した。

約六キロにおよぶ強行駆け足であった。江ノ島を目前にして一休み。あとは普通の行軍で七里ヶ浜をゆく。こんどは往路とは反対に海は右側である。帰途もすばらしい風光であった。

さきほどから数百メートル離れた海上で、日本の戦闘機三機が上になり下になりして、空中戦の練習をしている。

私たちはそれに見とれながら歩いていたとき、突然に激しい金属音が聞こえた。と、みるまに、そのうちの一機の垂直尾翼が吹き飛び、つづいて水平尾翼の片方が離れ、機体はにぶい爆音を残しながら、機首の方から海上へ突っ込んだ。大きな水柱があがってから、はじめて空をみると、パラシュートが見え、搭乗員が大きく揺れながら落下した。ほんの数秒間の出来事であった。

分隊長や分隊士が駆け出し、近くの漁船に手配をするふうであったが、私たちの行軍はまったく関係なく海兵団へと向かう。

数十分もすると、救難機が急行するのが見えた。私たちが入団以来、飛行機の墜落現場をみたのはこれが最初であり、大きなショックを受けたことは事実である。

帰団後、一足おくれてもどった分隊長から報告があった。

搭乗員は助かったという。あれは根本は整備員の点検不良が原因ではないかと考えられること、お前たちも飛行機の整備を受け持つ兵隊であるから、搭乗員にあのような苦労をかけることがあってはならない。ただ、搭乗員にも手落ちがあった。それは、飛行機を離れるときはいかなる場合でも、エンジンのスイッチを切らなければいけないのに、あのときエンジンは海中へ突っ込むまで、作動していたことだ、と聞かされた。

通路上に掲示された訓示

入団後、通路上の黒板に「常ニ感激ニ生キヨ」という訓示が掲示されたことは、前に記載したとおりであるが、その後も、週に一回ぐらいの割合で書き出された。世の中はすっかり変わったが、なかなか味わいの深いものも見えるので、参考までに書いてみたい。(仮名づかい以外は原文のまま)

大器晩成

短距離の競争は内臓が強くなくとも、脚が丈夫で身体のこなしの機敏な者は勝つが、長距離になるとそうは行かない。肺も強く、心臓も脚も健全というように、身体全部が強い者でなくては勝ちを制することは出来ない。才気の勝れた、いわゆる気の利く才子が、一時重宝がられることもあるが、長い歳月においては、根気があってよく刻苦勉励する者にはかなわない。

長距離競争においてあせらず、急がず均一の歩調を取ることが大切であるように、一時の虚栄を求めず、倦《う》まず、撓《たゆ》まず進むことが必要である。はじめから全力で駆け足すると、中途で落伍する。

常に明るく素直で伸々と一日も早く立派な軍人になろう

諸子が懐かしい故郷を出発してから、早や、二ヵ月を経過した。月日の経つのは、本当に早いものだ。国を出るときのやさしい母親や、肉親の心づくし、朋友、知己の激励の言葉は、未だ耳の底に残っているであろう。けっして忘れてはならない。そうして陛下の股肱たる軍人となった以上は、一人として片時たりとも、女々しい考えを持つような者があってはならぬ。

わが国三千年来の尊い、伝統的美風を汚さぬよう、ますます発奮、努力一日といえども、立派な軍人になるまでは精進を怠らぬようにせよ。

常に元気で溌溂として明るく素直で、
伸々と一日も早く立派な軍人となれ。
希望に起きて歓喜に働き感謝に眠れ。

困苦欠乏に耐え質実剛健の気風練成に努めよ

軍人は戦場に臨むのであるから、つねに最大の艱難を覚悟すべきである。しかして、最大の艱難に比ぶれば日常の艱難などは、きわめて小さなものである。これに敗けるようではけっして強兵にはなれない。困苦欠乏は天の与えた試練と思い、断固としてこれに打ち勝って、弱兵は艱難に屈し、強兵はこれを征服する。「艱難汝を玉にす」の一言を味わい艱難来たる毎に、これに突撃せよ。しかしてこれを征服して心の玉を磨け。いまにして鍛えずんば日本刀の切れ味は出ぬ。

時間の貴重

少年老い易く学成り難し
一寸の光陰軽んずべからず
未だ醒めず地塘春草の夢
階前の梧葉已《すで》に秋声

この詩の意味は、春だ春だと思ってうかうかしているうちに、もう秋になってしまった。若い若いと思っているうちに年は、もう遠慮なく過ぎ去って行き、しかも学問は少しも進まないのだから、少しの時間も無駄に過ごしてはならないということである。われわれは最近の一日、最近の一ヵ月を振り返って見て、果たしてみずから満足な一日、一ヵ月を過ごしたであろうか。

春風を以って人に接し　秋霜を以って自らを戒しむ

不言実行

不言実行は、わが海軍伝統の一つである。海軍の要望するところは、言論の人よりも実行の人である。物を知る人よりも、物の出来る人である。海軍で知ったことは、かならず行なう、いわゆる知行一致である。行ないがあってはじめて、本来の面目を発揮するのだ。行ないがなき知は無用のみならず、ややもすれば害をなすことがある。

したがってものによっては、あくまでも反覆実行せよ。練習に、練習をかさね、ばかばかしいほど反覆練習して、夢の中でもまちがいなく出来るまでにしておかぬと、一転有事に際し、興奮狼狽して大事の場合、措置を誤り、過失をおかすこととなしとしない。訓練の必要がここにあるのだ。月月火水木金金の猛訓練はこの訓練である。

男の修養

生別死別の悲哀がある。侮蔑を受けても忍ばねばならぬこともある。言いたくてもいえず、なしたくてもなせないこともある。残念なこともある。口惜しいこともある。弁解したいこともある。まったく無実の悪評を受けることもある。だが、それらの苦痛を抱き締めてじっと我慢する。そこに男の修養がある。

＊

入団後、日記は全員記入していたが、そのほかには金銭出納簿があり、軍隊内の郵便物発受信簿に準じて、個人的に郵便の発受を記帳していた仲間もあった。

とくに、練習兵はこれらとは別に、「修養録」を記載させられるということもあったのである。これは、上官よりの注意、指示事項などを記入することによって頭に刻みこませ、反省させるといったもので、毎週教班長たちの目に触れるため、肌身につけておくように大事にされた。この修養録記註に当たって、分隊長より左記のとおり伝えられた。

1、各自が、その日その日に、訓諭せられたこと、および所感を率直に記入し、各自の反省、自啓、向上に資すべし。

2、記註は簡明を旨とし、文字はていねいに美しく、ペンまたは万年筆にて記し、絶対に誤字、当字、方言等を混入すべからず。

3、これが記註のため、温習時間を用うるを厳禁す。（温習時間は本来の勉強をせよの意味）

4、土曜または日曜日において、週末所感を誌すも差し支えなし。

5、毎週月曜日課日午前始業前までに、週番はこれを取りまとめ教班長に提出し査閲をうくべし。

6、教班長は誤字、脱字、当字、その他の誤りを訂正して、要すれば読後感を記入してこれを返す。ただし教班長は、とくに必要と認むるもの、またはとくに指定させられた時は、すみやかに分隊長、分隊士に提出するものとす。

7、各自はこれが返却せらるるや、訂正せられたる点、およびその他の記入を熟読し、十分反省し、将来を戒むべし。

8、記註はすべからく、精兵の卵として一等兵の自覚と誇りとを堅持して誌すべし。

第十四分隊長

ところで、安中市に居住している水兵科（第十四分隊）の同期生島崎文雄君は、当時の修養録を所持しているが、それはまさに稀少価値大なるものがある。しかし、紙面の都合もあって、残念ながら収録できなかった。

さよなら海兵団

おおよそ右のような海兵団生活を終えて、昭和十九年五月十日、私たちはいよいよ退団の日をむかえた。荷物の整理などは、昨夜までにいっさい終えているので、あとはこの身が海兵団を離れるのみであった。

思い起こしてみると、昨年、炎暑の七月一日に入団して以来、当初計画の一ヵ年教育よりは一ヵ月半早まったが、とにかく十ヵ月半の長い基礎教育だったのである。

甲板掃除、短艇訓練、陸戦、釣床訓練、普通学と、どれ一つとっても、楽しいものはなかった。やることが、他の人よりおそい、人に負けるということは、すぐに体罰に結びつけられ、体格に見劣りのある名前尻等の数十名にとって、いかに忍従の連続であったかは、総員のよく認められるところであったろう。

ともあれ、こうして海兵団最後の日を迎えた。この日、果たして、どんな状況で出発したものか、いまはつぶさに思い出せない。ただ、細沼繁分隊長の別れの言葉があったのは確かであろう。また小沢武、谷口盛両分隊士より、そして各教班に別れて、それぞれの教班長からの話もあったはずである。

私自身は、夏から春におよんだ海兵団生活が、あたかも走馬灯のようにめぐっては去り、さらに今後の生活が、どんなものかに頭を痛めて、退団の日の状況すら、その記憶を喪失したのかもしれない。しかし、この日でさえも、朝食までは、おそらく昨日までどおりの日課にしたがって行動し、そのあとで出発準備となったであろうことは容易にうなずけるところである。

すでに全員の任地はきまっていた。飛行機整備術の練習生は相模野へ、私たち兵器整備術(写真)の練習生は、千葉県館山市の洲ノ崎海軍航空隊となっていた。卒業直前に、そのいずれに進むか希望を求められたとき、私はためらわず兵器整備とした。私たち第七教班(当初第九教班、その後、まもなく第一教班となり、後に第七教班となった)十六名のうち、飛行機整備は矢島武雄君ほか十一名、写真科へは風口速敏君(東京都出身)、大塚梅吉君(埼玉)、飯田市蔵君(千葉)、福士豊之助君(秋田)と私で五名であった。

分隊としては、写真科の方へ四十三名が第二十九期普通科兵器整備術(写真)練習生として、その他の人たちが相模野で飛行機整備術の第百七期生となった。ただ、飛行機整備の場合は、人数も多数であったから、たぶん武山海兵団出身者のみで〃一期〃を編成されたのではなかろうか。

出発は午前九時ごろであったと思う。飛行機整備術へ進む人たちとは、ここで別れることとなった。十ヵ月半、苦楽を分け合ってきた多くの仲間たちとの別離であった。しかも、その別れは、再会を約すことのできない戦火の下での右左であったのだ。

昭和19年5月撮影、第63分隊7教班の全員。前列右2人目が著者。一人おいて佐藤敏教員、その左が関根文治教班長

「頑張れよ」

「しっかりやれナ」

と声をかけ合い、たがいに帽子を振りつつ別れてゆく。

私たちは、数名の教班長、教員に送られ、横須賀市へと出発した。そのなかには、佐藤敏教員もおられたと思う。

全員元気に、逸見の波止場へ着く。海は見馴れているとしても、波止場はまた別であった。

ここは深い入江となっていて、向岸には数個のクレーンが立ち、はっきり軍のものと見られる艦艇がならんでいる。

事業服や掃除服を着た乗組員が動いている。その艦艇の近くに、小型の特殊な船がつながれていた。ちょっとみると潜航艇のようでもあった。仲間とひそひそ話してみたが、教班長などへは夢にも聞けたものではない。軍隊には機密が多いものである。下手な口をきいては、どやされるのがおちだからである。

そこから、目をずうっと港口の方へ向けると、霧の中にうっすらと、途方もない軍艦が見えてきた。

「ずいぶん大きなもんだナ」とだれかがいう。

「きっと戦艦だよ、あれは……」

などとしゃべりながら、一刻を過ごしていた。

雨雲はいよいよ低く、風もしだいに加わってきた。つきそいの教班長や教員たちも、「困った空模様になってきたなあ」と話しこむ。

ぽつり、またぽつり、雨となった。教班長は雨衣の用意をするよう命じた。トラック便で輸送されていた衣嚢から雨衣を引き出し、いつでも着られるようにする。

波止場には、私たちが乗る船は着いていたが、荷積みが終わるのを待っているふうであった。

この船は、曳船と呼ばれる海軍の輸送船である。鉄鋼船、百五十トンという。しかし、こんな船でも、時によっては南方海域まで往復するとのことも聞く。中央に一本マスト、そしてすこし高いところに、七・七ミリの機銃一梃が見られる。

攻撃兵器と名のつくものは、このたった一梃の機銃だけで、それもこの機銃のまわりは、弾丸よけの代わりに竹を並べてあるのみだ。普通ならば、鋼板などを使用しているのに、竹の垣根のようなものだから、心細いこと限りがない。

まあ、それはそれとして、雨空を気にしての荷積み作業は忙しい。下士官が大声を張りあげ、腰を伸ばすひまもない兵員たちに、形相もすさまじく力みたっている。

「なにをもたもたしているんだい。嵐がくるぞ、嵐が……」

兵員たちは下士官の方を見る余裕などはない。波止場に積みあげられた荷物のほとんどはビール箱であった。二ダース入りのものである。曳船の乗組員といっても、船体が小さいものだから、そう乗ってはいない。船長は准士官か士官であったようだ。それに下士官が一名、そして数名の兵員というのが乗組員のすべてである。

この人数での荷積みが、どうしてそうも簡単にできるであろうか。よほどの時間を消費するのを承知でいながら、その下士官はハッパをかけているのである。

汗と雨が目にしみこんでくるが、手拭やハンカチも使えない。袖口ですばやく拭く。加えて風も強い。帽子の顎紐をかけ、足許に注意しての動作である。一歩誤れば、もんどり打って海中へ投げ出されるのだ。

「そらッ、どうした、どうしたッ。まったく進まんじゃないか。見ちゃおれんぞ」

下士官は、騒ぎ立てる。教班長らも、他の部署にかかわるものとして、しばらく見つめていたが、

「さあ、お前たちも手伝ってやれ」という。

私たちは晴れの退団ということで、一種軍装であった。荷積み手伝いをしても、この軍装を汚してはいけない。乗組員のように事業服なら洗濯も簡単だが、一種軍装は安易にはいかない。そこで、乗組員が一人ではこぶものも、私たちは左右から二人での運搬だ。

「よーし、感謝、気をつけてたのむぞ」

などと、例の下士官は語る。風雨の中である。乗組員は手足を動かしたまま、「やあ、どうも」とだけ話し、顔で感謝の気持を表わす。兵同士はその一言だけで、意は通ずるのである。

「ヨイショ、ヨイショ」

私たちは掛け声をかけながら、渡板のところまで運ぶ。乗組員はそれを船上に手際よく並べ、そして積み上げた。運ぶのは十数分で終わる。下士官は歩いてきて、私たちの教班長らに礼をいって、すぐに船上へ移る。私たちはもとの位置にもどった。雨衣を着用する。乗組員たちは休むひまもあらばこそ、こんどはロープ掛け作業である。荷物にはシートも掛けなかった。

「いいか。波は荒いぞ。がっしりとやれ」

下士官は激励しながら、積荷のまわりを歩く。ロープは荷物の四方から、何本も張られた。

乗組員全員は船室へ消える。やがて、下士官が姿を現わした。教班長らへ出航準備完了を告げたのである。また、このとき、便乗者の衣嚢だけは船内へ入れるようにとのことであった。各自が船室入口まではこんだ。あとは乗組員たちが整理してくれた。全員を引率してきた数名の教班長、教員との別れのときが、ついにきた。

「みんな元気でやれよ」

「教班長、教員、どうもありがとうございました。お元気で……」

まさに言語に絶する猛訓練、シゴキ、もはや憾みも憎しみもなかった。ただ、別離だけが悲しかった。私たちは、波止場に、しだいに小さくなっていく先輩に、いつまでも帽子を振っていた。

帽子をかぶり、顎紐をかける。雨衣帽もかぶる。港口へ出るにつけ、風も強くなってきた。さきほどから薄ぼんやりと見えていた巨艦は、艦橋の傾斜の状況からみて戦艦「山城」らしいとのことだ。近くでみると、ほんとうにでかい。見上げるばかりの鉄塊である。

雨もひどくなってきた。私たちはビール箱に張ったロープに右手でつかまり、左手には帽子缶の包みを持つ。

入江を抜け出し、東京湾内へはいる。ピッチング、ローリングは、ますます大きくなってきた。単なる〝荒れ〟ではなく、〝暴風雨〟である。低く垂れこめた雲は、海面をなめるばかりにはい回る。マストに昇っている船長も、ガスで見え隠れする。

風雨がこれでもか、これでもかと、からだにぶつかってくる。波しぶきが、頭からザザッとかぶさってくるのだ。顔から、襟首から入りこんだ雨は、雨衣の衣類を濡らす。短靴の中にもビチャ、ビチャと雨水、海水がはいる。

一ヵ年近くも海岸にいて、海の怒りも相当見てきた男たちであったが、このすさまじい風雨、うねり狂う怒濤には、思わず目を見張った。顔面に吹きかかった雨水も、やすやすとは拭けない。右の手も左の手も離すことはできない。だれもかも顔色が悪くなってきたようだ。そのうちにロープを握ったまま吐く者もでてきた。

「ギギーッ」「ギギーッ」

船体が悲鳴とも似てきしむ。大きな波に乗りあげる。いっしゅん開けた視界には、大波がつづくばかりで、ほかには一つの船影も見えない。その波の一つ一つが百畳敷、いや、数百畳敷ともつかない大波である。世の中に、こんな大波があるものだろうかと、わが目を疑うほどであった。

そして、波と波の間にはさまる。谷底に入りこんだと同様に、まわりは怒り狂う波だけである。帽子缶といっても厚紙で作ったもので、濡らしてはまずいと海の方に背を向け、からだを曲げるように腹部におき、雨の降りかかるのをつとめて避けようとした。

わずか数十メートルしか離れていないマスト上の船長の姿も、濃霧にさえぎられて、見える時間の方が少ない。それにしても、何十度と傾くマストに身をゆだねて、行く手を見つめている船長の姿は、じつに雄々しく、責任観念の旺盛さを如実に見せてくれた。これが、海軍魂の発露でなくてなんであろうか。風波は、さらに強まるようであった。

「手を離すなッ」

「足をとられるなッ」

お互いに声を出し合い、この恐怖に耐えようとした。乗組員も、早くから船室を出ていた。こうも激しい風波ともなれば、もちろん船体の揺れもリズムにかなったものではなくなる。急に右舷へがぶり、思いっきり身体がビール箱に当たったり、反対にロープから左舷へ飛ばされそうになった。そんなときである。ひょいと船尾の方を見たら驚いた。ロープがゆるんだのか、ビール箱がずり落ち、海面へ落下していくのであった。かき消された航跡あたりに、一ツ、二ツ、……四ツ、五ツ……十二、三の箱がずり落ち、ぷかぷかと浮いている。

〝これは大変だ〟と思ったとき、数名の乗組員が出向いて、嵐の中での作業が開始された。その間髪を入れぬ荒海での行動に、実施部隊の兵士たちは偉いものだと感心した。

つづいて寄せくる大波に、曳船はまるで木の葉のように翻弄された。これでは、船は沈むのではないかと思われた。

「よーし、沈むなら沈んでみろ」と、不思議なもので、いつのまにかそんな心になっていた。まもなく船長が乗組員に、なにか合図を送ったようだ。悪戦苦闘の数時間後、船は港へ入った。そこはめざす館山の港ではなかった。東京湾乗り切りは困難とみた船長の裁断により、田浦港への入港措置がとられたのである。港内には船艇があふれるばかりに繋留されていた。上陸後、案内されたのが、田浦の海軍水雷学校講堂であった。

落ちついてから胸ポケットに入れておいた万年筆のキャップが、粉々になっているのに気づいた。がぶって、からだがビール箱にぶつかったとき破損したにちがいないが、それすら知らずにいたのだ。

私たちは、ここに風波のおさまるまでの二夜を送ったのであるが、いまも忘れられないことがある。それは、大型の魚雷を直接目にしたこともあったが、もっとも奇異に感じたのは、利用した便所に、蛆虫《うじむし》の姿が見られたことであった。

第三章　われらかく戦えり

慰霊碑前の２期生63分隊員

いよいよ実戦部隊へ

五月十二日、風雨もようやくやんで、山々の緑もうつくしい日和となる。乗組員世話係より朝食後に出港との連絡があった。

食後、講堂内外を清掃し、二夜にわたって面倒をみていただいた学校の係員に感謝しながら田浦港へ急ぐ。港内には、船艇が動かずにいたが、水面は汚なく油が浮いている。よくみると、手のひらほどの水母《くらげ》が、あっちにもこっちにも、からだを伸縮させながら動いているのが目につく。

船は予定どおりに出港した。波も静かで、海風も気分がいい。沖へ出てからも、それほどの揺れはなかった。

「おい、きょうは気楽でいいじゃないか」

「ああ、これで数時間はのんびり楽しめるようだナ」

などと軽い話もでてくる。船内の乗組員では船長がやはりマストに立ち、あと数人の見張員が見えるだけで、そのほかは船内にひかえているのは前と同じだ。これらの人以外、積荷のまわりが同年兵ばかりだから、気分もらくなわけだ。

きょう見る海原は、なんともきれいなものだ。どれほどの時間が経過したのであろうか。房総の山並みが見えてきた。そして、その山並みは、左手ばかりではなく、右手の方にもせり出している。鏡ヶ浦にはいってきたのだ。

青い山に青い海、はるかに湾曲する岸辺には、館山市を中心とする町々の家並みがつづく。湾内に入るにしたがって、右手には飛行場が見え、そこの芝生がじつに美しい。そのあたり、百機におよぶかと思われる飛行機がならび、エンジンが轟々と鳴りひびいていた。館山海軍航空隊である。

その南の方では、下駄履《ば》きの飛行機が水しぶきをあげて着水するのが、まぢかにみられた。水上基地もあったのだ。そのとき、左の方で突如、ガーンという大音響と共に、数メートルの水けむりがあがった。掃海艇による爆雷の処理訓練だったらしい。実施部隊の活気に、まず度胆を抜かれてしまった。

桟橋に着くと、洲ノ崎海軍航空隊から下士官が迎えに出ていた。私たち四十三名は勢ぞろいしたところで、代表者が挨拶をすます。

途中の木々の緑はすばらしかった。ほとんど常緑樹のようだ。畑にはそら豆の実があり、田圃にはれんげ草の花が広がる。まさに楽園を思わせる風景であった。

約二十分ほどで、洲ノ崎海軍航空隊へ到着した。わずか四十余名ではあるが、歩調をとって堂々と隊門をくぐった。広い隊門である。あとで聞くと、この隊門の広いことは、航空隊の七不思議の一つとされているという。そのほかに煙突がとても大きいこと、周囲の塀がじつにくねくねとした境界であることも教えられる。道路一本をへだてて数軒の民家を過ぎると、実戦部隊である館山航空隊が、海辺までつづいていた。

私たちの兵舎は、海岸とは反対の南山根に近く、そして隊内としては西端にあった。地盤が平らではなく、山根へ寄るにしたがって高くなっており、数十棟の兵舎がならんでいる。兵員は約一万人もいたであろうか。ここには私たち写真科のほかに、

〝射爆〟機銃関係を専門とする。

〝雷爆〟魚雷、爆雷等を専門とする。

〝光学〟照準器関係を専門とする。

〝無線〟無線通信を専門とする。

と、五科目についての練習生が集合していた。

司令は海軍大佐山縣俊二氏、副長は曾我義治中佐で、眼光の鋭い人であった。それもそのはず、じつはこの曾我中佐こそ、日本海軍最初の双発機九三式陸上攻撃機の試作時代から飛行実験したという海軍における大型陸上機の第一人者であった。その後、九五式大型攻撃機、八試特殊偵察機、そして九六陸攻と、海軍のこの機種で世界無比の名機にそだつまでの機体

のすべてを、テストパイロットとして試験したという。（曾我中佐の事蹟は、「丸」四十七年六月号を引用した）

なお、この洲ノ空（洲ノ崎海軍航空隊の略）は、第二十連合航空隊の下にあり、司令は皇后陛下の御兄君に当たられる海軍少将久邇宮朝融王殿下で、藤沢航空隊おいて指揮をとっておられたようである。

＊

私が進んだ術科学校は、教育をになう練習航空隊洲ノ空の第八十一分隊であった。分隊長は新田木代松大尉、分隊士は阿部亥重兵曹長、先任下士官は藤井保雄上整曹、班長は佐倉上村兵曹ほかである。

第二十九期普通科兵器装備術（写真）練習生であり、同期生は百十三名だ。うち百十二名は特年兵出身者で、横須賀、呉、佐世保、舞鶴の各鎮守府より集合したが、一名だけは年齢が多い同年兵外の柏木政勝氏であった。年長のゆえをもち期長を命ぜられた。副期長は呉鎮出身の石井幸雄君と決定する。全員は八班に分かれ、私は第七班へ編入となったが、第七、八班長は大畑賢二整備兵であった。班長は年は若かったが、すでに高等科を卒業し、八重桜の左マークを持っていた。

私たちの専門は偵察であり、海軍写真員と言われた。学科は太陽光線からはじまった。この光線のうちには、赤、橙、黄、緑、青、藍、紫の七色があり、赤、橙色などは長波長光と呼び、藍、紫などを短波長光といい、それぞれの波長は何千何百オングストロームとか教えられる。短波長光は写真撮影には有害で、朝夕は撮影向きであるとか、写真は視覚の残像を応用したものであるというような教育であった。

「兵整」の時間、すなわち兵器整備が、シリンダーなどから写真機に関するものへと変わったのである。最初は、世間一般で使用されている組立式写真機の構造である。当時はまだ写

写真作業をするための組立式の暗室。洲ノ崎航空隊にて

真機と呼び、カメラとはいわなかった。構造を一通り覚えると、いよいよ実際の撮影に入る。いまのように自動露出計などはない。明るさや被写体により〝絞り〟を決定し、露出時間を決める。光を背にして撮すことは当然のことである。順光撮影といった。乾板装填は二重窓の暗室で行なう。乾板を取枠に入れる。そのときも乾板の外縁を持ち、隅の方を舌でちょっと舐《な》めてみる。つるつるしていればガラス面で、ざらざらしている方が膜面と呼び、撮る方だ。感度のいいものを全整色またはネオパンクロと、普通のものを整色あるいはパンクロと呼んだ。レンズもドイツ製のテッサーとか、ヘキサーであった。

はじめは静物、風景の撮影である。うつし終わると、現像、定着をやる。取枠からはずし、シートに入れ、現像液に浸す。ついで水洗いし定着液へ――。

「定着とは……によって銀塩類を黒色銀に変化せしめる作用をいう」などとの定義であった。

こうしてできたものを、原板とか陰画といい、今度は陽画つくりだ。印画紙を使用するが、これも原板の状況により富士、銀嶺、利根など各種のものから選別する。コントラストがどうとか、ハレーションがこうとかいう文句をきく。焼付けは、かなり大きなプリンターでやるが、これも自在回螺器と同じように、電気焼付器が正式名称である。できた写真は陽画帳に貼付し、撮影年月日、時刻、天候、絞り、露出時間、使用乾板、印画紙などを詳細に記入する。判別がつかない写真などできれば、「闇夜に烏はいらない」ものだと殴られた。

やがて、カメラマンが持っているような写真機の勉強となる。手持航空写真機F８型と呼ばれ、六枚装填用である。どちらかというと、機上からの傾斜撮影用として利用された。これで移動体撮影となり、歩く人、走る人、自動車の人、走る自動車、離着陸時の飛行機というふうに、すこしずつ速度の早いものを撮す訓練にはいる。

霧であたりが見えないとき、裏手の山へのぼり、赤外線写真の撮影もあった。また迅速処理といって、扇風機やアルコールを使って、だれが一番先に陽画を仕上げるかというようなこともした。

あるいはまた、調色といって、色をつける方法も教えられる。ふつうは赤血塩を使ってつくるセピア調色であった。茶色のものである。そのほかに重クローム酸カリや重クローム酸アンモニュームの毒物を使用して調色する他の方法もあった。

写真の仕事などといえば、大変におもしろそうに聞こえるが、ここでの教育は、そんな生やさしいものではなかった。

二重窓を閉めきって中でバッタをやられ、写真作業をする腰ぐらいの高さのコンクリートに足をあげ、手を床についての前支えもある。格納庫といい暗室といい、よくもこうもまあ適当な〝軍人精神注入場所〟があるものだと思う。

つづいて、手持航空写真機アイモを手がけるようになる。このレンズは、テーテーハプソンクックシネマと呼ばれた。つぎに教わるのが、固定航空写真機K8型だ。これは、一式陸攻や偵察機〝彩雲〟などに装置する大型写真機である。ロールフィルムで、一枚の大きさが横二十二センチ、縦十八センチ、フィルム一本で百十四枚撮りだったと思う。この写真機にバッテリ、時隔調整器などがそろって一式となり連動する。時隔調整器で、何秒ごとにでもシャッターが自動的に切られるものであった。ここからは操縦士席の方へ電線が通じていて、シャッターが切れる寸前に、赤ランプがつくことになっている。操縦士はそれによって、機体を地面に対してつとめて平行な姿勢をとり、写真の歪《ゆが》みをなくすようにしなくてはならない。もっと大型のものとしては、RB型と呼ばれる百キロ近い航空写真機もあったのである。

また映写機の方も、教育の中にもりこまれていた。〝チェリー〟とか〝デヴライ〟型である。手持航空写真機〝アイモ〟をもって撮影し、ネガティブを、そしてポジティブをと、大きなバットで現像定着し、実際にこれを作製して映画にした。もちろん、そのためには映画教室も完備されてあった。やはり二重窓で、昼でも映写の教育がある。映写機の操法もむずかしい。上部マガジンとかエキサイターランプ、かいかんけつスプロケットなどと、はじめて聞く部品名から覚えさせられた。当時、訓練用としてあったフィルムは「大菩薩峠」と「富士山麓の鳥」で、これは脳裏にこびりつくほど何十回も見せられた。

私たちは、こうした写真専門のことを教えられたのであるが、朝夕は交代で、館山航空隊の戦闘機の掩体作業へも出役させられた。

明け方、土嚢でつくった一機ずつ格納する壕の中から、機体を飛行場へ出し、夕方また格納する作業である。実戦機であったから、隣りの機翼と触れ合うような状態になると、それは大きなハッパをかけられた。また、ちょうどそのころ、裏手の山へ防空壕をつくる作業にも従事させられた。

昭和十九年にはいって、米軍はマーシャル群島へ来襲し、クェゼリン、ルオット両島の日本軍を全滅させた。南方の重要拠点であったトラック島への空爆、そして艦砲射撃も激しくなり、唄で名高いラバウル航空隊にも、ついに引き揚げ命令が発せられた。六月にはいるや、米軍はマリアナ群島のサイパンに上陸を開始した。

日本本土爆撃は、いよいよ間近と予期せざるをえない状況となって、洲ノ空としても防空壕の掘鑿《くつさく》案が練られた。

航空隊の南側の山に大規模な防空壕を掘進すること、また隊内の小高い山にも、小さな退避壕を早急に設置することが決定した。

山裾の四ヵ所から、南に向かっていっせいにはじまり、各分隊交代での作業である。地質は固い岩石であったから、枠組の必要はない。鶴嘴《つるはし》だけに頼る力での掘り方である。おりから暑さに向かうときでもあったし、疲労は日ごとにこたえてきた。東端の防空壕は本部用としてつくられ、入口からコンクリートで固められていた。

七月七日、サイパン島も圧倒的な米軍の前に陥落し、つづいてグアム、テニアン両島が占領された。

米軍は戦域全線にわたって大攻勢に転じてきた。ビルマ方面でも日本軍は後退をつづけ、太平洋方面ではペリリュー、モロタイ両島守備隊玉砕の報がとどく。急迫は予想以上である。

防空壕掘りも、昼夜兼行の三交代制となった。暑さのために壕内での作業は褌一つで、一人五十回とか百回と、鶴嘴を風車のように振り回す。班長が振りをかぞえて、「交代」「つぎッ、交代」と叫ぶ。やがては分隊交代時の掘進距離を測定するというありさまだ。そうこうしているうちにも、マッカーサー指揮の連合軍がフィリピンをうかがい出した。

壕掘りは、いつも同じ壕道を掘るというわけでなく、場合によっては、遅れている方へも回される。あるときは、東から二番目の壕へいった。そこは地盤が高く、航空隊を見下ろせるようなところである。私たちは掘り取った岩石の運搬を命ぜられ、二名一組で縄を編んだ運搬具に入れて棒を通し、肩にしては壕外へ運んでいた。壕へはいる前、仲間と二言、三言談笑したとき、柏木期長が「待て」という。作業中に笑顔を見せたのが怪しからぬと、二人とも褌一つのままで航空隊の方へ尻を向け、バッタを二つずつ打ちこまれた。まったく物も言えないと、憤懣やる方なかった。

本部では、山が意外に固く、掘鑿が思うように進まないとみたか、機械力を利用することもやった。電気発破による掘進となった。かなり大きい山ではあったが、向かい側にまっすぐに掘り抜き、中間からはそれぞれの壕内へ通じる連絡道もでき、あちこちに地表までの通気孔を仕上げたのである。

こうしてこの大事業も、約四ヵ月、私たちの普通科練習生過程の終わった九月ごろには完成したのであったが、この防空壕掘りに従事していたころ、どうした原因からかシラミが発生し、着用の褌まで検査されたりもした。

また同じ甲板の一部に予備練習生が同居となり、釣床おろしなど、たがいに火花を散らす猛訓練もあった。

こうして、九月三十日、四ヵ月半にわたった術科学校での訓練は終わった。全員、転任希望先を書かせられた。私は第一希望松島航空隊、第二希望郡山航空隊、第三希望は現在の洲ノ崎航空隊と記入したが、第三の洲ノ空付を命ぜられたのである。

定員分隊活躍す

普通科練習生を卒業すると、大部分は各地の航空隊へ、そして一部は艦船へと乗り込んでいった。とくに記憶に残っているのは、ボルネオのバリックパパンへいった佐野富三、加藤勉の両君らの消息についてである。

私は洲ノ崎海軍航空隊付を命ぜられ、定員分隊の第七十分隊に配属されたが、ここには横鎮（横須賀鎮守府の略称）出身では、私のほかに和田野典雄（東京都出身）、尾登金次（神奈川）、山田薫（埼玉）、福士豊之助（秋田）、野地彦三（福島）、佐藤力也（福島）、下境敏夫（群馬）、吉沢四郎（東京）君たちの面々、呉鎮の所善十郎君、舞鎮の伊藤鶴吉、斎藤喜四郎両君たちが残った。

定員分隊の分隊長は、鶴留徳治大尉、分隊士は森高明、井上義孝両整備兵曹長で、高野辰男先任教員をはじめ、松尾金信、田中義雄、渡辺信晤、田森利喜夫、寺島忠夫氏ほかの各教員ががんばっていた。

七十分隊の任務は、この航空隊で教育を受けている写真科の高等科ならびに普通科練習生の世話と、となりの館山航空隊より発進する偵察機の活動を支援し、それにともなう写真作業を実施することである。航空隊への新入者の写真撮影、撃墜敵機の撮影、隊内事故死者の撮影もあった。また富浦での名産びわの献上につき、詰め合わせの模様を撮影したりもした。

昭和19年11月1日に上等整備兵に進級したころの著者

いっぽう、私たちの分隊には、映写班というのがあった。これは各地をめぐって、海軍に関する映画を見せたりしてその内情を知らせ、理解させることにより志願兵を募ったものである。

片山元中尉を長とし、月岡新次二等整備兵曹、そして同年兵の和田野、下境、それに平井、佐藤の各一整らであった。このうち下境君は歌が上手で、歌手代わりとして歩いたものである。

一行は、数日出かけては、隊内で一晩ぐらい過ごし、また四、五日を歩いてくるという特別なものだった。

また七十分隊は、練習生が毎日使用する写真機をはじめ、取り扱う印画紙などのいっさいの出し入れをするのもその任務だった。

写真機は備品である。貸与、返還は厳格であり、いずれも兵器であった。印画紙などの消耗品にしても、それは大切に扱い、保管していた印画紙が感光でもしておれば、ひどくやられたものだ。そのころ洲ノ空でも、東南方の地域に取り急いで飛行機の滑走路が建設されることになり、その進捗《しんちょく》状況も、当然写真によって上司に報告された。

十一月中旬、先任教員の高野上等整備兵曹が転出され、後任として平野博上等整備兵曹が十一月二十四日、台湾の台南航空隊より転入された。

平野兵曹は宮城県出身で、しかも私の郷里からわずか二十余キロばかり離れた船岡町（現在の柴田町で、山本周五郎著「樅の木は残った」で有名な原田甲斐の居城があった）の方で、なかなかの熱血漢であった。

いつだったか、ほかの分隊の分隊長から理に合わぬことをいわれ、軍刀を持って話し合いに出ようとしたため、他の教員たちが中に入り、どうにかしてその場を切りぬけたこともある。しかし、第一線勤務より帰っただけに、その経験がものをいうときも何度かあった。

ある日の昼食のとき、みんなテーブルについて食事にはいろうとした。と、異様な金属音が聞こえ、パン、パン、パンと数発の音がした。そのとき、平野兵曹は瞬間的に起ちあがり、「敵機だッ。総員退避ッ」と命令しながら、裏手の防空壕へ駆けた。空襲の経験をそう持たないわれわれにはわからなかったが、グラマンF6Fの機銃掃射だったのである。

テーブルにもどった平野兵曹が、ポケットからそろそろと箸をとり出す。起ちあがったときに、とっさにポケットへねじこんだもので、教員たちは大笑いしたが、私たち新参兵にはただ恐ろしく、笑うどころではなかった。

空襲は日ごとに激しくなってきた。二十年の紀元節だったかに、隊内に天皇、皇后両陛下の御写真安置所がつくられた。ところが、それが隊員の集合まえに、艦載機のロケット弾によって木ッ端微塵に吹き飛ばされて、御写真奉拝の行事がとり止めとなった。

このときは市街の橋梁付近もロケット弾に見舞われたとの連絡があった。空襲警報はよく発令され、「対空戦闘用意」の号令が飛ぶ。

春五月、館山市へ上陸したころ、あれほどあった館山航空隊の飛行機も、いつのまにどこへ運ばれたのか、その数もしだいに少なくなっていった。

荒涼とした飛行場の海岸には、飛ばない旧式の飛行機が並べられ、偽装される。敵戦闘機は、これに機銃の雨を降らせた。手前の燃料タンクがやられ、黒い煙をもくもくと吹きあげる。飛行場の周辺、自分たちの裏手の電探山からも、友軍の機銃が発射され、空は弾幕でおおわれる。そんな日は、何時間も防空壕へはいっているのだ。飯もとうぜんながら戦闘食で、味付けの握り飯だけとなり、館空への応援作業員も募集された。

そんな中にも、隊内の各分隊対抗の武技競技会があった。わが分隊は、当時予科練の一団が一時編入したこともあったが、とにかく小人数ながら、柔道、剣道、銃剣術、相撲などいずれも奮起して、みごとに総合優勝を成し遂げ、意気軒昂たるものがあった。

悪戦苦闘下の基地

二十年にはいってからは、米軍のＢ29による本土爆撃が執拗に行なわれた。よく晴れた日には、数十機の編隊を組み東京方面へ向かうＢ29が、白くかがやきながら高々度で飛行するのが見られた。

ところが、そのうちに、こちらにもお鉢が回ってきた。たった一機が編隊から離れて、格納庫めがけて投弾してきたのだ。驚いたことに、わずか数発の爆弾でも格納庫は爆風でめちゃくちゃとなり、練習機は無残な姿をとどめていた。一人が戦死し、数人が負傷したらしい。

そのころ、本部では兵舎の疎開を検討していたのである。並列している兵舎から、一棟おきに解体し、これを適地に運搬して再建しようとの試みであった。私たち写真科の方は、八キロばかり離れた富浦町の駅より少し山手にはいった地点が選ばれ、第六派遣隊となる。解体そのものは土建業者に請け負わせたが、運搬は兵隊の手で進められた。荷車に木材を積み、富浦まで通った。派遣隊は、入り込んだ地形ではあったが、そんなに高い山もなく、びわの木が植えられていた民有地である。そして、家を建てる敷地分だけ、びわの木を掘り起こし、整地して一棟ずつ建てていった。したがって広い場所、というのは、広場と呼ばれた兵隊の集合場所一ヵ所だけだったのである。

ほとんどの木材が運搬され、建築作業にはいったころは、富浦小学校の講堂とそのかたわらの物置が宿舎となった。日中は作業現場にはいるが、朝夕は近くの子供たちがよく姿を見せてくれる。私は弟妹と同じころの子供たちをみては、いまごろどうしているのだろうかと、みちのくの田舎で暮らしているようすを思って案じつづけた。

兵舎再建は至上命令でもあったので、ことのほか早く進み、ふつうの民家の建築と同様に、上棟式も盛大に実施された。曾我副長以下の高官が見え、餅なども少しは撒《ま》かれたのである。

＊

昭和二十年二月下旬、戦況激化のためか、第七十分隊は洲ノ崎海軍航空隊から、鏡ヶ浦対岸の船形養育院へ移ることになった。ここは海岸近くの高台で、じつにすばらしい眺望の地である。

平野博上等整備兵曹

前方は青い海水をたたえた鏡ヶ浦、沖ノ島が見え、館山航空隊の芝生がつづく。その向こうに、私たちがいままで居住していた洲ノ崎航空隊が山懐に抱かれるように位置している。その右手はるかな岬に白い洲ノ崎灯台があり、航行する船舶の安全をはかっていた。左手は大きく湾曲した砂浜が延び、館山市街がひろがり、果ては数百メートルの青い山々が屏風《びょうぶ》をめぐらしたようにつらなっていた。

第七十分隊の移転は、写真科中枢が動いたのも同然で、尉官の人たちも多かった。写真隊長内海大尉をはじめとして、堀川、鶴留、新田の各大尉、そして中尉では筒井、永野、石黒、片山、宮崎の各氏らである。

永野浩中尉は、軍令部総長の元帥海軍大将永野修身氏の御子息で、慶応大学を出られたとても物静かな方であった。いつだったか、私たちの部屋の前の廊下を、戸も開けずに行ったり来たりしている人がいる。さて、だれだろうかと開けてみると、永野中尉である。

「永野中尉、なにか御用ですか」とうかがったところ、

「だれか鋏《はさみ》を貸してくれないか」と、いわれたことを覚えている。

もう、このころの状況は、日一日と激しさを加えていた。二月十九日には、連合軍が硫黄島へ上陸していた。私たちの仕事も敵の機型、艦型図を大量に複写し、友軍の航空基地や艦船部隊へ送ることだった。また、硫黄島や沖縄島を偵察機によって撮影されたものの写真作業が行なわれた。

この写真によって、配置敵機数や揚陸兵力数が判明し、さらに双眼実体鏡を使用することにより、土地の高低までも知られた。撮影高度がはっきりしているから、デバイダーをあてるだけで、滑走路の距離、格納庫の大きさも確認される。なお、飛行機がたとえ撮影する瞬間に傾いても、写された写真の歪みは変歪修正機で訂正された。これは大型の機械で、日本でも水路部とここにしか同型のものはなく、この機械一台で高角砲が数門造られるという話であった。ロールフィルムでの垂直撮影は、画面が二、三十パーセント重複するように写さ

れる。そこで、この重なる部面を破り取って、大きな台紙に貼りつけていく。これを〝調図〟といった。

こうして房総半島を畳三枚ぐらいとか、もっと大きく空から見たままの状態の写真図を作成する。当時、陸軍では下志津飛行学校で偵察作業が実施されており、よく泉中尉が海軍で作成した資料を受けとって行かれた。

ここへきてから、大急ぎで防空壕が二ヵ所に掘られた。毎日の作業も、本来の写真作業のほかに防空壕掘りや、経験者を集めて漁労班を編成し、近海での魚獲もやった。農耕兵として農作業を担当する兵もいた。

食糧事情も悪化してきた。ここでは、飯も蒸気ではなく薪で炊かれたが、乾した甘藷蔓も飯に混入された。ただ漁労班がいたので、たまには魚を無制限に食べられるときは嬉しかった。鯖《さば》なども多かった。疥癬《かいせん》患者も多かった。夕方になって「疥癬患者風呂に入れ」の号令がかかると、隅の方に硫黄を解いたドラム缶があり、一人ずつ入浴した。

養育院は高台のため夏期には水の出がわるく、写真作業に欠かせぬ水とて、大きなバットをかついで町内へ出ることもあった。

何月ごろだったろうか。夜もだいぶ遅くなってからだったが、突然に激しい震動が起きた。何秒かおきに腹にこたえる地ひびきだ。ガラス戸が、そのたびにガタガタと鳴った。それが艦砲射撃であることは、実戦の経験を持つ教員たちにはすぐにわかった。そのあまりの恐ろしさに、足が震えるような気がする。白浜方面らしいとの連絡がはいった。

私たちは防空壕へ急いだ。ダダーン、ダダーンととどろくような音がつづく。防空壕の入口から見た白浜方面は、真っ暗闇であった。

かすかに飛行機の飛ぶ音がする。敵の観測機らしい。あちこちから探照灯が生きもののように、夜空の敵機をさがし求める。

私はそのとき、ふっと親や弟妹の顔を思い浮かべた。射撃は二、三十分つづき、あとはもとの静けさにもどった。

こんな状況下において、立哨が命令された。隊門の衛兵所だけでなく、隊内の要所に、歩哨として夜間勤務につくのである。裏手の方には崖観音前の墓地がある。いくら数十メートル先に友人が立っていても、暗闇の歩哨はおそろしい。時たま銃剣がキラリと光ると、背筋がさらさらした。

敵機の来襲もすごくなってきた。終戦数日前のこと、数十機の敵機が館山航空隊を襲った。このころには、さしもの日本有数の館空にも、もう飛べる飛行機は連絡用のほんの二、三機で、空襲になると横穴式の防空壕に格納するか、空中退避といって敵機を逃れるだけであった。

敵機は、海岸近くへ偽装の旧型機や、燃料タンクをめがけてロケット弾を撃ち込んだ。低い雲間をぬって急角度に降りてきては、発射後、ただちに機首を上昇させる敵機の腕前もみごとなものだった。

これを迎え撃つ周辺の機銃に、空はたちまち弾幕で薄墨を吹きつけたようになる。

そのうちに急降下の一機が、そのまま沖ノ島近くの海面に突っ込んでいった。なりゆきを見まもっていた私たちも、思わず「万歳」「万歳」の声をあげる。

こうした悲惨なる戦闘のうちに、終戦の日がやってきたのだった。

＊

艦艇は、金属のみでつくられているものではない。木材のところもあり、皮革、繊維をもちいている個所もある。そこで、鼠が内部に入り込んだりすると、思わぬ惨事を招く恐れがあるので、つねにこれを阻止する厳重な措置がなされ、鼠を捕えた者には特別に外出を許される、という制度があった。「鼠上陸」といわれたものである。

が、これは艦艇だけに適用されたものではなかった。居住区を甲板と呼ぶように、航空隊やその他の基地でも適用されたものだった。

毎週一度の大掃除には、かならず土管を埋めた側溝の清掃をやった。そのあと一人が網を手にして出口に待ち、一人が別の方から長い竹や棒を入れて、シー、シーと声を出して、ガタガタと音を立てる。鼠は驚いていちもくさんに走り、網の中へ飛び込むという段取りで、よく獲れたものだ。ことに烹炊所周辺の側溝には多かった。これを捕えて衛兵伍長室へゆく。そこには「鼠蠅捕獲上陸簿」という呼称だったと思うが、一冊の簿冊が備えつけられ、そこへ所要事項を書き込み特別外出が許可された。

鼠は一匹そっくりでなく、尻尾だけでも同じ扱いとなっていた。それとともに蠅もその対象となったが、これは五百匹と決められている。いかに烹炊所のまわりに群がっているからといっても、五百匹をマッチ箱に獲るのは楽ではない。

こうして、せっかく鼠や蠅を捕獲しても、若い兵隊にはやすやすと通用しないこともあった。お前にそんな暇があったのかと嫌味を聞き、物覚えが悪ければ、本務をさぼってまでして特別外出がしたいのかとくる。結局は、それよりも上官の氏名を書き、代わりに外出させて「御機」（御機嫌のこと）をよくしたものだ。

軍律厳しいという軍隊内部にも、ちょっと不可思議なことがあったらしい。とどけられた鼠や蠅は即刻、焼却すべきものなのに、どこからかこれが横へ流れ、鼠の尻尾だけが、白っぽい色に変わるまで動き回ったように思えてならない。ともあれ、私たちも特別外出をめざしては、ひまをみつけて鼠の姿を追いもとめたのである。

＊

海兵団の生活中に、数回の慰問演芸があったことは前に記述したが、航空隊にあっても、そうした楽しみはあった。

私たち写真隊の隊長、海軍大尉内海通吉氏は、海軍兵学校第六十八期生である。ラバウル航空隊など戦地勤務の経験もあった。

この隊長が洲ノ崎海軍航空隊ばかりでなく、館山地区陸海軍の尉問係将校として、慰問団受け入れに関する渉外いっさいを担当していた。隊長は背丈も大きく、なかなかハンサムな青年士官であったのはいうまでもない。本隊にいるうち、舞踊家の西崎緑さんが二回ばかり見えた。また女優の高峰秀子さんも二度、来隊されたが、一度は本隊で、あとの一度は終戦のその日、富浦町のびわ山での慰問を受けたのであった。

俳優の藤田進氏も、一度だけ高峰秀子さんと同道されたことがある。西崎さんであったか高峰さんであったか、どうも記憶がはっきりしないが、お二人のうちどなたかが、講堂の落成祝いに見えられた。西崎さんだったかもしれない。

慰問のため洲ノ崎航空隊を訪れた舞踊家の西崎緑一行。中央に曾我副長、左へ一人おいて内海通吉写真隊長

昭和二十年一月三十一日には、相撲の安芸海一行が慰問に来られた。東富士、豊島、同県人の綾昇など多数の力士が見えた。全員バスから詰め襟の国民服で下車された。

その日は練兵場の中央に土俵がつくられ、隊内の力自慢の人たちが本職にぶつかっていった。主計料あたりには栄養もよく、丸々と肥っている兵も多い。散切り頭で何段目あたりの相撲取りでは、この兵士たちには分が悪かった。が、十両ともなり髷《まげ》を結った力士となると、やはりかなわない。手もなくころりとやられるようであった。力士同士の激しいぶつかり合いはすさまじいものだ。元気な掛け声も気持がいい。弓取式は武勇山が力強くやる。

私はその相撲をみていながら、海兵団での相撲を思いだしたものだ。海兵団では、海岸近くにいくつもならんだ土俵上でやらされた。正式にケンパスを腰に巻きつけてのこともあった。立ったが最後、押しの一手だ。押して押して押しまくるその手だけの勝負であり、負け残りである。勝つまでは土俵をおりられないことになっていた。

話はもどるが、写真科が派遣隊へ一部分散し、定員分隊が船形の養育院跡へ移ってからは、隊長は近くに民家を借りていた。西崎さんはそこを訪れ、語らいのひとときを過ごしたふうだが、そのとき食事をとどける役目は、同年兵の福島出身の野地彦三君であった。この数回におよぶ慰問が縁となって、内海隊長は西崎さんとの結婚を迎えたのである。

隊長は、アコーディオンの名手でもあった。昼食後の数十分をさき、私たちを派遣隊の兵舎となった建物裏の芝生に腰をおろさせた。そして、ラ・クンパルシータなどの曲を、ときどき聞かされた。

また〝海軍写真員〟という映画を分隊で製作した。それに主題歌ともいえる「海軍写真員の歌」を、隊員一般から募集したが、入選は蟹江兵曹の作詞で、隊長みずからこれに作曲した。私たちは、寄ればよくこの歌を合唱したもので、左記の歌詞を忘れることはできない。

海軍写真員の歌

一、青く澄んだよ大空を
　今日も飛びゆく偵察機

翼に積んだる写真機の
　手柄を祈る写真員
二、もうもう上がる砂煙り
　帰り着いたぞと写真員
　すばやく受けとるフィルム倉
　互いに交わす笑みと笑み
三、一分二分と刻む針
　現像定着進みゆく
　見えるぞ見えるぞ敵の島
　凱歌は挙る写真班

二通の手紙にしのぶ

洲ノ崎海軍航空隊へ入隊してからも、半舷外出は許可された。定員分隊配置後は、実施部隊のこととて両舷に分かれての外出となった。航空隊指定といっていいか、集会所と呼ばれる建物があった。ここは館山市街地としては手前の方で、航空隊から歩いておよそ十分の距離にあった。

そこには、休憩室があり、食事どきには外食券で昼食も食べさせてくれる。一日中、ごろ寝をしていても、だれにも遠慮はいらない。ただし、布団は綿があちこちに寄って団子のようになり、すかして空が見えるところもあった。しだいに市街のようすもわかってくると、こんどは食糧あさりとなる。食糧あさりといっても、とくにこれというのがあったのではなく、ところてんやおでん程度のもの。少し盛りがいいとか、甘藷でもちょっぴり出たとなれば、二キロでも三キロでも、いとわずに押しかけた。

日中を解放される〝半舷外出〟にたいして、夜間の外出を〝入湯外出〟と呼ばれていた。夜間のためか入湯の文句がついている。これは夕食後から翌日の朝食までの外出である。

この対象者は上等兵以上となっていたが、特例として一等兵進級後一ヵ年を経過すると認められたのである。

海軍では上等兵よりの進級は、毎年五月一日と十一月一日とにきまっていた。当時、二等兵より一等兵に進級するのが、三ヵ月半であることは前述した。一年のうちには志願兵、徴兵、応召兵の入団が何回となくあったが、いずれも三ヵ月半で一等兵にすすんだ。

私たちは昭和十八年七月一日の入団であったが、二ヵ月早い五月一日に入団した志願兵から翌十九年二月一日に入団した徴兵までが、同じ日、つまり十九年十一月一日に上等兵に進級し、その後も二十年五月一日付で同様に兵長へと進んだのである。

私たち特年兵二期生は、十八年十月十五日に一等兵になっていたから、翌年の十月十六日から半月の間、一等兵として数回の入場外出が許可された。

海軍では、入湯外出ができるころになると、下宿を見つけに歩く。

私も同じように、あっちこっちと歩き回った結果、ようやく一軒を探しあてた。そこは富浦町の小学校から、わずかに百メートルばかり勝山の方へいったところで、豊岡の地名である。海岸ちかく国道のすぐそばにあり、片柳さんという家庭であった。七十歳ぐらいと思われるお婆さんが見えた。

事情を話してみたら、お孫さん二人をみながら暮らしているので、なにもできないが休養されるだけなら、と許していただいた。そして、二階のりっぱな部屋に案内された。ここからは海も見えるし、近くの山々にはびわの木も眺められた。

以後、私は外出のたびにお世話になった。女の小さなお孫さん二人がいた。上の子を輝子さん、下の子を昌子さんといった。夕方、二人の子供さんをつれ近くの海岸を歩いたり、富浦小学校の方へも遊びにいった。

お世話になった片柳さん

お祭りか何かがあった。昌子さんを背にし、輝子さんの手をひいて見に行った記憶もある。

お婆さんのお話では、御主人の進治さん（お婆さんの御子息）は東京方面の軍需会社でいそがしく、めったに帰宅できず、その奥さんは胸をわずらい入院加療中のため、お婆さんが実家の栃木から出てきて、親代わりとなってお孫さんと生活されているとのことだった。

入浴は、となりの安田さん宅から声をかけられた。安田さん宅は農家で、奥の一室には東京から疎開してきていた沖村さん一家もおられた。安田さん宅の娘さん、沖村さん宅の政雄さん、孝子さん、そのまたとなりの恩田さんらとも知りあいになった。

暑くなると、このあたりにも蚊が飛んできた。お婆さんが大きい蚊帳《かや》はないが、これで間にあえば使ってくださいと、南方の方で使用する一人用の顔だけ隠れるのを持ってきてくれた。しかし、これを上から下げるためには、天井に釘を打つことになり、それでは申し訳ないので、すこし暑苦しいがこれをそっと顔にあてて寝ることにした。

私はときどき、下宿代の御礼にと薄謝を差し出したが、お婆さんはなんのお世話もしてないからと、けっして受けとってはくれなかった。私は仕方なく煙草を差し上げ、御礼のしるしとした。そのころ私は十七歳であったが、すでに普通科練習生過程をへて、軍隊内では一人前としての待遇を受けており、煙草もちゃんと一人分、手渡されていた。

終戦後、帰郷直前に、私は三人ほどの友人と連れ立って外出したが、片柳さん宅へ復員の御挨拶に立ち寄った。

その日、たまたま奥さんが帰宅されており、私たちの帰郷に赤飯を炊いて祝っていただいた。

私は、これらの御恩の数々を、けっして生涯わすれてはいけないと思った。以来、私は年の初めと盛夏とには、いまでも片柳さん宅へお便りをし、御機嫌をうかがうとともに、自分の近況をお知らせしている。そのころの状況は片柳さんから、昭和三十一年八月十四日付の御便りを頂戴しているので、左にお知らせしよう。(原文のまま)

昭和三十一年八月十五日

戦後十一年を迎へる今日に至るも、寒さ暑さの御便りを戴く御芳志に対し、衷心より御礼申し上げます。

御端書によりますと、其の後恙《つつが》なく御消光、御子様方も二人授かられたる由、何よりと蔭ながら御慶び申し上げます。処で此の機会に於いて、彼の当時の拙宅の状況並に現状を申し上げますと、以下の如くでありまして、全く感無量であります。

自分は当時、東京目黒、五反田、京橋の三ヵ所に工場を構へ、従業員千三百人程を擁した軍需会社の工場長兼務と云ふ責任の地位に在ったので、家庭を顧みるを困難として居った次第です。

而かも、家庭を守る立場の家内は胸部疾患にて入院加療中等、為めに子供二人（長女輝子、当時小学校六年生、二女昌子、同二年）を安全地帯の富浦に疎開せしめ、生家（栃木県）より自分の実母を迎えて養育を頼んで居った。そこへ、遇々《たまたま》貴下が遊びに来られた訳なんです。

戦後、家内は御蔭を以って、前後二ヵ年間の病院生活を経て健康を取戻し、現在大事をとり其の儘富浦に居住中であります。又、長女は東京都立第八高等学校在学中、母親同様胸部を冒され、手当の甲斐もなく数へ年十九歳にて永眠、二女昌子は今春東京青山学院大学経済学部へ入学、父親許より通学中、それから家内は大の信仰家であり、長女も母親の感化により、熱心な信仰家となって居りました為めに、永眠十一ヵ月目に男子として生れ代って参りました。此れが自分の長男、今月にて満四ヵ年二ヵ月と四日となりますが、幸に健康に恵まれ、毎日海辺の砂原にて遊び廻って居ります。

一方、自分の実母は（八十三歳）終戦と共に実家、即ち栃木市沼和田町三丁目片柳啓一（農業組合長外役員）許へ戻り、健康裡に恵まれた余生を送って居ります。

尚、実母は、自分帰省の都度、富浦の困苦時代を想出しては談貴下に及び、「増間さんは若い者に似合わず感心な男であった」と諸種の例を挙げ讃辞を呈して居ります。一度恐入りますが其の後の状況を母親宛に報じて遣って戴けませんか。どんなに喜ぶか知れません。

終りに自分の事に就て申し上げます。自分は表記の場所にて片柳工業株式会社なる会社を設け、全国炭鉱、製鉄、セメント、造船、土建、製糸工場を得意先とし、鋲螺釘、鉱山機器、鍛圧製品、電気熔接棒、保安帽其の他営業中でありますが、割合多忙を見て居ります。

以上近況まで　　草々

片柳進治

＊

親許から遠く離れ、しかも自分の意思だけでは自由に行動のできない軍隊にあって、家族とのつながりを保つのは便りだけであった。私はひまを見つけては、せっせと便りを書いた。

いま手許に、私が書き送った封書二通が保管されている。一通は終戦直前の七月三十日に発信したもので、毛筆で書いたものだが、残念ながら封筒だけで中味はない。満足に残っているのは、昭和二十年四月二十二日に発信したもので、左のように書いてある。（原文のまま）

拝啓
春暖の候と相成りました。

本日は御便拝見致しました。御便に依れば、佐野の祖父様には持病にて亡くなられた由、驚きました。軍職に奉ずる身、看護する事も出来ず残念でした。只此の上はと締めて冥福を祈って居ります。

又、今度、彦太郎叔父も愈々《いよいよ》光栄の御召を受け、横須賀海兵団に入団との由、叔父にとっては此の上ない本懐であり、亦一家一門の名誉です。特に海軍との由、何時かは会ふ機会もある事と思って居ります。

私も至極元気で、米英に徹底的打撃を与へる一員として頑張って居ります故、他事乍ら御安心下さい。北海道の叔父よりも、此の間御便を接手致しました。勘蔵叔父の住所分ったならば知らせてくれとの事でしたから、分ったならば私の方に御手数ですがお知らせ下さい。弟妹等も相変らずの事と存じます。

善右衛門君、源吉君、睦郎君、照作君、喜久男君等にも元気で奮闘してゐると伝へて下さい。睦郎君等は今年徴兵検査ですね。尚、東京の親類も疎開して来るとの事、弘次さん達も一緒ですか。今野君、金森君達からは便がありませんが、何処に居るか分かりませんか。佐藤勝衛、守衛さん達の住所は？

戸村先生に度々便を出しても返事がありませんが、大内校より転勤したらしいですね。近頃は忙しいせいか、同級生達よりも便がないです。昭夫は家で働いていますか。常会長、副会長に宜しく。度々常会一同様に便を出してますが廻りますか。

戦局は日一日と苛烈になって参ります。戦果と戦局は違ふ。必死必沈、悠久の大義に生きる神鷲の体当りによって戦果は相当なものですが、物量を誇り、物量で押して来る敵の戦意も侮り難い。

水田、畠作も去年より多く作るとの事、察しては居りますが、之も皆只此の決戦に勝ち抜くため、頑張り抜いて下さい。何と云っても身体が一番です。充分注意して奮闘される様お祈り致します。私も郷土の皆々様に負けぬ様軍務に精励致します。佐野の人達に、又彦太郎叔父宅にも宜しく。

敬具

御両親様

この便りでは、自分が入団のとき、初孫が軍隊へというため、羽織袴姿で出立を見送ってくれた祖父の死亡を嘆いている。祖父は腎臓をわずらい、頼みとしていた長男が応召のために落胆し、昭和二十年四月七日、午前五時三十分、六十二歳で世を去ったのであった。

叔父たちもつぎつぎと応召し、東京の親類は疎開してくる、そして、年上の遊び友だちも繰り上げ徴兵検査を迎えるという緊迫した情勢を思いおこさせてくれる。家族を心配し、常会宛へ便りを出したり、弟妹のようす、恩師や同級生の模様など、幼いながらも何かと案じていたあのころの自分を知ることができるのである。

軍隊から両親へ、そして両親から息子への便りの交換こそは、離れ住みながらも生き抜いていく、毎日の限りない励みとなっていたのであったろう。

空襲下の東京で

さて、昭和二十年四月二十三日、私は突然、東京出張を命ぜられた。指揮官は宮崎清少尉、それに石毛博整備兵長、私と石川幸作氏の両上等整備兵の四名である。

全員、都内に親類のある者だけであった。というのは、もうそのころは、食糧を売っている店などなかったから、一宿一飯にあずかれる者を対象として出張させたものであったろう。以前に、曳船で横須賀軍需部へ弾丸等を受領に行ったことはあったが、陸路で遠方への出張はこれがはじめてだった。

北条より列車に乗る。車内は満席に近かったが、どうにか空席をみつけて腰をおろすことができた。近くの座席に坐っていた二十四、五歳の若い婦人が、ときどき不自然な声を出しているのを聞く。そのうちに、重ね着の上の方から脱ぎはじめたのには驚いた。傍の二人の男が制止していた。よく観察してみると精神異常者で、二人の男は施設の看視人らしかった。

都内の地形は、私にはぜんぜんわからない。映画配給所芝浦倉庫に顔を出してから、三越前で解散する。明日の集合時刻と集合場所について、何度も念をおされる。第一目標はこの三越前、第二、第三の目標まできめられたが、これは激しい空襲下にあっては、やむをえないことだった。

新宿へでて小田急線に乗ったが、石川上整が南多摩郡忠生村出身で同じ方向だったために、とても助かった。

二人で翌日の新宿集合時間もきめ、自分は経堂駅で下車し、駅前の交番へ寄ってかね伯母の居所を訪ねた。はじめての訪問であったが、夕方薄暗くなるころになって、やっと探しあてた。

伯母夫妻、それに従兄の和男氏らが、ふいの来客にびっくりする。十時近くまでみんなと話し合った。和男氏は、明日の私の昼食にと配給米を一升壜に入れ、棒で搗《つ》いて精白してくれる。それから、近くに和男氏の兄弘二氏が別に暮らしているとのことで、二人で自転車に乗って出かけた。数年ぶりのことで話はつきず、午前二時ごろに帰宅して就床する。

翌日は、朝のうちに家を出て、打ち合わせていた時刻ころの電車に乗る。和男氏が新宿まで送ってくれた。新宿へ着いた時分、都内へＢ29の空襲があり、爆弾の地ひびきがずしん、ずしんと腹にこたえる。それでも、空襲に馴れている都民の表情は、そう変わっていないのに驚かされた。子供たちも、べいごま遊びをやめようとはせず、荷馬車を曳いた年寄りも、ゆうゆうと歩いて行く。

だんだん爆撃がひどくなってきたようすに、駅前にいた陸軍の兵士たちが防空壕に避難するようすすめている。私たちも近くの待避壕にはいる。そこは屋根がなく、土をまわりに一メートルほど高く盛りあげてあるだけのものだった。

やがて空襲警報が解除になって立ちあがったとき、石川上整の姿を見つけた。和男氏と別れて二人で三越前へ出て、四名がまたいっしょになった。ここから、昨日のぞいた映画配給所芝浦倉庫へゆき、映画フィルムを一人十巻ぐらいずつ待たされた。一休みしてから六桜社へ出発する。ここでも航空写真のロールフィルムを、各自十本近く持つことになった。

東京出張の際、防火水槽内で写した著者（左）と石川上整

四月下旬の東京は暖かい。両手にフィルムを山ほど抱え、乗り換えのためにホームを歩くのは大変だった。階段の昇り降りは、ことに苦しい。汗がポトポトと流れた。

だが、だれ一人、兵隊さん持ってあげようなどの話がでるときではない。だれもかれも、みずからの生活をまもるのに精いっぱいだったのである。

午後九時すぎ、北条へ帰り着いた。しかし、夜も遅いからとその晩は駅前の泉屋旅館へ泊まり、翌朝、隊門へはいった。新宿で遭遇した空襲は、B29約七十機が立川方面を爆撃したものであったことを、帰隊後はじめて知らされた。

定員分隊の老兵二人

洲ノ空の写真科定員分隊に、二人の国民兵がいた。一人は関東地方出身（埼玉県か?）の江口氏で、整備兵だったと思う。あとの一人は水兵で、佐々木米吉氏といった。

この二人とも志願兵や徴兵とはちがい、終戦間近に応召されてきた年齢の多い人たちである。

江口氏は職業が写真屋だったと見えて、写真業務の点で重宝がられ、私たちも少しは技術の指導を受けたようだ。佐々木氏は私と同じく宮城県出身で、さんま漁港として名高い気仙沼市というところの人だった。

当時、私は十七歳で、佐々木氏は三十五歳と、年齢は親と子ほどの差があった。同県人として親しみもあり、持参の写真なども見せられる。佐々木家具店の屋号の見える自宅の前で、奥さんと子供三人で撮した写真であった。

佐々木氏はどうしたわけか、水兵科でありながら整備科分隊への編入となっていたのだ。が、考えてみると、それもまんざら、うなずけないものではない。

彼は、机や椅子の修理をしたり、機械を格納する木箱の補修にと手をかけていた。指物大工として技能を生かすために、われわれの分隊への配置であったろうと思われる。佐々木氏は半舷外出をしても、ゆっくり休めるところもないという。私は自分の下宿のお婆さんにお願いし、その後は片柳さん宅へお世話になっていた。

三十代も半ばをすぎた老兵であっても、通常の生活は、なんら変わるところはない。〝公用使〟として部外への用事に出されたりもしたが、まあ若いものと同様の軍隊生活であった。古参の兵長や上等兵から、バッタを打たれ、前支えをやるなど罰直もやらされた。私たち特年兵仲間は、若いにしても階級は上である。朝の体操の号令をかけたり、日中の作業の中心となり、夜は自分より遅くはいってきた数十名に対して、甲板整列させ、喋喋喃喃《ちょうちょうなんなん》と、決まり文句の注意事項をぶつ。それにしても、親の年ほど差のある人たちが食後の片づけなどやるのを、黙って見てはおれなかった。

ときには手を貸したりもした。だが、「差をつけろッ。なんで手出しをするのか」と、古参兵長の叱言をもらうのが落ちだった。古参上等兵は、雑用をするなとの意味であった。それでも私たちは、この二人の老兵を、つねに念頭におき、できる限りの面倒をみたつもりである。

佐々木米吉氏（右）と著者

数年前、私は職場の研修旅行で、佐々木氏の住む気仙沼市を訪ねた。戦後、音信不通だったが、ふと思いついたので私は市役所へ照会してみたところ、同氏の住所がすぐに判明した。そこで旅館の方へ元気な声だけでも聞かせてくれるよう連絡した。

当日、旅館へ着いてくつろいでいたら、佐々木氏から電話があった。近くだから、ぜひ寄ってくれとのことだ。そればかりか、わざわざ息子さんを迎えによこしてくれた。

私は二十数年ぶりの対面を懐かしみ、夜十一時ごろまで話し合った。

重い病気をしたが、九州方面の旅行もしてきたと喜んでいた。中心街に立派な店舗を出され、四人の子供さんもいまは健やかに成長して、お孫さんも生まれていた。

その後、奥さんとお孫さんを連れられ、拙宅へ見えられたことがあった。自分の弟子が技能オリンピック国内予選で銀賞にはいり、仙台市内での受賞伝達に出てこられたという。

さらに年が改まって何年か前の三月下旬、先任下士官の平野氏、それに佐々木氏と三人で、戦後はじめて仙台市内に集まったことがある。

同県内にいるとはいえ、政治家（平野氏は、戦後二十五歳より県議）おり、私は勤め人であったり、佐々木氏も若者を雇用しての立場から、そんな機会も見い出せなかった。三人はわずか数時間を惜しんで往時を語り、再会を約したのである。

ところが四十六年末、佐々木氏の奥さんから、主人が五月に逝去されたとのお便りを手にした。この前、あれほどお元気だったのにと、いまさらながら悔やまれてならない。

日本敗戦の前後

八月十五日、終戦の日は暑い日であった。朝食までは、いつものとおりの日課を過ごしたように思う。

食事がすんで一休みしていたら、きょうは東宝女優の高峰秀子一行の慰問演芸が、十時から広場において開催されるので、とくに業務に支障のない者は、観覧するようにとの指令である。

私たちはひさしぶりに、また「デコちゃん」のきれいな顔を見られると話し合ったものだ。ところで、それより二日前の八月十三日、私は第三十期高等科兵器整備術（写真）練習生を命ぜられていた。第四鎮守府からわずか十五名であって、期長は加藤時男二等整備兵曹、副期長制はとらず、私は軍規風規取締役としての甲板係であった。

平野先任教員より挨拶があり、第六派遣隊の富浦兵舎へ向かう。第七十一分隊に所属、岡島重雄上等整備兵曹の担任となる。

ともあれ、朝食後は飲料水確保の作業であった。思えば、この土地にはいって以来、飲料水は沢水であった。いまにしてよく腹痛を起こすこともなく過ごしたものだと思われる。

上官が、どこからか大きな桶を持ってきてくれた。数名は沢の奥へ進み、水源地から兵舎近くまで水路をつける。腐蝕した木の葉などを掻き上げて、水の通りをよくする。またある者はその水が流れ落ちるところの回りを刈り払う。あるいは、別の者は桶をうまくその流れの下に配置した。そうこうしているうちに、もう九時半ごろとなる。期長の命令で作業をやめ、手足の汚れを洗ってから、低い山を越え、急坂に設けられた梯子のような橋を渡って広場へゆく。

かなりの人数が集まっていたが、暑い日ざしのために、まだ近くの樹の下にうずくまっている者もいる。山根の方には幕舎が建ち、簡素な舞台がつくられていた。

ここの広場に、富浦駅から通ずる道というのは、幅員がせいぜい二メートル足らずであって、小型自動車が通る程度ではなかったかと思う。そして、この広場に、高台の山地より走っている、さらに小さな道があった。私はその道の広場へ下り口のところで見ることにした。

開演までに山を越え、沢を渡って広場へあつまった兵隊は、およそ三百人ぐらいもいただろうか。それに、伝え聞いた近辺の民間人が百人にはおよばないが集まっている。野外での演芸会だが敷物などはなく、みんな事業服か三種軍装で、そのまま腰をおろす。

やがて慰問団の一行が到着し、全員が拍手をもって歓迎した。このとき高峰秀子さん以外に、何人の慰問の方たちが見えたのか、それは記憶にない。といっても、三人や五人ではなかろうから、おそらく十人は数えたかと考えられる。司会も楽士も、きっと姿を見せたにちがいないから……。

内海隊長の挨拶があったあと、ただちに演芸にはいった。その演芸も、頭の中にはいっているのは高峰さんの歌謡ばかりで、そのほかに何があったのか、いまは思い出すこともできない。

こうして運命のとき、八月十五日の正午を迎えたのである。演芸の中止を命じた隊長は、これから重大放送があるので、全員この場で聞いてもらいたいという。

私たち一兵士には、なんのことかいっさい不明であった。小さな机の上に置かれた一台のラジオが、正午を告げた後、なにやら話しはじめたようだ。つづいて玉音放送といわれたはじめて耳にする天皇陛下の声が、何事をかお話しになられる。だが、ガーガーと鳴る雑音が高く、いったいいかなる内容なのか、皆目けんとうがつかない。

その後、内閣総理大臣かだれか高官の方が話された。それも雑音に妨げられて、要領を得ないままラジオのスイッチは切られた。

隊長がまた挨拶に立った。そして、放送の内容を要約した。

わが軍隊は、勇戦奮闘しているが、情勢はきわめて重大である。このときに当たって、ソ連は中立条約を一方的に破って、わが軍に猛攻を加えてきた。ただいまの天皇陛下のお言葉も、この難局を耐え抜くようお励ましになられたものと解する。諸君も、今後なおいっそうの努力をされるよう望みたい。天皇陛下の万歳を三唱する。

内海隊長の万歳の声に、約四百人の高らかな万歳の声が唱和し、富浦の一角の山々の緑に吸いこまれていった。

演芸が再開されたが、あとのプログラムは短かった。最後は、やはりラバウル小唄であった。

〽さらば富浦よ　またくるまでは　しばし別れを　涙でかくし

数時間にわたった慰問演芸は終わった。

私は兵舎にもどって昼食をすませ、沢水の浄化に使用する砂利採取のために、徴兵あがりで同階級の部下一名を連れて海岸へ行くことにした。

入れ物はびわ椀《も》ぎとり用の、底の浅い楕円形の手籠を持っていく。手ごろの砂利を持ち帰る途中、町内を通る国道上で他部隊の上等兵と出会った。ところが、この上等兵が欠礼して通りすぎていくので、呼びとめて注意をし、いつものつもりで兵舎に帰ってみて、びっくりしてしまった。仲間たちが目を真っ赤に泣きはらし、激しい嗚咽にむせんでいた。教員の一部は軍刀を持ち出し、あたりの立木をぶった切っている。

日本が戦さに負けたという。

私もいっしゅん、棒立ちになり、気が転倒してしまった。それは空襲などが何度もあり、サイパンや硫黄島も敵の手に渡ったにせよ、そこまで追い込まれているとは、私たち一兵卒にはわからぬことであった。

そういえば、あの放送のとき、なにか〝耐え難きを耐え〟とか〝万斛《ばんこく》の涙云々〟のお言葉があったように思う。

それに、街頭で欠礼者に注意したさい、近くにいた数人の村人の目に、形容しがたいものがあったように思われた。みな、ただ茫然自失、だれも腰を上げようとはせず、いたずらに時は流れていった。

「一八〇〇、総員広場に集合せよ」との命令が伝達される。

真夏とはいえ、山峡にはたそがれの気配が見えはじめたころ、私たちは先刻まで楽しい演芸の場を展開していた広場に集まった。

内海隊長は皮革の脚絆をし、軍刀を杖にして、広場の奥の一段と高い地点に立っていた。全員の集合を終えると、隊長はつぎのように挨拶した。

「先刻、天皇陛下の御放送があったとき、自分は戦局のきわめて重大であることを説き、戦争の継続に全力をつくされるよう訓示をしたが、その後、日本は諸般の事情から、ポツダム宣言を受諾し、無条件で降伏することとなったのを確認した。まことに残念なことであるが、これは天皇陛下の御命令として受けとっていただきたい。ただし、敵がもしも攻撃してくることがあるならば、わが方は、ただちにこれに応戦すべきことは当然であるので、兵器の整備は念入りにやっておくことが大切である。以上、簡単に伝えておく」

帰途、とぼとぼと兵舎へ向かう全員の足どりは重かった。さて、これからの自分たちはどうなるのか。准士官以上は豪州へでも連行されるのではないだろうか。下士官兵はどこかに集められるのだろうか。みんな思い思いに考えをめぐらしながら、長かった終戦日の一日を送ったのである。

＊

八月十六日からは、朝夕の日課は同じであっても、日中はもう型にはまったものではなかったようだ。

それに、ずっとこの第六派遣隊にいたわけでもない。前にいた船形の養育院へゆき、写真兵器の整理をやった。米軍機が数十メートルの低空で上空を飛行していく。そのころ、分隊士が漬物もなくて困るだろうと、容器を見つけ、胡瓜《きゆうり》や茄子《なす》なども入手してくれた。私たちは感謝をしつつ、どうにか塩を銀バエ（正規に与えられたり、入手したものではなく、なんらかの方法で所有することだが、よく蠅が飲食物に群がり、なんど追い払われても寄ってくることになぞらえたといわれる）してきて、石の重しをつけ、食べられる日を心待ちにしていた。ところが数日後、その中に蛆虫が動いているのを発見したのである。

塩が足りなかったであろうと悔やしく思ったが、どうにもならず、いっさい投棄した。あとは野菜も塩もなく、二度と漬けることもなかった。

八月十八、九日ごろだったかと思う。私が衛兵伍長として夜間勤務についていたら、遅い時刻に本隊からの電話による命令があった。それは厚木に米軍がはいるため、関東地方より陸海軍人を早急に、それも今月下旬までに復員させるから、その準備にはいれということだ。私はただちに当直将校にその旨をつたえた。

数日を過ごすと、敗戦がわが身にしみることを実行されだした。

兵舎のはずれに大きな穴を二ヵ所掘り、写真の原板であるガラスを砕いては埋める。別の組は原板を小舟に積み込み、数百メートル先の海へ投げ入れた。

また教科書や参考書で、上部を朱線で塗ってある機密に属するすべてのものは、院内の焼却炉へ投入して燃やす。図書はそう簡単には燃えない。二日も三日もかかった。

さらに数日後、隊長から二十六日解員となり、郷里に帰される旨の話があった。つぎに、現在の階級に進級してから、ある一定の年月をへた場合は、進級を認められ、（後にポツダム進級といわれている）帰途の最寄りの鉄道駅までの無賃乗車証、それに米四升、パイン缶、乾パン等が若干、交付されるとのことである。私たちも二等整備兵曹に進級するというが、戦いに敗れてからの進級というのでは、とても喜べるものではない。

下士官になるといっても、改めて帽子をくれるのでもなかった。そこで外出のとき、現在使用している略帽に、下士官の印である黒布の線を仕立屋で入れてもらうことにした。仕立屋は布がないとか、忙しいとかいって容易に承知してくれなかったが、みんなでロープ数本をとどけたら、さっそくやってくれたのには驚いてしまった。

やがて、帰郷も数日となったとき、退職金を支給されるとのことを聞く。さっそく岡島兵曹へ話してみたが、前任の平野兵曹へうかがってみよといい、平野兵曹は岡島兵曹のもとでという。私たち十五名は十三日に移動したばかりで、どうも中ぶらりんになったようだとして、このうえは自分らで処置することに衆議一決、岡島兵曹へ事の次第を伝え、数名の代表者で受領することにした。それは私と、ほかに二、三名だった。十五名の印鑑を持参し、出発したのは雨の降る夜である。もちろん乗物もない。そして本部のある豊房村まで歩く。本部へ着いたのは九時ごろだったが、ここは電気を煌々《こうこう》と照らし、復員兵の退職金支払いをしているのであった。

このように、私たちは終戦日まぎわの転任であったため、退職金も自分たちの手で受領してくるという状況下に置かれたのである。

帰郷前日は忙しかった。衣類は所持品すべてを持ち帰っていいというため、小さいものは全部衣嚢に入れた。米もパイン缶も、受領品はすべて入れた。それを毛布二枚で包み、その上に釣床を巻き、ロープで要所を回して、手を入れて背負えるようにこしらえた。

写真機のレンズや重要な器具は持ち出すことを厳禁され、明日は駅頭で内容を点検するとまでいわれた。

岡島兵曹が見え、夕食後に酒がすこし出た。岡島兵曹は、「お前たちは、軍人らしからぬ軍人だったナ」と話す。それもそのはずである。八月十三日、第三十期高等科兵器整備術（写真）練習生となって以来、勉強のような勉強をいったいやらせたのか。それは新しい兵舎へ入るための環境整備だけで、あたかも土工同様であった。みんなは「笑わせるない」といいたいところであったが、口に出しはしなかった。

酒を飲み、そして軍歌を歌った。食缶を叩き、食器を鳴らして、いつまでも話し、遅くまで歌った。

＊

八月二十六日、海軍特別年少兵として二年二ヵ月を過ごした軍歴に、ピリオドを迎える日がやってきた。やはり暑い日であったように思う。朝食後、にわかに総員集合をかけられる。

一人の下士官が、総員をにらみつけるようにして話をした。

「お前たちのうちに、昨夜から今朝にかけて、缶詰一箱を窃盗した者がいる。他所から入ったという形跡はまずない。いいか――。お前たちの大部分は、今日、故郷へ帰る予定になっている。それをいいことにして、官品を盗むとはもってのほか、言語同断だ。一体全体、なにものの仕業だ。さあ、早く名乗り出ろッ」

正直にだれか申し出るかとみていたが、一人として私がやったという者はなかった。

「だれもいないというのだナ。よーし、どうしてもいないというなら、総員罰直にする。いいかッ、全員、電気風呂はじめッ」

〝電気風呂〟とは、半ば膝を曲げ、両手を上にあげての罰直だ。いままでなんど、この電気風呂をやっただろうか。それも解員を数時間後にひかえての罰直なのである。

日本海軍部内で戦後、しかも復員当日に罰直をやらされた者は、ほかにあっただろうか。なんということをやるのか。私は胸中、煮えくりかえるほどの無念さでいっぱいであった。それは確かに、だれかがやった悪態ではあったろう。その缶詰一箱が、帰郷直前の全員を罰直にするまでの大事件であったかどうか。罰直は二十分以上つづいた。

解散後、兵舎内外の整理をしたり、持ち帰り品で忘れているものがないかを、よく点検した。解散は昼食後と伝えられた。食後、食缶等食器いっさいを洗う閑もなく、帰郷者の集合を命ぜられる。最後の訓示は、分隊士の筒井実中尉であった。

「わが国は米英などの連合国に、ついに敗れ去った。諸君らと日本国の勝利をめざして頑張ってきたが、いまはいかんともしがたい状況を迎えたのである。原因はただ一つで、圧倒的な物量、それも空軍力に屈服したというべきであろう。今後は身体に十分に気をつけて、新生日本のために存分のはたらきをされるよう心から願っている。なにかの縁でまた会うこともあろう。では、ごきげんよう」

語る筒井中尉の目にも、聞く私たち戦友の目にも、光るものがあった。

思えば、昭和十八年七月一日、海軍特別年少兵第二期生として、横須賀海兵団へ入団したのは一千四百名であり、そのうち整備兵は二百五十四名、そして写真科へ進んだのが四十三名となり、いまここで別れるのは和田野、尾登、山田、野地君ら、わずかに数名のみであった。

私たちはたがいに健康を祈りながら、衣嚢を背にし、びわ山を発つ。富浦駅より乗車し、外房回りで帰途につく。

外房はやたらにトンネルが多い。千葉で乗り換えたと思うが、駅舎も爆撃でやられたのか、屋根もないホームから乗った。亀戸あたりからは、レールの両側の住宅がすっかり焼き払われ、煙突と金庫だけが、その焼野原の中に、ぽつんぽつんと取り残されているだけであった。

上野駅は復員兵で大混雑だった。憲兵が、あちこちの蜜柑箱らしきものの上に立ち上がって整理をしているふうであったが、大勢の人の流れには、どうしようもなかった。仲間とも、ぼちぼち離散したが、私は同年兵の野地君と離れまいとして、何回も声をかけ合い、待合室を一寸きざみに進んでいたが、それでもいつしか見失ってしまった。

どうにかこうにか、東北本線の列車に乗り込んだ。満員などと簡易に表現されたものではない。人間は荷物の上になっているのである。下部はみんなの荷物なのだ。自分の荷物の上に席を占める。とにかくこれで安心だ。ただ同行を誓い合っていた野地君と別れたのが、なんとも残念で心細かった。

さて、私は幸いに内地に残り、いままで書いてきたような状況下で終戦を迎えたが、多くの同期生は、ぞくぞくと第一線へ配属されていった。そして彼らは、いつも勇敢に戦った。力のありったけを出しきっての日々を送ったのである。

ここで、先年の慰霊祭後に知りあった同期生、水兵科出身の菅原権之助君の生々しい実戦録を、つぎの章で紹介したい。

ちなみに、彼の所属した第十四分隊ならびに第十五分隊の両水兵科分隊員四百五十七名のうち、百二十余名が戦没していることを付記しておきたい。

第四章　もう一つの体験

水兵科14分隊員・菅原権之助

出航用意よし

昭和十九年五月十日、前日に卒業式を終えた私たち第二期練習兵は、その朝、第一種軍装に脚絆をつけ、白い風呂敷につつんだ帽子缶を手にさげて、分隊長、分隊士、教班長、教員に見送られ、引率の教班長に率いられて、なつかしい武山海兵団を後に、横須賀に向かった。

ふりかえれば、兵舎も講堂も、練兵場も格納庫も、また艦砲砲台やダビットも、烹炊所のあたりにモクモクと黒煙を上げている煙突も、なにひとつとして昨日までと変わりなく静まりかえっている。が、私たちには、そのどれにも思い出があり、なつかしい気がした。

練兵場の向こうにある小田和湾は流れの早い雲にさえぎられる五月の陽に、ときどき光って、白い波頭が立っていた。

武山から行軍して横須賀に着き、それぞれの入校する各学校に着くごとに、「おい、元気

「でやれよ」と励まし合って、十ヵ月間の生活をともにし、苦楽を分かち合ってきた同期生たちは、すこしずつ散っていった。

私たちは館山砲術学校へ入校となっていたので、逸見の波止場に向かった。

兵科十四分隊、十五分隊の館山砲術学校入校者は、波止場に待機していた大型ランチに乗船した。空は一面に黒雲におおわれ、風もすこし強くなって、東京湾は荒れてきていた。ランチは上下に大きく揺れ動いていた。水兵帽のあご紐をかけ、帽子缶をさげて甲板上にならんだ私たちは、引率の教班長たちに手を振り、別れを告げて出航した。

風は、ますます強くなってきていた。私はランチの構造物につかまり、ローリングする甲板上でからだをささえていた。湾の中央に出るにつれて、湾口から押し寄せてくる波にもまれ、その波が舷側に当たって、霧となって甲板上に降った。ようやく船酔いぎみになった私たちは、話もせず黙々として湾口の方を眺めていた。湾口のかなたに、私たちを待つ太平洋が果てしなく黒々と重い色を見せ、その広がりの中を真っ白い牙のような波頭が、湾口めざして押し寄せていた。めざす館山はまだ遥かに遠く、潮煙にかくれて見えない。

私は流れゆく水の泡を見ているうちに、過ぎ去ったことなどを、とりとめなく思いかえしていた。入団したときの母の顔、弟や妹のこと。バスに乗る前に挨拶する私に、「バンザイ」をくり返していた父の酔った姿。そしてバスの窓から、だんだん小さくなってゆくまで両手を上げているのが見え、やがて見えなくなったとき、急にたった一人きりになったようなさみしさにつき上げられたこと。武山海兵団の生活、釣床教練、カッター、陸戦教練、水泳、罰直――いろいろのことが、つぎからつぎへと思いかえされた。

ふと回想からさめると、湾の中央を脱したランチは動揺もすこしおさまり、雲も切れ間が見え、わずかに陽の光が房総の山々にかかっていた。

館山沖に近づいて、遠くに波止場らしいものが見えた。服がしぶきに濡れて重く感じられ、顔や首筋のまわりがベトつくような気がした。ランチの同期生も顔色がよく、生気をとりもどしたようであった。

館山の波止場についた私たちは、すこしふらつく足を踏みしめて上陸した。学校から、引率の班長が迎えにきていた。人員点検をうけ、腰を下ろして休憩し昼食をしたが、配られた竹皮につつんだ弁当に、だれもあまり食欲はないようであった。

休憩後、隊伍を組んで学校まで歩きはじめた。

陽は西に傾いて、すっかり晴れ上がった空から、午後の暑い陽ざしがセーラー服を乾かした。

湿気がからだをつつみ、新たな汗が背中を流れ落ちた。まだ船上にいるような気分で、足元の大地がゆれているように思える道を、みち足行進で歩きつづけた。

学校が見え出したころは、朝からの疲れが、ようやく色濃くなりつつあった。「館山海軍砲術学校」と筆太に書かれた表札と、いかめしい立哨の衛兵を見て、私は緊張した。

「歩調、取れーえ」

引率の班長の号令で校門をはいっていったとき、突然、「待てーっ」と大声がとび、全員、

その場に習慣的に停止した。声の主は、衛兵所の中にいる八字ひげを生やした衛兵伍長であった。つづいて、

「その歩調はなにか――。貴様たちはここをどこと心得ているか。軍記風紀の根源地である鬼の館山を知らないか、やり直せ！」

と気合いがかけられ、校門の外まで出て胸を張り、足を高く上げ、手を大きく振って入りなおした。

横須賀砲術学校の校門はトンネルである、と聞いていた。その訓練は、砲術のメッカとして想像以上の猛訓練がなされるようであったが、私たちからは横砲校は採らなかった。その理由は、幼くて艦砲の操法は無理という身体的理由によると聞かされたことがあった。館山砲術学校のことは、だれも聞かせてくれる人がいなかった。しかし、ここは砲術学校であった。いまの衛兵伍長の言葉を、私はくりかえしてみた。すると、砲術学校という語句の重々しさが、胸に迫ってくるようであり、明日からの四ヵ月の教育訓練が長いものに思われた。

〝鬼の館山〟にて

入校した同期生は、それぞれの専門分野ごとに班編成された。陸戦班、陸上対空機銃班、陸上対空高角砲班と、各鎮守府管内から同じ期の練習兵が集められ、それぞれに数個班に分けられて四ヵ月間、教育されることとなった。機銃班がもっとも短く、二ヵ月半で卒業である。

特十期普通科砲術練習生陸上対空高角砲班という長い名称が、私たちの正式な名称であった。修業期間は陸戦班と同じく四ヵ月であった。

学校には私たちのほかに、常時、防毒面を腰につけていた対化学訓練隊という集合教育できたような兵長ばかりのものもいたし、高等科練習生として入校の下士官や、教育を受ける予備学生も入っていた。メナドの海軍落下傘部隊は、ここで訓練されたと聞いていたが、基本訓練の施設や器材が校内に残されていた。

同じ海兵団の同じ班からきたものは陸戦班で、隣りの兵舎に分かれてしまい、私は横須賀、呉、佐世保、舞鶴から集まった同期の練習兵の一人として、新しく組まれた班で生活することとなり、当座の知り合いは、武山の隣り班であった前川一水だけであった。

班長はいずれも高等科出身の人たちで、呉や舞鶴出身のかたがたであった。佐世保の練習兵が到着した翌日、入校式が行なわれ、いよいよ教育が開始された。

教育に使用される教本は、すべてが表裏とも真っ赤な「赤本」と呼ばれる軍極秘のものであった。砲兵綱領から各高角砲の名称諸元、細かい部品の名称、分解結合の順序、操法、射撃術など、ビッシリ印刷されていた。これを使用するときには、一冊ずつ番号と教本名、使用者の官姓名を記録され、終わってからは、すぐに返納しなければならないものであった。

砲兵綱領の第一には、『戦闘ニオイテハ状況熾烈《しれつ》ヲ極メ遂ニ最後ノ一人トナルコトアリ。カカル時ニオイテモ尚、巍然《ぎぜん》トシテ砲ヲ操作スル者、克ク最後ノ勝ヲ制スル』と、ページの一番最初に書かれてあり、第一から第三まで暗記しなければならなかった。砲の構造機能では、弾丸に付けられている銅環の用途など、『銅環ハ弾丸装塡ニ際シ砲腔内ノ施条ニ嵌合《かんごう》シ弾丸ノ滑落ヲ防止スルトトモニ発射ニ際シテ弾丸ニ施転運動ヲ与エ、且ツ火薬ガスノ前方ニ洩ルルヲ防グ』を印刷されてあった。

砲兵として共通の知識は、一通り暗記しておぼえる必要から、私はくりかえしくりかえし、一言一句を頭に入れるように、何回も口ずさんだ。

基礎砲術が終わると、八サンチ高角砲から砲台に行って、尾栓の分解結合、操法と進んでいった。砲台での教育や訓練は、教班長が教官であった。

十五、六名の練習生が一個教班の人員であり、一門の砲が一個教班で使用できることになっていた。

教班長も、熱心に手を取り足を取るように、汗を流して教育してくれたし、私たちも一生懸命に習った。

六名で操作する八サンチを、射手旋回手一番と一通り砲番手を終わると、交代しながら、くりかえし訓練した。こうして六月なかばには、八サンチは自由自在に操作できるようになり、仕上げの実弾射撃を迎えた。

前日に砲をすみずみまで手入れして、はじめての実射を準備した。生まれてはじめて大砲を撃つということに、私はその夜、よく眠れなかった。

翌日、下着を取りかえ、食事が終わって後かたづけがすむと、はやめに砲台に上がって予行訓練を行ない、最後の点検をした。

教班長も、実射の注意を何回もいい聞かせた。標的は九六水偵が曳航する赤白の吹き流しである。

砲台の六門の八サンチがすべて準備を完了したころ、館山航空隊の方向に爆音がひびき、やがて離水した水偵が、かなたの松林の上に姿を現わすと、「教練対空戦闘」の号令がかけられ、私たちはいつもの訓練のように砲を操作した。

苗頭諸元がかけられ、信管を切った実弾が装填された。

水偵は、ゆうゆうと吹き流しを引いて近づいてくる。砲がそれにつれてゆっくり追尾する。約三十度の角度になったころ、「撃ち方はじめ」が号令され、一門ずつ轟然と火ぶたを切った。

耳にとどろく発射音と火薬ガスの匂いが充満し、後退した砲身はゆっくりと復座した。尾栓が開放され、薬莢が薄い煙を残して、薬室から放り出されて床に落ちる。つぎつぎと撃ち出される鋭い炸裂音を空にひびかせ、白い輪が吹き流しの後方にひらいた。

水偵は旋回地点で旋回し、なんども往復した。遠ざかれば「撃ち方待て」がかかり、三十度ぐらいの角度から、「撃ち方はじめ」が号令される。この合い間に、〝番代《か》え〟をして交代しておくのであった。

全員がひととおり砲番手を終わって、実弾射撃の「撃ち方止め」がかかり、水偵は基地に向かい、ぶじに八サンチを修了した。教班長から射撃について、いろいろの教育を受け、砲の手入れをして初めての実弾射撃を経験した。

　八サンチ高角砲を修了すると、十二サンチへとすすんだ。一つの砲を修了すれば、砲種口径がちがっても、覚えるのは比較的に簡単であった。この砲は砲身がもっとも長かった。照準器は、対空機銃とおなじような環型照準器を使用していた。尾栓の分解結合が終われば、すぐに操法に入り、約十日ほどでどんな番手になっても、その砲手の動作ができるようになり、その修了のための射撃が行なわれた。

　この砲の射撃のころ、予備学生が実射の射撃号令をかけて実習した。十二サンチの弾薬は長大であった。二番は弾を肩にかついで砲身とともに移動し、尾栓が開放し空薬莢が抽出されると、次弾をすかさず装塡した。発射音は八サンチの比でなく、耳と腹にひびき渡った。砲口から吹き出す火薬と、舞い上がる砂塵と風圧で、一瞬、呆然とするほどであった。砲煙で射手、旋回手は標的の吹き流しを見失い、いつのまにか曳的機の水偵を直接照準して班長に頭をなぐられ、はっとして吹き流しを照準しなおす者もあった。誤って水偵に射撃したりしてしまったら一大事であり、それこそ教班長も気が気でなかったと思う。

　このころ、対空機銃班の同期生も、七・七ミリや十三ミリの実弾射撃を行なった。青空をバックに流れるように曳行される吹き流しに向かって、無数の曳光弾が追いかけるように、標的に上がっていくのは美しかった。

　一日中、砲台にいて訓練をしている私たちは、ますます黒くなり、逞しくなっていった。陸戦の同期生も海岸で、戦闘訓練に砂の上を匍匐したり、走ったりしているのが、砲台から眺められた。

夜は、釣床を吊り終わってから二時間の自習があるのは、海兵団と同じであった。講堂にいってその日に習ったことを復習したり、暗記するところを何回も読んだりした。

一週間に一回は試験が行なわれた。学校の生活は海兵団とちがって、比較的にらくであった。基本教育を終わった者に対して、専門教育をするのだから、当然のことであるが、朝の甲板掃除でも何回も足腰が立たなくなるまで、「回れー回れー」をやらされることもなかった。第一に罰直がほとんどやられたことがなかった。しかし、訓練中は気合いが入ってないと、腕立て伏せや、休憩中に訓練弾を両手で差し上げているようなことは、しばしばであった。訓練場である砲台ではきびしかったが、兵舎内ではほとんど行なわれなかった。

こうした教育訓練の合い間には、館山の那古観音に行軍にいって、枇杷《びわ》を買って教班長たちと一緒に食べたり、白浜に行軍したり、陸戦教練も砂浜や学校付近で、分隊教練から小隊教練まで行ない、三年式重機の搬送法や射撃準備、小隊の追撃戦など、重機を四人でかついで走ったりした。対化学では三百メートルを各個躍進をして、催涙ガスが充満したガス天幕の中にはいり、息を止めて装面をし、すぐ脱面して約三十秒、息を止めて装面する、という装脱面動作を数回くりかえして外に出ると、涙と鼻がゴチャゴチャにとめどなく流れ、喉が痛くて、その後三日ばかりは目、鼻、喉が正常でなかった。

七月にはいって、十二・七サンチ連装高角砲の教育にはいった。

夏の陽は砂浜を焼き、海から吹く風は熱気をともなって、熱風のように肌にまといついた。

じっとしていても、身体から汗が吹き流れた。白い事業服でなく、学校から支給されたものは緑色の麻の服であったが、染料のにおいか麻のにおいか知らないが、臭いにおいのする服であった。汗を吸いつくして乾くと、塩が白く浮き出した。そしてまた汗に濡れ、一日おきに洗濯しなければ臭くなった。

名称諸元から分解結合を終わり、二式高射器を教育され、併行して操法を教育された。

高射器は、箱型の中に時計式の歯車装置が何百と組み合わされた計算機のようなものである。目標を照準し、目標の高度を入れることによって砲の照準に必要な方向角、俯仰角、破裂させる信管秒時等が自動的に計算されて、砲側の方向通信器、俯仰通信器、信管通信器に表示され、砲側の射手、旋回手は、砲のそれぞれの針を、高射器からの指針に合わせることによって照準ができるものであった。

二式高射器は、六名で操作するようになっていた。

十二・七サンチは、射、旋、測、右左一、二、三、と九名で操作するもので、旋回も俯仰も油圧により、射手、旋回手が手輪をわずか回すと軽快に動いた。また装填も、装填架を倒すと自動的に装填され、尾栓が完全に閉鎖すると青ランプが点灯し、一番手が電路スイッチを入れることによって赤ランプがともり、射手の引き金框《きょう》内にあるベルがチリチリと鳴り、発射準備の完了したことを知らせる。

高射器の元針《もとばり》と、砲の追針《おいばり》とが一致したときに引き金を引くと、電気雷管に電流が通じ、同時に二門の砲が発射するようになっていた。

私たちは砲の操作と、高射器の操作を交互に訓練した。

弾をさし上げる二番手はかなりの腕力を必要とし、また弾薬を受けとって装填架におさめ、これを倒して装填架を元にもどす一番手の操作は、もっとも重要視され、一番手と二番手の連携動作は毎朝の別課として、朝食前に砲台に走って登り、装填訓練機と訓練弾で汗が出るまで練習した。

課業がはじまれば、実物の砲で何回も番手を交代して、くりかえしくりかえしの訓練であった。

この砲は、号令の代わりにブザーの信号が、長音、短音を組み合わせてつくられてあり、この信号音をおぼえることも大変であった。何回も聞いているうちに、完全におぼえてしまったが、なかなかおぼえにくい信号であった。

七月に入って、砲も高射器も、すべてスムーズに操作できるようになり、いよいよ実弾射撃が行なわれることとなった。機銃班のものも、卒業の二十五ミリ連装機銃の実射が同時に行なわれた。

砲の指揮実習のために、このときもまた予備学生が号令をかけた。砲の掩体に砂塵防止のために水を打ち、木の枝で編んだ物を砲身の下になるところに敷いた。

発射音は腹にひびき、風圧で枝の編物は持ち上がり、砂塵がゴーッと舞い立った。

夏空に、二つの黒煙と破裂音がとどろきわたった。

機銃班の撃つ曳光弾が、二列になって無数に標的を追いかけ、砲台には砲の発射と炸裂音と機銃の発射音とが入り乱れて、戦場の様相を呈した。

やがて七月十五日、二ヵ月半の教程を修了した機銃班の同期生は、卒業の日を迎えた。海兵団で一緒だった友とも、もう会えるかどうかわからない別れであった。たがいに励まし合いの言葉で、私たちは送り、彼らは勇んで校門を巣立っていった。彼らと向かい合わせに、同じ兵舎内ですごした二ヵ月半であったが、片側がガランとした舎内は、急にさびしさを感じさせた。

私たちの卒業までは、まだ一ヵ月半あった。教育はつづいて行なわれ、夏はいよいよ本格的になってきていた。

夜は探照灯の訓練や、聴音機も教育された。陸戦教練にも汗をしぼり、重機の射撃や擲弾筒の訓練など、課目も多い。

七月下旬から、七十五ミリ野戦高射砲という陸軍で使用している高射砲の課目に入った。トラックで牽引ができ、人力で運搬移動させることもできた。開脚してジャッキでタイヤを上げ、砲架を接地させれば、どこででも射撃準備ができた。操法ができるようになると、砂浜を人力で移動し、「射撃用意」の号令で射撃準備をして、二、三回訓練すると、「出発用意」で砲を走行状態にして別の場所に移動する。砂は真夏の太陽に熱せられ、汗が目にしみた。飛行中の飛行機は、すべて訓練の好目標になった。

「目標、洲ノ崎上空旋回中の飛行機、対空戦闘」

と号令がかけられるのは、しばしばであった。

館山航空隊と洲ノ崎航空隊があるため、つねになんらかの飛行機が空にあった。実践的訓練とともに、機種とそれらの飛行機の機名を、自然におぼえていった。

暑さのために動きが鈍いと海水で顔を洗ってこい、といわれ、海岸まで走っていって頭から海水をかけてもどってくると、「対空戦闘」がかけられたりした。

陸戦のものも、作業服の背中を真っ白に塩を浮かせて、砂の上を砲車を引いたり、重機をかついで走ったりして頑張っていた。

海岸で、この高射砲の実弾射撃が行なわれたのは八月中旬で、夏のまっさかりであった。それは、耳に鋭くひびく発射音であった。

こうして、高角砲の課程を終了した。残された半月に、二十五ミリ連装機銃の分解結合や操法、四十センチ噴進砲の操法、行軍などがあった。

卒業もまぢかいある夜、当直下士官であったある班の教班長が、

「お前たちもあと数日で卒業するが、館山砲術学校を忘れるな。いまからお前たちに、一生の思い出となるものをつくってやる」という。私たちはたがいに、不安の入りまじった顔を見合わせた。

「いまから防具をつけて、早い者から通路に集合。木銃は持たんでよろしい。早い順に縦隊に並ぶんだ。いいな」

私は動作の早い方ではないので、バッタを覚悟した。

「用意、かかれー」

鋭いホイッスルの号令に、たちまち熱気があふれ、ビームの上にならべてある防具を、懸命になってつけた。確実につけていたら間に合わない。かといって、試合でもさせられたら大変である。一試合ぐらいではほどけないていどに、手早くつけていった。

肩をつけているうちに、早いものはドカドカと集合し出した。指嚢《しのう》をはめ、小手をつけてならぶと、真ん中くらいである。全員が並び終わると、

「よーし、前から三番までは防具をはずして見学、あとの者は、そのまま各自の釣床を持ってフックの位置につけ」ときた。ネッチングから自分の釣床をかかえて、フックの位置についた。汗がドッと吹き出し、背筋を伝わって落ちてゆく。

「いまから釣床教練を行なう。吊り終わった者から、さきほどと同じように整列、用意、ピーッ」

静まりかかった熱気が、またムンムンとかき乱された。小手が邪魔になって眼環《がんかん》が引き出せない。フックに眼環をかけようとしても、肩がついているため、左手が十分に上げられないので、なかなかかからない。肩がずり落ちてきて、なおさら自由がきかない。面は落ちて、前がよく見えなくなる。汗が流れて目にはいる。

ようやく釣り終わって整列すると、こんども中ほどであった。そのつぎは釣床収めで、ハンモックを括《くく》って整列、完全に括れないために、尻の方は中味の毛布がハミ出している。つぎはそのハンモックをかついで、兵舎を一周し、釣床を吊って整列する。

汗は滝のように吹き出し、なんどやっても、動作のおそい自分が情けなかった。ようやく

終わって兵舎の裏に出て見ると、満月が美しく輝いていた。その月を眺めているうちに、なぜか涙が湧き出してきてしかたがなかった。そのときの情景は、いまも強い記憶として、あざやかに残っているから、一生の思い出をつくってやるといわれたことは、誤りでなかったと思っている。

若い兵隊

卒業式の二日前に、学校から四キロばかりのところに行軍した。その朝、教班長たちが一升ビンを持ってきて、

「各自、水筒にすこしずつ入れろ」と水筒につめさせた。

水筒を肩に、弁当を雑嚢に入れ、八時に出発した。

教班長たちは、一缶にはいった除毒剤のサラシ粉を一缶持ってきて、私たちに交代でかつがせた。

まもなく小さい沼に到着し、全員がズボンをたくし上げて、沼の水を干すことになった。教班長たちもいっしょになって水を干し、サラシ粉を入れてウナギ取りに夢中になった。ウナギはサッパリ現われなかったが、いっしょに童心に帰って楽しんだ。

昼食をして、水筒のフタの中味を飲んで、演芸会をひらいて一日を過ごし、夕方、学校に帰ってきた。

巣立って前線にゆく幼い私たちへの送別会をやってくれたもののように、私は思った。

私自身は、自分は幼いと思ったことはなかったけれども、教班長たちから見れば、まだまだ幼いように見えたことと思う。

昭和十九年九月一日、私たち高角砲班と陸戦班とは、ともに砲術学校普通科の全課程を終え、卒業した。名実ともに一人前の海軍軍人として、また若いマーク持ちとして、前線に出てゆくことができるのだ。入団してから一年二ヵ月、思えば長かったようで短い年月のようにも思われた。すでに卒業した機銃班の同期生たちは、それぞれ前線に出ていっていることであろう。おれもすぐに行くぞ。新たな決意と喜びにあふれ、お世話になった教班長たちに見送られて、校門を出ていった。

各鎮守府ごとに命令をもらっていたので、私たち横須賀管内の者は、横須賀海兵団第二分隊にゆくことになっていた。学校に入校したときと同じように、館山の桟橋から迎えのランチに乗り、東京湾を横切った。

入校するときの不安な荒れた海とちがって、明るい初秋の陽ざしに輝く和やかな色であった。潮風に吹かれ、三浦半島の山々を眺めていると、なんでもやれる自信があふれてくるのを感じた。

横須賀第二分隊は、学校を卒業して配属先を待つ者や、乗っていた艦船が不幸にして戦闘で沈没し、つぎの配属がきまるまで待機している下士官や兵のたまり場所であった。

私たち高角砲班の卒業者は、この分隊の各班に入れられ、私と前川とは二班に編入された。機銃班の者はほとんど残っているものはいなかったが、海兵団で同じ教班だった赤木が、隣りの一班に残っていた。まだ配属がきまらないことに浮かない顔をしていたが、分隊の生活には慣れた動作だった。

私と前川が、はじめての下士官や兵長、先任の一等兵たちの間でマゴマゴしているうちに、彼も前線に出ていった。学校出だといっても、私たちは年も一番若く、班内では階級も一番下の兵隊であった。朝の甲板掃除はもちろん、配食や後かたづけ、作業等は一番さきにやらなければならない。班長の入浴の背中流し、上陸の服の準備など、前川と分担してやった。しかし、概して分隊は大らかなところがあった。班長は上等兵曹の寡黙な人で、ほとんど話をしない人であり、他の下士官も先任兵長も、あまり話をしなかった。私や前川に、いろいろと注文をつけたり、文句をいったりするのは、現役の上等水兵であった。おたがいが寄り合い世帯で、ふかく交わりがないことも原因していたろうが、かれらは死線をいくども越えてきた人たちであって、細かいことに拘泥しない達観したようなところが見うけられた。おたがいに自分の経験や体験を語ることもなく、むしろそうしたことにふれたがらないようなところも見えた。私たちのことなど気にもしていないように思われた。しかし、同期生の口から、各班長のことや先任兵長のことについての話が、だれから聞くのか少しは耳にはいった。そうして毎日のように、配属の決まった人々がつぎつぎといなくなり、新しい人がどこからともなくはいってきた。

朝の課業開始前に、「総員見送りの位置につけ」が令されて、道路の両側に向かい合って整列すると、その列の中を、衣嚢をかついだ転属者が相互に敬礼をかわしながら、軍艦マーチに送られて団門を出てゆくのであった。そして、課業が開始になると、班長以下はどこにゆくのか、だれもいなくなってしまい、私と前川は蠅取りを命じられて、手製の蠅たたきで、烹炊所の残飯捨場のあたりをめぐり、取った蠅をマッチ箱につめたりしていた。この蠅とりは、一日三百匹が割当てであった。

夕方、マッチ箱を、事務所の先任下士官に差し出し、帳面に記入してもらう。自分で取った蠅であったから、採取者名を私の名前にしておいたところ、上等兵にひどく気合いをかけられた。班長の名前にするもんだ、ということであった。「蠅取り上陸」は三百匹であるが、班長の名前でつけておくものだということを学んだのである。

一週間ばかりして、分隊や班の生活にようやく慣れてきたころ、私と前川とが、防空壕掘りの作業員にゆくよう命じられ、さっそく翌日からその組にはいって作業に従事した。

海軍病院の前の岩山に、大きな壕が掘られていた。もうすでにかなりの期間、作業がつづけられているらしく、トラックが出入りできる幅と高さの壕が、五十メートルほどすすんでいた。

作業員たちは毎日やっているらしく、慣れたような仕事ぶりであった。現役、召集、補充兵、志願兵と、さまざまの顔ぶれで、階級も兵長、上等兵、一等兵といたが、年齢的に私と前川とは、もっとも若い一等兵であった。

先任の兵長が作業の指揮をとっていた。岩盤に二名が向かい合い、ツルハシを風車のように三分間ふり回す。ミカン箱に腰を下ろした兵長が、ストップウォッチをにらんでいて、三十秒前に「交代用意」と叫ぶ。交代者が作業中の者の後に位置し、「交代」の号令でさっと交代するのである。

一組が六名で二組あり、三交代であった。掘らない組は掘った岩の運搬などの作業をし、適当な時期に組が交代した。岩は比較的に軟らかい岩質であったが、使い馴れないツルハシをふり回しての作業は、私や前川には重労働であった。

手はたちまちに豆だらけとなり、手の平がゴツゴツしてきた。昼ははやめに分隊にもどり、昼食の用意をし、後かたづけをして午後の課業に出る。夕方まで作業をして、またはやめに帰り、夕食の準備をする。

兵舎に帰ると、さすがに疲れがでた。その疲れた目で、事務所の黒板をまず見る。黒板に名前の記入されている者は、配属が決まったことを示している。翌日は分隊から出て、任地に出発する者であった。同期生のうち早いものは、私と前川が防空壕の作業に出るころには、もう配属がきまっていった。毎日の作業はつらかったが、たたき込まれた精神力で頑張った。補充兵の古い一等兵は、私などより一回の掘る量は、はるかに多く、私と前川に、「特年兵、といっても、やはりまだ子供だわい」といったふうなところを見せたりした。

配属はいずこぞ

私と前川とは、毎日毎日、防空壕掘りに通った。そして夕方、事務所の黒板を見るのも、日課のようになってしまったが、私や前川の名前は容易に書き出されなかった。急に節くれだってきた手で食事の用意をし、食事の後かたづけをしたり、班長の外出の準備をしてしまえば、甲板掃除までは何もすることがない。夕食を終わっても、飯はどこへ入ったのかわからないほど腹がすくようになった。毎日の防空壕掘りで、食べざかりの虫があばれ出したのであろう。ある日、食缶を洗っていると、事業服を着た上等兵が私のそばに寄ってきて、

戦艦「大和」。戦艦や重巡は憧れの的であった

「お前、特年兵か」と聞く。

「はい、そうです」と顔を上げると、私たちよりも少し大人びた烹炊所の長靴をはいた上等兵であった。

「お前たち、腹へらないか」とぶっきらぼうにいった。

「はい、すきます」

「そうか、そんなら入浴が終わったら、烹炊所の裏にこい。お前たちだけでなく、ほかにもいたら二、三人ぐらいならいいから連れてこい」

「はい、わかりました。よろしくお願いします」

彼はそういうだけいってしまうと、さっさと烹炊所の中にはいってしまった。

入浴を終わって夕暮れに、示された烹炊所の裏にゆくと、彼は一斗缶に夜食として出すオジヤと食器を持ってきて、山盛りに盛って、「何杯でもいいから、腹いっぱ

い食え」と差し出してくれた。

彼は一期の先輩であった。名前も聞かなかったが、私たちはこの先輩に同じ特年兵という気持でその好意に甘えた。それから毎日、烹炊所の裏にゆくのも日課の一つとなった。おかげで、それ以来は空腹はおさまった。名前を聞いても、明日にも別れてゆかねばならない私たちであり、生きてふたたび会えることは考えられなかった。もちろん、そのときは、はっきりとそうした考えを持っていたわけではないが、心のなかに、だれしもが抱いていた観念であった。そうしているうちにも、私とともに卒業した高角砲班の者は、毎日のように配属がきまって、衣嚢をかついで団門を出ていった。彼らに会い、どこにゆくのかと配属先を聞くと、新型駆逐艦や海防艦、空母「信濃」などの艦船部隊がほとんどだった。

防空壕掘りのある日の午後、横須賀軍需部から作業員の要求があって、防空壕掘りを午後から中止して、波止場にいった。そこには、台湾からパイン缶を積んできた商船がはいっていて、その荷上げ作業をするのだということであった。海路の途中、敵機の銃撃を受けたとの話で、機銃掃射の弾痕が煙突、船橋、舷側などに、無数に見うけられた。船員三名が銃撃で負傷したと、船員が話してくれた。二十五ミリ単装機銃が一梃、ブリッジの上に、十三ミリ連装が一門、前部に備えてあった。その機銃員として、下士官と兵隊が十名ほど乗っていたようであった。が、その商船と機銃の二梃は、ひどく頼りなく感じられた。

「おい、菅原、俺たちは輸送船には乗りたくないいな。せめて海防艦か、駆逐艦ぐらいに乗れたらいいがなあ」

と、前川が、私に同意を求める顔つきをした。私も同感だった。海軍にはいった以上は、戦艦や重巡は憧れの的であった。太平洋の荒波をわけて最大速力で走る艦の姿に、少年の夢がまだあった。しかし、それはなにかしら、とどかぬ遠い憧れにも似て、現実からまるで遊離しているかのように、私には感じられてならなかった。前川も同じ気持を感じているのだなと思った。

防空壕掘りはまたつづけられた。配属のきまらない者は、私と前川だけのようになった。

「俺たちが最後まで残ったが、いったい、いつまでここにおくつもりなんだろう。もしかしたら、船でなく、飛行場の防空砲台にでも配属されるのかもしれんな」

と、前川と話し合ったりした。

防空壕では、能率が上がらないのは「若い兵隊がたるんでいるからだ」と、ローソクをともした暗い壕内で、先任兵長に甲板整列をかけられ、一等兵ばかりがバッタを三本ずついただいた。補充兵や徴兵の一等兵は、お前たちのためにバッタをいただいたという目つきで、私と前川を見た。彼らが掘るときは、私たちにこれ見よがしにツルハシを風車のように振り回した。私たちは、かれらのようにツルハシを振り回しても、崩れる岩の量が、彼らの半分ぐらいしか掘り起こすことができなかった。

第一〇八号輸送艦へ

私たちにも、ついに配属がきまった。九月の末のある日、いつものように夕方、帰ってきて事務所の黒板を見ると、氏名を書きつらねた紙がはってあった。その中に、私と前川の名が記入されていた。どこかはわからないが、とにかく配属がきまったことを喜び合った。

翌朝、事務所の先任伍長のところに行き、配属先が第一〇八号輸送艦であることを告げられ、そのほかに細かい指示を受けた。輸送艦、こんな艦種は聞いたこともないし、見当もつかなかった。輸送船のまちがいではないのだろうか。私はパイン缶を積んできた商船を思い浮かべた。しかし、配属がきまったことは嬉しかった。

「よしやるぞ、なんでもいい。いよいよ実施部隊で、あの太平洋に出てゆき、入団以来、鍛えられてきたこの腕とからだで、思うぞんぶんに戦うぞ」と、心の中に決意した。

出発前の夕方、いつもの通りに烹炊所の裏にいったが、一期の主計科の先輩の姿は見えなかった。せめて配属のきまったことを知らせ、別れの礼をいいたかったのだが……。

食卓の班長に挨拶をし、示されたところに衣嚢を持って集合した。その日は、配属のきまった者が大勢で、それぞれグループをつくって集合していた。やがて点呼があって、先任者が指揮をとることになり、私たちのグループは十五、六名を、上等兵曹が指揮することとなった。軍楽隊の奏でる軍艦マーチと、見送りの帽振れに送られて、団門を出た。

団本部の屋上にひるがえる軍艦旗が、鮮かに目に残った。横須賀から電車で横浜に下車し、造船所のある波止場を、残暑が照りつける暑さに汗を流して、衣嚢をかついで歩いていった。

私たちの船は、横浜ドックにはいって修理をするために、造船所の岸壁につながれていると、引率の下士官が話してくれた。種々雑多な船の間に、緑色の塗料の薄くなったおかしな形の船が見えた。

前部が板でバタンとふさいだような形で、全体が箱のように角ばった格好であり、後部が持ち上がっているような感じであった。それが私たちの乗る一〇八号輸送艦であった。

軍艦というにはほど遠く、商船にしては商船らしくない船であった。塗装の色も緑色という派手な色で、ねずみ色のおもおもしさはなかった。タラップを上がって、その船の甲板に衣嚢を下ろした。先着の者もいるらしく、下士官や兵隊が作業していた。陸軍の兵隊も乗船しているようで、甲板から機関室へはいったり出たりしていた。

後部の兵員室に、荷物をとりあえず整頓せよ、と引率の上等兵曹に指示され、ゾロゾロとせまい通路から後部の室にはいった。荷物といっても、衣嚢と帽子缶よりほかにはなにもない。それでも古参の兵長の指図で、衣嚢を整頓し帽子缶を棚にならべた。

私は、かってがわからずに少しマゴマゴしていたが、古参の兵長はこうした環境に慣れているのか、まるでいままでこの艦に乗っていたかのように、テキパキとした調子で指図していた。

私の動作がノロノロしていたのを見て、兵長はどなり声を上げた。

「こらあ、貴様、なにをテレテレしているか。気合いがはいってないぞ」

私はアゴを二つ頂戴した。

乗艦したその日に、一番最初にアゴをもらうとは、情けない気がした。整頓が終わると、全員が前甲板に集められ、先着の先任伍長から申しわたされた。

「明日中に、本艦の乗員がすべてそろう。今晩は、とにかく後部兵員室に寝て、明日から各居住区に班ごとに分かれる。明日、総員がそろったところで、酒保をひらく」

そのほかにも、細かい注意などがあった。

翌日は、艦の構造物や設備を見たり、取り扱いを研究したりした。艦は陸軍船舶兵が乗って、南方で活躍してきたが、こんど機関船体を整備して海軍に移籍するという話であった。

艦は前部に戦車庫というものを持っていて、中戦車六台がはいるということもわかった。

艦は、上陸作戦などで海岸の砂浜に乗り上げ、前部の扉をひらいて下におろし、その上を戦車庫の中から戦車が渡って上陸し、前甲板に乗船している歩兵が甲板のラッタルを戦車庫に下りて、戦車のあとから上陸するという目的でつくられたもののようであった。

兵装は八サンチ高角砲が後部に一門、艦橋の前に二十五ミリ連装機銃一基、艦橋の左右に二十五ミリ三連装それぞれ一基ずつ、後部甲板に二十五ミリ連装一基、前甲板の両舷に十三ミリ機銃の銃架が片舷三基ずつ、計六基あった。

午前中に、艦の乗員がほとんどそろった。

兵科、機関科、主計兵、看護兵などが、ぞくぞくと衣嚢をかついで乗艦してきた。十九年二月の一般志願兵は機銃員として、横須賀砲術学校対空機銃を修了してきたものばかりであった。それと対照的に、補充兵は三十五、六歳の年配者がほとんどで、みな二、三人の子供の父親であり、身体も敏捷でないものが大部分であった。

徴兵も五、六名いたが、艦の兵隊は志願兵と補充兵が大部分を占めていた。

午後、先任伍長から、配置や班編成作業区分などが達せられた。私は左舷で、配置は左舷二十五ミリ三連装対空機銃の射手であり、哨戒配備は二直の指揮所見張員であり、出入港の作業部署は前部で、班は二班であった。

前川は、高角砲一番砲手を命じられた。八サンチ一門では、一番砲手は一人いればいい。館山で卒業少し前に、分解結合を半日、操法を半日と、一日しか習わなかった二十五ミリの射手では、なんのために四ヵ月も館山で、高角砲の教育をうけたのかわからないと思った。

しかし、学校出は泣き言をいわない。左マーク持ちは、わかりません、できませんということをいわないのが、海軍の伝統である。

「よし、わかるまで、徹底的に覚えてやるぞ」と決心した。

その夜、酒保ひらけ、があって、みんな全員でこれから生死をともにする誓いをこめて、盛大に飲み、かつ歌った。

陸軍の人も、すべて申し送りを終わり、そのために残っていた中尉と軍曹の二名をかこんで、いままでの

二等輸送艦。菅原一水は二等輸送艦108号の25ミリ対空機銃の射手として配属されたが、同艦には特年兵7名がいた

苦労をねぎらい、今後の健闘を祝した。

翌日、乗員たちに見送られて、陸軍の三名は下艦していった。艦はその日、曳船に助けられて造船台に上った。外舷を補強したり機械を修理したり、一日中、リベットハンマーの音が、機銃のようにやかましく鳴りひびいた。

乗員たちは整備作業で、ワイヤーロープを磨いたり、錨や錨鎖の錆落としやペンキ塗り、三つより小綱《こづな》というロープを編んだり、いろいろと仕事があった。機銃の分解手入れや弾倉に弾薬をつめたりして整備した。

私は十九年二月の志願兵に、二十五ミリの分解結合と故障排除を、だれかれなしに聞いて少しずつ覚えていった。

照準については、環型照準器は十二サンチ高角砲で教わったので、問題はなかった。

一日一時間ずつ配置訓練が行なわれ、操作も館山で習ったのを思い出しながらやっているうちに、完全にできるようになった。

艦の後部甲板の両舷に、爆雷を搭載しておく装置もつけられ、爆雷長として特年兵一期の山村兵長と、同期の佐藤と池上とが配属になってきた。

特年兵は、この爆雷の三名と砲術の私と前川、逆探の岡田と中阪と七名が乗艦していた。一期は山村兵長一人で、あとは二期で、海兵団が同じ分隊のもの五名、池上だけが当時二階にいた別分隊であった。

艦長は高等商船学校出身の岡野大尉で、静かな人であった。先任将校も高等商船学校出身の中尉であったが、甲板士官、掌砲長、機関長、缶長はいずれもたたき上げ、鍛え上げられた歴戦の中尉、少尉であった。

下士官や古参の兵長も、戦艦、駆逐艦に乗って第一線をかけめぐり、数度の海戦に参加してきた生き残りであった。

われわれ二期特年兵以下一等兵のみが、一般志願、徴兵補充兵あわせて戦いを経験していないヒヨコであった。

十一月一日に、山村兵長は二等兵曹に進級し、私たち二期は上等水兵に進級した。艦には、私たちのほかにも多くのものが進級した。古参兵長は二等兵曹になり、一般志願兵のものも上等水兵になった。

十月のはじめ、艦は修理整備を終わり、外舷の塗装も美しく、吃水の錆止めが紅色に鮮かに映えて、造船台を下り東京湾に浮かんだ。

その翌日、秋日和の東京湾を試運転した。はるか館山あたりか房総の山々がかすんで見え、平和でのどかな風景であった。

約四時間の試運転を終わって、艦は横須賀にはいり、ブイにもやいをとった。

毎日、配置訓練が行なわれた。作業中でも飛行機がくると、「訓練配置につけー、対空戦闘」がかけられ、飛行中の飛行機を目標として訓練された。

私はすっかり艦になれ、艦内の諸作業や、出入港の作業も一通り要領をおぼえ、戦闘配置の機銃もおぼえた。

もうここでは、若い兵隊として食事の準備、後片づけや日常のこまごました作業は、やらなくともよかった。私たちは年齢は若いけれども、海軍でいう若い兵隊（階級のもっとも低い兵隊の意）ではなかった。若い兵隊は、徴兵や補充兵の一等兵であった。入湯上陸してもゆくところがなく、檜原兵長といっしょに、彼の下宿に連れていってもらった。

檜原兵長には、乗艦した日にアゴをいただいたが、彼も右舷の三連装機銃の射手で、配置は艦橋を挟んで背中合わせになっており、班も一班で、二班とともに、居住区が一緒だった関係から、私に目をかけてくれたのかもしれなかった。

出港用意

十月の半ば、艦は前扉をおろして積荷の準備をし、戦車庫に弾薬糧食を満載し、前部甲板上に陸軍の兵員を乗艦させて、出港用意のラッパをひびかせた。初航海として八丈島輸送であった。曳船がきてもやいを取り、ブイのワイヤーロープを離す。艦長の「出港用意」の命令が艦橋にさえわたり、信号員がラッパを吹く。

マストに信号旗がスルスルと上り、旗山と信号をかわす。

艦は曳船に引かれて、静かに動き出した。中央水路に出ると、曳船のロープを放した。曳船は急いで横に転舵し、艦を見送る位置になった。曳船に帽振れをすれば、曳船も帽振れで艦を見送る。

「前進びそーく」

スクリューが回転しはじめ、エンジンの振動が伝わってくる。

「とーりかーじ」

「もどーせえー」

「よーそろー」

艦長の命令を復唱しながら、舵輪を回す操舵員の声。「前進半速」――速力通信器が、チンチンと鳴る。

艦は狭い水路を、右に左に東京湾入口を通過する。観音崎の灯台が右に流れてゆくと、目の前に伊豆の大島が大きく迫ってくる。東京湾入口を通過すれば、太平洋の黒潮が果てしなくつづいている。

「艦内哨戒、第三配備、一直哨戒員、配置につけー」

艦は左前方に大島を見て、快速に波をきっている。はじめての太平洋、いまここに太平洋に乗り出したのだ。これが海というものなのだ。青い秋空、さんさんと降る秋の陽。島の付近に舞う鷗も、艦の初航海と私の初航海を、ともに祝福してくれているようであった。

はじめての見張りに立つ。一歩、東京湾を出れば、敵潜水艦が待ちかまえている。戦いはすでにはじまっているのだ。

敵潜水艦は、ひそかに追跡してきているかもしれない。

私は指揮所にある八サンチ固定双眼鏡で、右舷の見張りであった。たえず水平線を中央に入れ、水平線上に投影するものから、五百メートル前方付近までの視界にはいる海上を見張る。艦首方向から艦尾方向まで、左から右、右から左にと、移動させながらの見張りは、目が疲れた。それに艦は動揺するので、身体のバランスを眼鏡台に託しているが、眼鏡は艦の動揺に合わせて上下しなければ、水平線をつねに眼鏡の中央に入れておくことができない。

見張りを交代して眠ったら、はじめての航海で疲れが出たのか、ぐっすりと眠りこんだ。

ふと目をさますと、甲板上がガタガタとさわがしく、艦も停止しているようである。うねりが高いようで、艦のローリングが大きい。私ははじめての航海で、少し船酔い気味の気分の悪さを感じながら、ラッタルを上がって甲板に出ると、艦橋見張り以外のものは、全員が甲板作業をしている。まもなく錨がおろされ、後部の錨も落とされた。

私は戦車庫にもぐり、前扉のボルトをゆるめにかかった。

やがて前扉がおろされ、いつのまにか来ていたハシケに荷上げ作業がはじまった。

午後の陽ざしが、暑く甲板に注いでいた。

うねりは高く、寄せては舷側を通りすぎて、はるか島の波止場の方に、白い波頭をたてて走ってゆく。その波が、しぶきを上げているあたりに人影が見え、漁師の小屋らしいのが四、五軒かたまって建っているのが見える。島の中央に山があり、左の方が削られて平地となって、そこが飛行場らしく、そのあたりから爆音がすると、隼が一機、哨戒に舞い上がった。

むかし罪人の流刑地であった八丈島は、南国を思わせる暑い陽ざしの中に、岸辺に押し寄せる高波のしぶきに、ひっそりとさびしげに浮かんでいるように見えた。

島から大発もきて、何回も往復し、荷物も兵員もぶじに上陸させて任務を果たした艦は、夕刻、錨を上げて、翌日、横須賀へ帰港した。帰港後、甲板作業中に寝ていたということで、私は甲板下士官から気合いを入れられた。

食うか食われるか

初航海を終えてしばらくは、また毎日、整備作業や配置訓練に明け暮れた。

十一月にはいり、そろそろ朝夕の冷え込みを感じるころ、艦長が司令部に出かけてゆき、新たな任務をもらってきたようであった。

艦は糧食を搭載し、牛肉などが多量に冷蔵庫におさめられた。重油搭載、弾薬も高角砲の対空弾、水上弾、二十五ミリの機銃弾も曳痕弾、焼夷弾と豊富に搭載した。こうして艦自体の搭載を終わると、つぎには物資の積荷がはじまった。

梱包された木箱が、大小とりまぜて戦車庫に満載され、上甲板には対戦車砲四門、トラック六台が、前甲板いっぱいに積載された。

軍需品の搭載が終わると、陸軍の兵がどこからともなく乗艦し、トラックの間や前甲板のわずかの余席に、おのおの場所を占めた。すべての搭載を終わった日に艦長は告げた。

「明日一五〇〇、本艦は硫黄島に向けて出航する」

いつもと変わらない口調で、艦長は静かに全員に達した。翌日一五〇〇、艦は横須賀を出航した。

硫黄島は連日、B24の爆撃を受けているということを、新聞で知っている程度の私は、八丈島へでもゆくほどの感慨より以上には持たなかった。

戦局はわれに不利であるとは知っていたが、作戦計画や全般の情況については、知る由もなかった。まして硫黄島がきたるべき敵上陸に備えて、防御戦闘を必死に準備中であるということなどは、なにも知らなかった。

たそがれせまる東京湾を、同じ任務を受けたらしい二等輸送艦一〇六号を先頭に、艦は二番艦となって前進半速で進んでいった。軍港の奥には、かつて館山に入校のとき見た戦艦「山城」も、軽巡「大淀」もなく、工廠のあたりに、潜水艦が三隻ならんでいるのが見えるだけであった。

甲板作業が終わっても、全員は、甲板上の受け持ち部署に整列して、過ぎゆく山々を見ていた。

空は暗くなりつつあった。東京湾を出ると、哨戒員をのぞき、総員で荒天準備を行なった。伊豆の大島を過ぎるころ、先頭の艦が右に、本艦が左にと、併列となって之字運動をはじめた。夜間にはいる前にゆるんだロープや、前扉のボルトを締めつけた。

波は少しずつ高くなり、艦の動揺も強さを増してきた。

舷側に砕ける波しぶきを避けるためか、陸軍の兵員は携帯天幕を広げてかぶったり、雨外套を着て、音もなくヒッソリとしていた。

やがて陽が沈んだか、暗い空は急速に夜になった。見えるものは白く押し寄せる波頭と、黒々とした海面ばかりである。黒い海面をザーッと切り裂いて、艦は十五ノットで黙々と南下する。雨合羽を着た見張員の姿が、じっと動かない。

二二〇〇から私は哨戒直で、指揮所の部署に上がった。

艦橋上の指揮所は、ローリングが大きい。ローリングに合わせて身体のバランスを取りながら、八サンチ双眼鏡で、黒々とした海面と白い波頭を視野にいれて、見張りに従事した。

右側を走っている一番艦が、くらい水平線にとけ込むように、黒く影を浮かべている。

艦首にくだける波の白さが、一番艦の位置を明瞭にしている。舷側から上がる波しぶきが、霧のように降りかかってくる。雨合羽も潮に濡れて、その下の服も少しずつしめってくる。

機銃台や煙突の間にも、雨合羽を着た補充兵がしぶきに濡れて、石像のように立って見張りについている。暖かいような風がマストのロープをはためかせ、ひょうひょうと鳴りつづけている。

見張りについてから約一時間も経過したと思ったころ、突然、右後方にパッパパッと二、三回、灯りが点滅した。はっとして、その方向に眼鏡を向ける。

一番艦の黒い影が視野にはいってきた。その中央付近で、またパッパパッと灯りが点滅する。

「一番艦発光信号」と艦橋に報告する。

当直将校が艦長に報告すると、艦長はすぐにラッタルを上がって、艦橋にきた。

艦はなんの応答もしない。やがて一番艦は、連絡事項を信号しはじめた。信号員が一字ずつ声を出して読み取っているのが聞こえる。

「ワレキカイコショウ、テイシス」

潜水艦につけられているかも知れない海上で停止するとは、なんと危険なことであろう。厳重な灯火管制下で、航行中に発光信号をするさえ危険この上ないことなのに、と私は思った。

艦は、「ワレリョウカイセリ」を応答しなかった。発光信号を出さなくとも、了解したものと一番艦は判断するだろうと、艦長は考えたものと思われた。

すると、ふたたび同じ電文を点滅しはじめた。二番艦は了解せずと判断したようであった。

暗夜で、たがいの状態を視認できない不安からであったかもしれない。

一番艦が停止中に、その周囲を旋回して、警戒を二番艦に頼みたかったのであろう。

「ワレキカイコ」点滅の途中、急に中断したと思ったとき、バーンと破裂するような音とともに、赤い火がチラッと見えた。急いで眼鏡を一番艦に向けなおすと、水平線に艦首が直角に立っていた。

「一番艦、魚雷命中！」

艦長は双眼鏡で、一番艦の最期を確認した。沈没まで一分十秒と信号員が記録した。

「総員配置につけー」

私は指揮所から、下の機銃台へラッタルを駆け下りた。

急いで、潮に濡れて重くなったカバーを取りのぞく。

「対潜用意！」

弾倉が装填され終わると、機銃を俯角にし、海面に銃身を向ける。高角砲は水上弾を装填したのであろう。前川の「よーし」と尾栓閉鎖を報告している声が、風に流れてくる。

爆雷長の山村先輩も、爆雷の縛着ワイヤーをはずし、安全栓を抜いて投下準備を完了したらしく、「爆雷配置よーし」と報告している。

前甲板の陸軍の兵員も、艦の「配置につけ」で、いっせいに起きたらしく、指揮官らしい声がしている。艦は全速で、蛇行運動をしながら走り出した。艦をめがけて、いつ魚雷が走ってくるか。まちがいなく、敵潜水艦は黒い海面下に伏在しているのだ。総員が配置についたまま、目を皿のようにして暗い海面を見張る。サーッと横に走る波頭は雷跡のように見え、思わず「雷跡」と口に出かかる。武装のほとんどない商船だったら、敵潜は浮上して砲撃をしてくるかもしれない。しかし、東京湾を出たときから追跡してきたのであろうから、艦の兵装も偵察ずみであり、うかつに浮上はできないと潜航をつづけ、チャンスをうかがっているのだ。

舷側を流れる泡立つ海水が、白くあざやかに見えた。

艦はまず、離脱するようである。救助のためには停止しなければならない。この暗い海上での救助作業は困難であり、それを容易にするためには、ライトで海上を照らし、生存者を確認して、カッターを下ろして救助しなければならない。敵潜の伏在海面での救助作業は、僚艦と同じ運命をたどるのみである。救助よりも、硫黄島にぶじにとどけるべき物資と兵員を満載している艦の任務を果たすことが第一である。

艦長はこのように判断したものと私は思った。

配置についたまま南下をつづけ、やがて遠く水平線のあたりから、かすかに夜明けが近づいてきた。夜明けが敵潜にとって絶好の攻撃時期でもある。視界がひらけるにつれ、見張りをさらに厳重にした。

すっかり夜が明けてから、艦は百八十度変針して、昨夜の一番艦が沈んだ位置に引きかえした。天候はいぜんとして変わらず、低い雲が海上をおおい、鉛色の海が小波を立てている。風はおさまったようである。やがて、重油が一面に漂っている中に、筏が浮かんでいるのを見た。一番艦のものに相違ない。艦はその周囲をまわって、その他の浮遊物、とくに生存者を求めて探しつづけた。

しかし、なんの人影も見えない。筏の上には備えつけの水樽と乾パンの箱が、ポッンと載っているだけで、筏にすがっている影も、他の浮遊物にすがっている者も見えない。一番艦には、一名の生存者もいないというのであろうか。昨日の午後、先頭に立って東京湾を出た一番艦の勇姿は、それから数時間で、一分十秒という一瞬のうちに海中に没し、一名の生存者もいない。まるでウソのようである。

敵の影も形も見えないのに、一本の魚雷で、あんなにも艦はもろく沈んでしまうものだろうか。これが戦いというものであろうか。私はすべてが信じられないウソのような出来事に思われて仕方がなかった。しかし、これがまぎれもない現実なのである。これが戦いなのである。食うか食われるか、一瞬の油断が勝敗の分かれ目になるのだ。やらなければやられる。

これが戦争というものなのだ、と私は、改めて現実をたしかめた。

三回まわって視界内に人影なし、と確認した艦は、一路、ふたたび南下した。艦の乗員は海面に黙祷を捧げ、一番艦全員の霊をとむらった。雲の上に南の太陽が輝いているのが、低い雨雲を通して感じられた。

対空戦闘

その日は、一日中、視界不良の海上を厳戒しつつ南下し、二日目の夜を迎えた。気温はすこしずつ上がり、艦内にはむし暑さが感じられ、湿った夜気も生暖かく肌にふれた。夜は見えないという不安は、昨夜の艦首を垂直に立てた一番艦の姿を思い起こさせた。

敵潜は追跡していないという確実な保証は、逆探の「感度なし」では保証されない。

真剣な見張りに、夜はなにごともなく明けた。天候は昨朝と変わらず、ただ海の色が青さを増してきたように見えた。その日の一〇〇〇（午前十時）ごろに、目ざす硫黄島に到着する予定だということであった。

低い雲が水平線に垂れこめ、視界を悪くしていた。艦橋から指示が伝えられてきた。

「硫黄島の近くにきている。よく見張って、島影らしいものを、よくさがせ」

しかし、それらしいものはなにも見えない。島が近ければ島の影も見えるはずであったが、鳥の飛んでいる姿もなく、ただゆけどもゆけども、水平線に低い雲の垂れ下がっているばかりである。

先任将校が正確な艦の位置を出して、硫黄島との関係位置を海図上にしるすために、六分儀を出して天測をはじめたが、低く厚い雲にさえぎられて、太陽を観測することは不可能であった。海図上に、推定で艦の針路と速力とから、位置をしるす以外に方法はなかった。

艦はそのまま南下をつづけた。

私は、見張りを交代して眠っていた。なにか夢を見ていたが、「配置につけー」というのが耳の奥に聞こえたように思った。かすかに、「タカタカタッタッター、タカタカタッタッター」とラッパの音が聞こえる。

「配置につけー」

だれかが大声で叫んだ声が、はっきりと耳にひびいた。はっとして飛び起きる。甲板をドドドッと走る音が聞こえる。

「菅原、配置につけだ」

といいながら、居住区のラッタルを甲板にかけ上がる班長の姿が見えた。急いで脇においてあった帽子を手さぐりでさがす。ところが、帽子が手に触れない。急がなくちゃならない、配置につけだと、忙しく手をはわせるが、帽子はない。

「えい、帽子どころか、早く配置につかなけりゃどうするんだ」

私は無帽のまま、ズック靴をはいて甲板に飛び出した。トラックの間にいる陸軍の監視兵が、

「敵機!」と叫んで、左舷方向を指さしているのが、チラと見えた。

甲板から機銃台への鉄梯子を一息にかけ登り、射手の座席に坐る。班長以下の全員が、海上を見ている。
「飛行機はどこですか」と班長に聞いた。
「あれだＢ24だ」と指揮棒で示した。

コンソリデーテッドB24リベレーター。米陸軍の爆撃機

その先端方向を見ると、左約四十五度の海面上を、大きな鳥に似た飛行機が悠々と反航しているのが見えた。距離約三千メートル、高度百メートルくらい。きわめて低い。艦橋の信号員が、「飛行機はＢ24」と確認報告するのが聞こえる。

あれが敵機か。内地で見た二式大艇のようで、敵機とは思われない。Ｂ24は四発の哨戒爆撃機で、水陸両用、速力二百四十ノット、十三ミリ機銃四梃、七・七ミリ機銃四梃、爆弾四発という敵機の諸元を思い起こした。

陸軍は、舷側に三年式重機を組み立てているのが見える。他の者は鉄かぶとをかぶったりしているのが、チラリと目に映った。

これから戦いがはじまるのだ、という気持がしない。あの飛行機を目標にして、訓練をはじめるような気持が

してならない。そんな思いをしているとき、

「対空戦闘！」

艦長の鋭い号令がふってきた。

私の手は自然に機銃に仰角をかけ、装填しやすいようにしている。一番は開梃を引いて、遊底をひらいて開梃にもどす。二番は弾薬箱から出してかついでいた弾倉を、ガチャンガチャンと遊底に入れる。遊底は弾倉の一発をくわえて、ガシャガシャと薬室に前進して閉鎖する。それを確認して二番は、

「右よし、中よし、左よし」

と発唱し、班長は、「二番よーし」と艦橋に報告する。

前部二連装、右舷の一番機銃も、後部二連装も、つぎつぎと報告する。前甲板の十三ミリも、まとめて十三ミリ機銃の長が報告する。

敵機はゆうゆうと、なにごともないように低く飛んでいる。

私は敵機を照準した。駄目だ、低すぎる。三連装の環型照準器は、機銃の仰角と一致するようになっていた。ほとんど水平である。弾着ははるかに近くなる、と私は思った。装填された三個の弾倉を見ると、弾倉の丸い穴に、薬莢の黄色く光る並びが目にはいった。それを見たとき、キューンと全身が引きしまった。

艦は全速を出している。しぶきがサーッと降る。

「高角砲、撃ち方はじめー！」

指揮所から号令が飛んだ。掌砲長の「てーっ」という号令が聞こえ、ダーンと八サンチが火を吐いた。

初弾は敵機のはるか手前に水煙を上げた。苗頭を修正し、第二弾を発射する。こんどは後方に高く破裂した。

「高角砲、撃ち方待て」

敵機は左九十度になった。

「左舷機銃、撃ち方はじめ」

私は班長の顔を見た。照準不能をいうつもりであった。発射しないので、「二番なにをしている、撃ち方はじめ」と指揮所から催促がきた。

「よし、菅原、撃て」

班長は、敵機を見ながら私にいった。

私はもう一度よくねらった。撃発起動梃に両足を上げ、左足をグッと踏み込んだ。一息おくれて、右足に力を入れた。左右の機銃がまず火を吐き、つづいて中の一梃も鳴りひびいた。三梃の機銃の反動は座席にひびき、耳をろうする発射音が海上にとどろいた。薬莢が甲板にドドドッと吐き出され、硝煙の中に火薬の甘いような匂いが流れた。

予想した通り弾着は近かった。敵機の手前に無数の噴水を上げた。一弾倉撃ったころ、私は両足を下ろした。もっと高度がないと無駄弾を撃つと判断した。敵機は、そのままの姿勢で左後方に遠ざかる。空薬莢を始末し、弾薬箱の蓋を全部はずす。

「後ろからくるぞう!」

といっているのが聞こえる。後部を見ると、艦の後方を横切ろうとしている。まもなく左に旋回しつづけた敵機は右舷に並航となった。右百三十五度から右九十度まで同航のまま飛びつづけている。急に左に向きを変え、直角に機首を立てると見るや、いっせいに機銃を発射しながら攻撃してきた。

「撃てー!」

右舷一番機銃と前後部の連装が、いっせいに発射した。私は身体を固くして銃身を下げた。身体の左側を赤い火線がスイスイと飛んで行き、パチパチとなにかがはぜるような音がする。一瞬の間に、巨大な影がごうごうと艦橋を押しつぶすようにして通り過ぎてゆく。星のマークがあざやかに見える。後部の銃座から遠ざかりながら機銃の火を吐いてゆくのに、こちらは撃てない。向かってくる場合だけ撃てと達せられている。前部の十三ミリだけが制限がないので、遠ざかる敵機の銃座に応戦する軽い音がしている。

海面に翼を突っ込むばかりにして左旋回すると、機首を立てなおして向かってくる。撃発起動桿を両足で力いっぱいに踏み、その足で突っ張るようにして、夢中で高角転把を回す。グワーッとのしかかるように、いっきに迫ってくる。目標が環型照準器からあふれ出て、点でなく面である。目の前に広げた新聞紙のように、主翼が見える。銃身が敵機の前方に向くように見当をつけて、夢中で銃身を上げる。

艦は右に左に、敵機の爆撃照準をはずしている。舷側に、爆弾による水柱が高く吹き上がった。

敵機は頭上を越えて、右舷に遠ざかる。そして、ふたたび右舷から向かってきて、頭上を越えてゆき、旋回して向かってくる。撃つと同時に、両目で胴体をにらみつけ、大急ぎでいっきに銃身を上げてゆく。

銃身を下げて、つぎに備える。空薬莢を足で海中に穴から落として、銃架の下を清掃する。銃身を備えつけの水とウエスで冷やす。いつのまにか、こうしたことをくりかえしてやっていた。

敵機の回数が多くなったと思ったら、いつきたのか、もう一機が加わって二機になっていた。

こんどは交叉攻撃をしてくる。二機が艦橋上を交叉してゆく。撃って撃って撃ちまくった。かならず落としてやる。

銃身は焼けて、鉄の焼ける匂いがしてくる。敵機のパイロットの顔が見える。白い歯を出して笑っているようだ。畜生ッ、落ちろ。落としてやるぞ。私は夢中になって撃ちつづけた。三発ごとに入れてある曳痕弾が、敵機のエンジンの前に上がってゆく。いまに当たる。いまに火を吐く。そのときが勝ちだぞ。なにも考えない。ただ落とすだけだ。

水柱がいくつも立つ。海は泡立ち、艦は急転舵で傾斜する。弾がなくなってくる。空弾倉が脇に高く積もる。

主計科、機関科、運用、電信兵、手のあいている者が集められ、弾薬箱を弾庫から上げ、空弾倉に装弾して、機銃台に上げて補給してくれている。チラと左後ろをふりむくと、信号員の先任兵長が、腹に雨合羽を当て、艦橋のラッタルを右手で手すりにつかまりながら、真っ青になって下りてくるのが目にはいった。

彼は、私の背後にある艦長室へはいった。たしかに弾は当たっている。手ごたえがあるのに、敵機は落ちない。しつようにくりかえし突進してくる。いつのまにか、先任将校が機銃台に椅子を出し、敵機をにらんで、「ちきしょう、ちきしょう」と歯を食いしばっている。

見ると、左ひざをやられたらしく、真っ赤に血に染まっている。敵機の攻撃が急にやんだ。遠く旋回している。やがて、二機がならんで艦首の右前方に遠ざかってゆく。その一機の尾部から、薄青く煙が流れているのが見える。

やはり弾は命中していたのだ。エンジンやガソリンタンクに当たらなくとも、翼や胴体には相当に命中して、機内に火災でも起こしたのかも知れない。一機が寄りそうように並進してゆくのが、これらを物語っている。

彼らは無線電話を持ち、レーダーを持っている。雲の上からレーダーで本艦を探知し、海面ひくく降下して、視認して攻撃をかけ、電話で僚機に増援を頼んだものと、私は遠ざかる二機の機影を追いながらそう思った。

激しい音も絶えた戦場は、妙なさびしさが漂っていた。うすい煙を引いて遠ざかる二機の敵機の姿にも、さびしさのような影があった。

戦闘は長かったようにも思え、短いあいだのようにも思われた。

敵機発見から二時間は経過している、と判断された。視界から敵機の姿が見えなくなっても、まだ新手がくるかもしれない。このあいだに弾薬補充、打殻薬莢の始末、銃身機関部の手入れや注油、なによりも負傷者の手当が先である。

艦橋も、煙突も、舷側も、機銃掃射の穴が無数にあいている。私の機銃は、二番手が跳弾で足をこすられたものが二名で、その他は損害なし、足も軽傷である。甲板に当たった弾は跳弾となって、あちこちにはね回る。

右一番機銃も損害なし。もっとも損害が大きかったのは、艦橋前部の連装機銃であった。この機銃は、私の台よりさらに一段上方にあったので、戦闘中にはまったく気づかなかったが、一瞬のうちになぎ倒されて全滅したようである。長は予備学生出身の下士官であった。長以下七名のうち一名を残して、六名が折り重なって戦死した。

機銃は右舷を向き、弾倉は一弾倉二十五発を撃ちつくされないままに残っていた。最初の右舷からの攻撃のとき、敵機の機銃は、一段高い目につくこの機銃台に集中されたものと思われた。

残された一名は発射音に耳が聞こえなくなって、戦闘中ボーッと立っていたようであった。一名ずつロープを身体に巻いて吊り下ろした。ロープを巻くとき、割れた肩に片手がはいって指先が血だらけとなった。甲板に吊り下ろすとき、死体から流れ落ちる血が一面に飛び散った。

艦長室にはいった信号の先任兵長も、艦橋の窓からはいった一弾に横腹をえぐられて貫通し、艦長室で戦死していた。艦橋上の指揮所では、伝声管配置の上等兵が、伝声管を貫いた弾にノドを貫かれ、仰向けに戦死していた。艦橋の下にある電信室では、暗号のものと、電信の私とおなじ年齢の志願兵が、壁を破ってはいった一弾に、横腹を二名ともやられ、一名は戦死、志願兵は重傷を負っていた。

前部では、陸軍で二名の戦死者を出した。一名はトラックの下にはいっていたが、タイヤを貫通して、さらに鉄カブトの真上に命中した。一名は戦車庫のラッタルの下で、入口から飛び込んだ弾が壁に当たって跳弾となり、それが壁に当たってさらに跳ねかえって、退避した本人に命中したようであった。

後部では、八サンチ高角砲を指揮していた掌砲長が、砲側に倒れて戦死していた。かすかに笑っているような死顔であった。戦死者は陸軍も合わせて、カッターの上に板を敷き、その上に横たえた。負傷者は、先任将校をはじめ重軽傷十三名。重傷者は後部兵員室の一隅に寝かせた。

看護兵二名は、応急処置よりほかにはできない。これらの負傷者の手当に汗をかいていた。腹をやられた電信兵は、私よりも若いような幼い顔をしていたが、その苦痛の声は一晩中つづき、私には、わが身をひきちぎられるように感じられた。

舷側の水線下にも、機銃掃射の穴がかなりあいていた。応急的に運用科で木栓をつくり、穴をふさいだ。敵機は徹甲弾を使っているものと考えられた。いちおうの戦闘後の後片づけを終わると、またそれぞれ配置についた。艦は反転し、北上をはじめている。やはり硫黄島を通り過ぎて、南下しすぎたようであった。おそらくサイパンの基地から飛んだB24の哨戒圏内にはいったものと考えられた。いつのまにか、雲はウソのように晴れ、まぶしい光がいっぱいに降り注いでいた。

青々とした海原は、南の太陽に、あくまでも深い色を見せている。戦闘配置についたまま、とどけられた握り飯と沢庵の戦闘配食を食べた。昼はとうに戦闘中に過ぎていた。握り飯と沢庵のうまさに、私はさきほどの夢中だった戦闘を思いかえした。そして、戦いというもの、対空戦闘というものの非常さを、しみじみと感じたのである。

硫黄島。20年2月19日、米軍が上陸し、死闘が展開された

二時間ほどまえまで元気だった者が、もうふたたび生きかえらない。この事実を目のあたりにして、人間のもろさ、はかなさのようなものを思った。しかし、これが戦いなのだ。これが事実であり、戦場の場面なのだ。

一番艦の沈没も、さっきの対空戦闘も、みなすべて現実なのだ。やらなければやられる。敵もそう思っているのだ。その敵に勝つことのみのために、あの激しく、厳しい教育を受け、鍛えられてきたのだ。今日の戦友の運命は、明日の自分の運命であるかもしれない。生命あるかぎり戦い抜くのだ。

私は握り飯を味わいながら、水平線のかなたにひろがる海と空の青さを眺めていた。

やがてスコールの中に、艦は突っ込んだ。大粒の雨が激しく甲板を清めた。配置についたまま上半身を洗い、手についている戦友の血を洗った。甲板を赤い川が流れた。戦死者も、うつくしく洗い清められた。陽が強く西にかたむくころ、水平線に島影が見えた。通り越した目的地硫黄島である。艦は艦首をまっすぐに島に向けて、「前進全速」で走り出している。陸軍の兵員たちもみな立ち上がって、近づく島を眺めている。

島はすこしずつ地形を現わし、左に山が美しい形でそびえ、右が平坦に、台地のようになっている。台上が飛行場らしく、飛行機の翼や胴体が、無数に散乱しているのが眼鏡に見えた。あれは連日の空襲で破壊された飛行機の残骸なのだ、と甲板士官がいった。

後部の錨をおとし、ワイヤーをゆるめながら、艦は「行き足」のまま砂浜に接地した。左の山は摺鉢山ということである。赤茶けた山肌が、夕日に、さらに赤く映っている。緑の少ない茶褐色の岩や地肌の島である。

海岸に、わずかばかりの椰子林があり、台地までつづいている。それが非常にあざやかであった。

前扉を下ろした艦から、陸軍の兵員は戦死者を収容して島に上陸した。まもなく日没になるので、荷下ろしは明朝から行なうとのことで、いったん前扉を上げた。

日没せまるころ、一升ビンを下げた海軍の下士官がやってきた。腕の階級章は上等兵曹である。

砂浜に立って、彼は一升ビンを上げ、

「これに一本、内地の水をくれんか」といっている。

私は錨甲板からサンドレッドをおろし、ビンを結んでもらって引き上げ、それに烹炊所のタンクから水を満たして、おろしてやった。すると彼は、いかにもだいじそうにビンをかかえ、挙手の敬礼をして台地の方に歩いていった。

居住区の中は、すっかりむし暑くなっていた。私は夜食に出たキャラメルを口にいれて、肌を夜気にさらし、島を見ていた。声も音もなく、島は黒々と夜の闇の中に溶けこんでいるが、チロチロと、かすかに赤い火が燃えている。島全体がぶきみな感じがした。

「あれは、死んだ者を焼いている火だそうだ。この島は島全体が硫黄で埋まっていて、いたるところに火山の煙が出ているんだ。どこを掘っても、水は一滴も出ない。すべて雨水を貯わえて、それを使う以外に、水はないのだそうだ」

と、信号長の津々木兵曹がいった。甲板になまぐさい臭いが、いつまでも漂っている。後部兵員室から、重傷者のうめき声が高く低くつづいている。

硫黄島よさらば

翌朝、前扉をおろし、積荷の荷下ろしがはじまった。どこからともなく集まった作業員とトラックが、前扉からつぎつぎと荷を運び出し、トラックは茶色い土煙を上げて、台上に往復した。

飛行場から零戦が一機、舞い上がって、哨戒していた。対戦車砲四門とトラックを前甲板からおろす作業に、午前中いっぱいかかった。

戦車庫の荷物も、三分の二が運ばれた。艦長が司令部から帰ってきた。戦死者を硫黄島に埋葬すること、重傷者は硫黄島に残し、野戦病院で手当を受けることになった。カッターに横たわる遺体から、氏名を書いた封筒に、ハサミで頭髪と手の爪を切って入れた。電信の志願兵は一晩中、苦しんで、朝方に、ついに若いつぼみの命を散らせた。

見張員を除く全員が、戦死者を挙手の敬礼で見送った。カッターから遺体をおろすとき、遺体から腐敗しはじめた肉の匂いがし、新しい血が傷口からあふれ出た。戦死者は海岸の砂に埋葬した。重傷者は、相互に敬礼をかわし合いながら艦を下りていった。

午後の陽がかたむくころ、大発が一隻、海上を走り回っていた。そして、水平線に陽が落ちるころ、荷下ろしを完全に終わり、空船となった艦は前扉を上げ、出港用意をはじめた。

島には夕闇が迫ってきていたが、海上にはまだ明るさが残っていた。午後いっぱい海上をはしりまわっていた大発が、出港作業中の艦に寄ってきて、ロープを下ろしてくれという。舷側から下ろしたロープに、鮪《まぐろ》のような魚を一本むすびつけてくれた。

「せめて、もう一本と思って、いままで頑張ったんだが、きょうは不漁で一本だけだった。すくないだろうが、生きのいいのをみんなで食べてください」

申しわけなさそうに、顔中を髭で埋めた兵曹らが三、四人、黒々と立っていってくれた。

海軍側の司令部の好意によるものか、魚取り作業を毎日のように行なっている彼らだけの好意であったのか、私にはわからなかったが、食糧や水の不足している孤島にいて、貴重な魚を獲って艦にくれた彼らや、島の将兵たちの心情を思うと、胸の中に熱いものの流れるのが感じられた。

「どうもありがとう。お元気で……」

艦は後部の錨をまき上げつつ離岸し、クルリと艦首を北西にまわした。急速に夜の迫ってきた浜辺に、守備隊の将兵や野戦病院の患者もまじって、帽振れをして別れを惜しんでいる。

「前進、びそーく」

海岸にねむる艦の戦死者よ、サヨウナラ。負傷して下艦した戦友よ、さようなら。守備隊のみなさん、御機嫌よう。私は、遠ざかりゆく黒々とした島影に、一升びんに水をもらいにきた兵曹の姿が、ふと思い出されるのであった。

翌日、艦は父島に入港し、燃料補給をしながら艦の整備をすることにした。

父島守備の海軍部隊にドラム缶入浴をお願いし、了解を得たので、さっそく内火艇を下ろして上陸したが、空襲警報が鳴りわたって急いで帰艦し、配置についた。父島の山の向こうに、もう一つ山が見え、その上空にB24が五、六機、飛行しており、高角砲の弾幕が編隊の周囲に、白い花を咲かせているのが見えた。

母島が空襲されている、との情報がはいった。

やがて空襲警報は解除されたが、入浴は取り止めとなり、艦は夕刻、父島を出港し、横須賀に向かった。

任務を終わって帰港する喜びもあったが、硫黄島に埋葬した戦死者のことが、いつまでもいつまでも忘れられない。

海は青々と果てしなくつづいている。つぎからつぎと押し寄せてくる白い波がしらを見つめていると、長くつづいて寄せるものがあり、一瞬、雷跡のように見えて、はっとすることがある。

見張り交代の仮眠中に雷跡二本を発見し、これをかわしたということを、つぎの交代準備で集合したときに、注意事項といっしょに聞かされた。

艦はぶじに東京湾にはいり、前進半速で静かに横須賀に向かっていた。左に三浦半島の山々、右に紫にかすむ房総の山なみを眺めていると、平和であり、のどかであった。

太平洋に出て戦ってきたことや、硫黄島、父島のことなどが、まるで嘘のようで信じられないことのように思われた。

しかし、機銃台のまわりや、艦橋や煙突に残る弾痕は、真実であった。

横須賀に入港して、ただちにドック入りをした。艦体の修理、機械の整備とともに、硫黄島の戦訓を生かして、補強や改装が行なわれた。全員に鉄かぶとや、連装、三連装機銃の射手、旋回手に防弾チョッキが支給され、射手、旋回手の前に防弾板がつけられたり、弾倉格納箱が補強されたり、艦橋戦闘指揮所に防弾補強がされたり、十三ミリ単装機銃をすべて二十五ミリ単装機銃と取り代え、そのほか少しの余席でも、二十五ミリ単装を増備した。

対空兵装の強化にともなって、対空射撃技術の向上を考えた艦長は、機銃員を横須賀砲術学校に臨時入校させて、対空射撃訓練をうけさせ、私も音に名高いトンネルの校門をくぐって、三日ばかり猛訓練をうけた。そして、この訓練で私は、対空機銃を完全に自分のものとすることができ、射撃に自信を持つことができた。

艦はそれらの完了まで約二週間あまり、ドックに入っている予定であり、そのあいだに私たち乗組員は、十分休養をとることができた。

私は檜原兵長と、彼の下宿にいって泊めてもらったり、彼が海軍にはいる前まで勤めていた日本橋の酒問屋に連れていってもらったりした。

故国との別れ

十二月初旬に、いっさいの修理と増備を終わった艦は、ドックを降りて、軍港のブイに舫《もやい》をとった。軍需部から機銃弾を、弾薬庫にはいりきれないほど受領したり、糧食を搭載したり、艦内の細かいところまで点検し、手入れしたりして、まもなく新たな任務をもらうことが予想された。

十二月上旬のある日、前扉をおろして搭載の準備をし、朝から艀《はしけ》が物資を満載し、沖仲士たちが箱にはいった物を四人がかりで、つぎつぎに搭載していった。そして二日かかって、爆弾二百五十発と砲弾等を満載して、戦車庫のハッチを閉めた。

燃料を満タンに補充して、同型の二等輸送艦二隻とともに十二月十日ごろの〇八〇〇、横須賀を出港した。

そのときちょうど、航空母艦「信濃」が艤装のために特別ドックから出て、その巨大な姿を海上に浮かべていた。砲術学校同期の機銃班の仲間が、おおぜい配属となって乗り組んでいる艦であった。その彼らが操作するであろう十二・七サンチ高角砲や二十五ミリ機銃が、林のように規則的に配置され、はるか高い頭上に見えた。

艦は「信濃」のかたわらを静かに通りすぎ、東京湾口に向かった。

観音崎の灯台が迫り、やがて遠ざかると、太平洋が黒々と果てしもなくひろがっている。

さらば母港よ、さらば観音崎よ、いつの日に帰るか、また帰らざるか。

戦いに生きる身に、死はつねに覚悟し、死に対して恐れも感じていなかったが、去りゆく山々を見るとき、別離の悲哀を感ずるのであった。

三隻は、沿岸航海をつづけながら西進した。

本土の美しい姿を右に見ての航海は、やはり安心感があった。

左方の警戒を厳重にしつつ、対空戦闘訓練をくり返して、三日後の午後、呉軍港に入港し、広い軍港内に仮泊した。

瀬戸内海のこの軍港は広く、朝は海上に霧がたちこめた。

大小の艦船にまじって、空母の姿が二、三隻、見えたりしたが、翌朝、霧の晴れ上がった海上には一隻も見えず、代わりに重巡が、その場所に浮かんでいたりして、なにかあわただしい気配があった。

四日目の朝、呉軍港を出港した艦は、朝もやの瀬戸内海を航進し、関門海峡に向かった。小波ひとつない海面と、晴れるにつれて浮かんでくる大小の島々は、この上なく美しく平和であった。

小舟で漁をしているらしい老人が、急に島かげから現われては、艦の起こす波に揺られながら遠ざかってゆく。

陽が高く昇ると急速にもやが晴れ、左に四国の山なみ、右に中国山脈や、遠くの海岸や海上に浮かぶ無数の島々、そのどれもが、のどかに冬の陽ざしに映えている。

正午ごろに関門海峡を抜け、長崎沖を南下し、夕方、内地最後の寄港地である佐世保軍港にはいった。港内には目立つ船もなく、さびしく暗い色をしていた。夜も灯火管制が徹底した町は真っ暗で、入浴に上陸したが、古い家々がならぶばかりで、ひっそりと暗かった。銭湯をようやく探し当てたが、きょうは休業ということで、やむなく帰艦した。

空も暗く星影も見えなかった。雨雲らしい低い雲が、一面に垂れこめているようであった。

翌朝、〇八〇〇、出港。艦長は出港前に、全員を甲板に集めて、はじめて艦の任務と行き先を明示した。

行き先は比島マニラ。任務は搭載物資をマニラのキャビテ軍港に輸送することであった。

艦は一路、九州沿岸を南下し、九州南端を通過して、東シナ海にはいった。風が強く、雲がひくく飛んだ。

海上は、しだいに荒れ模様となってきつつあった。

「荒天準備」が下令され、見張り以外の全員で荒天に対する準備をした。とくに前扉のボルトナットの締めつけは固く締めなおした。

沖縄の西方海域にさしかかるころから、風はますます強まり、海は荒れ狂った。台風であった。艦は台風の吹きすさぶ東シナ海に突入したのであった。水平線から小山のような波が果てしなくつづき、それは艦の数倍の高さに逆巻きながら突進してくる。

艦橋を越え、艦を巻き込んでしまうように見える。波がくる前に、艦はググーッと持ちあげられ、スクリューがガガガーッと空転する。そして波間にたたきつけられると、前扉に当たった波が、十数メートルぐらい前扉から立ち昇り、滝のように前甲板に落下し、そのしぶきが艦橋に絶えず降りそそいだ。ローリングとピッチングが激しく、艦はギチギチとぶきみにきしんだ。

艦は停止して、風浪にジッと耐えているように見えた。

見張りに立っているのも、せいいっぱいであった。なにかにつかまっていても、ローリングするときに、手が抜けそうに痛くなる。

中甲板は、つねに波に洗われていた。右舷から押し寄せてきた波は甲板を通り、左舷に乗り越えていった。二重にロープで縛着して補強した内火艇は、夜中のうちに流されてしまった。その荒れた海を、三隻は横隊になって進んでいく。

翌日、やや風はおさまってきたようであったが、波はいぜんとして高かった。朝、甲板上に、波とともにはね上げられた飛魚が残されていた。拾い集めて烹炊所に持ってゆき、新鮮な焼魚を賞味した。塩焼きした飛魚は、荒天に疲れた身体に元気を取りもどしてくれるようであった。

波も風も、すこしずつ静まってきていた。見張りに立っていると、波の間から五、六匹ピューッと飛び出して、つぎの波頭に飛び込んでゆく飛魚が、目を楽しませてくれた。

私は飛魚という魚がはじめてであった。見るのも食べるのもはじめてであったので、めずらしかった。荒涼とした海で、目を和ませてくれた魚であった。

三日目の午後に、馬公に入港した。平らな岩だらけの島にある小さな港は、退避港らしかった。ブイに繋留ワイヤーを取るため、カッターを下ろし、六名ばかりカボックを着て、ブイに近づいたが、ブイもカッターも動揺が激しく、繋留作業は困難をきわめた。しかし、静岡の漁師出身者の某上等水兵が、カッターから海中に飛び込んでブイに登り、ようやくワイヤーを取った。低い岩だらけの島の上に風が強く吹いて、鳥の飛ぶ姿も見えなかった。夕方、急速に風が静まり、台風は通過したようであった。島の奥に飛行場があるのか、爆音がすると零戦が一機、舞い上がって周囲の警戒をしてくれた。

バシー海峡の悲劇

翌朝、快晴の馬公を出港して、高雄に向かった。単縦陣で之字運動をつづけながら東進した。艦首方向に台湾の山々が、うすく紫色に見えていた。

夕方、三隻は高雄に入港し、岸壁に繋留した。艦内や積載物の点検、整備、糧食、水、燃料の搭載補充のため、三日ばかり停泊する予定、とのことであった。

台湾最南端の高雄も、十二月中旬の明けがたは寒かった。夜明けとともに指揮所に見張りに立ったことがあるが、寒くて毛布を腰に巻きつけて、寒さを防いだほどであった。しかし、日中は、さすがに南国らしく気温が上がった。岸壁の向かい側には、倉庫らしい建物にはさまれて工場があった。なにをつくる工場かわからなかったが、おおぜいの女学生が、鉢巻を締めてはたらいているのが見えた。

指揮所に見張りに立つと、工場が上から見下ろす位置にあって、窓から、はたらいているようすがわかった。朝、引率されてきて、夕方、引率されて帰るようであった。

入港した翌日、糧食受領から帰ってきた補充兵の主計科員が、大きなバナナ籠をかついで、タラップを登ってくるのを見て、せまい士官室前の通路で待ち受け、一房を銀バエして昼食時にみんなで分けて食べた。

しかし、バナナは、高雄ではめずらしくなかった。上陸して帰ってくる者のみやげは、みんなバナナで、二日ばかりするとバナナは食べあきてきた。

入湯上陸して、同期の爆雷の佐藤と町を歩いた。砂糖キビの一メートルばかりあるのが、一本一円であった。若い男女が砂糖キビを噛みながら歩いているのが、幾組も目についた。町の中は噛み捨てた殻が、風に吹き寄せられて溜まっていた。

子供を背負った現地人らしい女の人が近づいてきて、「兵隊さん」と呼びとめ、「ちょっとおねがいがあるから、ぜひ聞いてください」という。
「なんですか」と聞くと、「ちょっとここではいいにくいので……こっちへ」といいながら、先になって歩いてゆく。しかたなく後ろについてゆくと、だんだん人通りの少ない方にはいってゆく。ふたりで顔を見合わせたが、別に危害を加えるとは考えられないので、そのままついていった。

爆撃でくずれたビルの目立つ人通りのまったくないあたりに入ってゆく。さすがに少し警戒した。ふとくずれたビルの中に入ってゆくと、女は立ちどまって、四周を見回してから、持っていたバスケットのような形の籠を置き、上にかぶせていた風呂敷を取った。

なにが出てくるのかと、息をころして見ているふたりの目にはいったものは、バナナであった。一房、二房と、女は取り出して重ねた。全部で三房であった。五十本ぐらいあった。

女は重ね終わってから、「兵隊さん、これを買ってください、お願いします」という。「いや、こんなにはいらない」と私がいうと、「おねがいです、買ってください、兵隊さん」と、悲しそうにいうのであった。

バナナを、なぜこうして人にかくすようにして売らねばならないのか、私にはわからなかったが、とにかくなにかよほど困っているようすは察することができた。

「じゃ、船のみやげに買うか、いくらで売るのか」

と聞くと、「五円です」という。高いのか安いのかわからないが、二人で五円を払って買ってやった。

町に陽が沈むころだった。旅館に行って泊まることとし、目についた宿屋に一泊を頼んだ。二階に上がってゆくと、風呂から上がってきた背の高い潮焼けした男と中背の男のふたりが、私たちを呼びとめ、「おい、お前たちは、どこの船のものか」と聞くので、「一〇八号輸送船です」と答えると、

「ああ、きのう、三ばい入った船か。どこへ行くんだ」

「はい、マニラへ行くのです」

「マニラへ行く……。マニラは毎日、毎日、空襲をうけていて、港にはいっている船はみな沈められる。俺たちも、マニラからようやく帰ってきたんだが、たいへんだぞ、マニラは……」というのだった。

私たちは、「はあ、そうですか、そんなにひどいですか」というほかには、いいようもなかった。

レイテ島に米軍が上陸したことぐらいは知っていたが、それ以上のことは知らなかった。彼らはその方面で戦ってきたらしいので、彼らのいうことは本当だろうと思った。

艦は機関に不良箇所を発見し、その修理のために、他の艦とともに予定どおりに出港できないことになった。横須賀から同行してきた二艦は、予定どおり三日後の朝、高雄の岸壁をはなれてマニラに向かい、帽振れに送られながら出港していった。

その翌朝、艦の前に一隻の駆逐艦が横づけられていた。塗料もうすれ、赤錆の浮き出た艦体から、相当にはげしく動き回ってきたらしいようすがありありとわかった。

見張りを交代した高角砲の前川が、

「菅原、あの艦に同期が乗っているようだ。眼鏡で見ると、相当に機銃掃射を受けているようだが、どこからきたんだろう。武山で同じ分隊にいたような顔が見えたから、まちがいないよ」と教えてくれた。

「よし、じゃ、おれがちょっと行って見てくる」

私は舷梯を下りて駆逐艦のかたわらにいった。艦橋や煙突、その他の構造物に、機銃掃射の弾痕が無数にあり、はげしい戦いをしてきたようすが痛々しいほどであった。

艦は、ひっそりと物音もしなかった。

私はしばらくのあいだ、船を眺めていた。ふと、甲板上の内火艇の中から立ち上がった者がいた。上半身裸で真っ黒に陽焼けしているが、それは武山で隣りの教班にいた南田であった。

「おーい、南田じゃないか。お前、この艦に乗ってたんか」

というと、彼はしばらく私を見つめていたが、思い出したらしく、

「おお、菅原じゃないか」と、なつかしそうに笑った。

「どこへいってきたんだ」

と聞いたが、それには答えなかった。

「お前だけか、この船に乗っているのは……」

「いや、十教にいた佐々木と、七教にいた大川と三人だ。大川は負傷して寝ている。佐々木

は上陸したよ……」といってから、思い出したようにたずねた。

「あの船には、だれとだれが乗っているんだい」

私は、同期の者の名前を上げたが武山の同じ分隊でも、二百四十名もいた者の名前と顔が、教育期間中の十ヵ月で、すべておぼえられないのは当然である。かれも残念そうにいった。

「顔を見ればわかるんだがなあ、名前をいわれただけでは顔が思い出せないよ」

「俺の船にこいよ、そうすれば、みんなわかるよ」

「うん、しかし、俺も忙しくて出られないんだよ……大川の分まで、俺がやらなきゃならないんで……」

とさびしそうにいった。

「そうか、じゃ仕方がない。おたがいに頑張ろう」

「うん、みんなによろしくな」

私は、南田が駆逐艦に乗って苦労しているらしいことを察した。彼も、もっとたくさん話したいことがあったのだろうが、どことなくあきらめているような、さびしそうな気配が気がかりだった。たった一人で、上陸もしないで内火艇を掃除していることだけを見ても、きびしい駆逐艦生活が察せられ、南田たちの苦労がどんなものかが、わかるような気がした。

新鋭駆逐艦であれば、補充兵もいないだろうし、徴兵と志願兵の現役ぞろいであろうし、そうした中で、特年兵としての彼らの立場は、やはり一番若い兵隊であるにちがいなかった。

それにくらべて私たちは、先任上等兵としての立場にあり、恵まれているといってもよかった。

私は前川に、右のようなことを語ってきかせた。

その日の午後二時ごろ、艦内が何かあわただしくなった。昨日、さきに出港していった二隻からの無電を傍受したらしかった。電信長の兵曹が、電文を読んで聞かせてくれた。私たちと信号員の手のすいている者が、そこには集まっていた。

「ワレセンスイカンニツイセキサル」

「ワレギョライコウゲキヲウク」

同行した二艦が、必死に回避運動し、対潜戦闘を行なっている姿が、想像された。一五〇〇ごろにはいった電信は、絶望的であった。

「ワレカンサイキトコウセンチュウ」

それ以後、二隻からの無電は絶えた。みんなの顔に沈痛の色がおおい、艦内にただよった。もしも予定どおり三隻そろって出港していたら、わが艦も、同じ運命をたどったにちがいない。

しかし、二隻の乗員のことを思うと、戦いとはいいながら無惨であった。

制空、制海権を失った海上を、敵潜が待ちかまえているバシー海峡を越えることじたいが、冒険であった。

このころでは、友軍の飛行機を見ることさえ、珍しくなりつつあった。そんなことは百も承知で出てゆくが、ただ任務を果たさず、ムザムザと沈むことに耐えられない気がした。

二隻の状況は、本艦もやがて出港すれば待ち受けている状況であろうと、考えられた。マニラまで到着することの、いかに困難であるかが想像された。

翌朝、駆逐艦は見えなかった。夜半に出港したようであった。もう十二月も半ばをすぎていた。

ヘイタイサン、サヨウナラ

「出港用意」――ラッパが鳴りわたり、艦は舫綱《もやいづな》を解いた。いよいよ最後の目的地マニラに向けて出港するときがきた。

いまや艦の機械は、完全に修理が終わった。乗員一同は、いつもと変わらない慣れた動作で、出港作業をしている。

私も持ち場の前部錨甲板で作業を終わり、整列して艦が静かに岸壁を離れるのを見まもっていた。

午後の陽が、西にひくく落ちていた。

「後進」「停止」「前進びそーく」

チン……チンチン、と速力通信器の音がする。艦長の何回となく聞いた号令が、きびきびと聞こえる。

「おーもかーじ」

艦は右に向きを変え、半円を描いて港口を目ざした。左舷を、出港の信号旗を掲げて、商船が一隻ずつゆっくりと港外に向かっている。

先頭に駆逐艦が立った。海防艦も見えた。艦はこの船団の最後尾についた。いつのまにか、岸壁に、工場ではたらいている女学生たちの一群が、見送りに集まってきていた。

白い鉢巻が、五つ、六つと、美しく見える。

「前進半速」

増速した艦上から、彼女たちも岸壁も、右後方に遠ざかりはじめた。

彼女たちは、いっせいに手を振ってくれている。私たちも大きく帽子を回してこたえた。その中の一人が、群れから横に抜けると、手旗信号を送りはじめた。

正しい原画《げんかく》であった。

「ヘイタイサン、サヨウナラ」

私は声を出して読んだ。

さらに大きく帽子を振った。さようなら、さようなら。生死は紙一重である。武運があったら、高雄にもどってこれるかもしれない。

夕陽のさす港口を、一列縦隊となって通過した。

輸送船四隻の最後尾に、艦は後衛のかたちでつき、先頭に駆逐艦一隻が、船団の右に海防艦一隻が、左に駆潜艇二隻がついている。

戦闘爆撃機「銀河」が一機飛んできて、船団上空を、しばらく哨戒してくれた。高雄の港も見えなくなるころに、総員配置について対空戦闘訓練を行ない、各機銃一弾倉ずつ試射をした。

曳光弾が、残照に染まる雲に吸い込まれるように、赤い尾を引いて上がっていった。

船団は約十ノット程度で、ゆっくりと夜のせまってきた海上を南下してゆく。

西のかなたに沈んだ陽が雲に映えて、しばらく海上を染めていたが、やがて闇が、ゆっくりとあたりをつつんでしまった。夜半に名の知れない島影に投錨して、仮泊した。見張り当直で艦橋に立った。

月がのぼって、海上はキラキラと美しく輝き、波のない島影は霧にむせぶように見えた。

船団は声もなく、ひっそりと島々のあいだや、影にたたずんで眠っている。明日のない身は、今日の疲れをゆっくりと休めていることであろう。錨鎖一本でつながれた艦は、潮の流れに艦尾をゆっくりと左右に振った。

羅針盤の夜光塗料を塗った文字が、そのつど静かに回転していった。

艦橋時計の音が、無心に時をきざんでいる。

高雄を出港してから聞いた話では、船団はリンガエン湾までゆく船団であって、本艦はリンガエン湾まで、これを護送しながら同行を命じられたということであった。

出港時、輸送船には、陸軍の兵員が甲板上に見え、馬も見えた。果たしてぶじに、リンガエン湾に着けるかどうか。リンガエン湾まで、何カイリあるのかも、それが比島のどのへんにあるのかもわからないけれども、ぶじに敵潜水艦のもっとも伏在するバシー海峡を乗り切れるだろうか、と私は思った。

月を見ていると、ふと、走り出したバスのかなたに、見送りの人々の先頭になり、酔いに染まった顔をして夢中で両手を上げて、万歳を叫んでいた父の姿や、なにもいわないで、怒ったようにしていた母の顔や、母にいいつけられた仕事をしないで、物置きの中でさびしそうにしていた弟の姿を思い出し、また砲術学校で、釣床教練をやった後の涙の流れて仕方のなかったことなどが思い浮かべられた。

すると、なにかしらの気持の安らいでゆくような感じがした。

高雄を出航するさい、陸爆「銀河」が船団上空を哨戒した

翌朝、完全に明けてから、泊地を抜錨した。昨夜の月夜はウソのように、海は荒れ模様となってきつつあった。

船団はゆっくりと、魔のバシー海峡に乗り出していった。之字運動をくりかえしつつ走っているのか止まっているのか、わからない速度で、ノロノロと南下した。

海峡の中央あたりにかかると、うねりが高く、船団は右に左に大きく傾いた。駆潜艇は波の谷間に沈むと、しばらく上がってこない。やがて、グーッと波の頂上に押し上げられるように出てくると、また沈んでゆくのであった。

一定時間になると、駆逐艦のマストに信号旗が上がる。信号員が望遠鏡でそれを読み、発唱する。

「十時三十分、左いっせい回頭」

了解の信号を上げる。やがて駆逐艦に、一枚の旗がスーッと上がる。

「一分前」と見張員が発唱する。駆逐艦の旗が、サッと下りる。

「時間」「とーりかーじ」と艦長のよくとおる号令。

「とーりかーじ。取舵十五ど——」と操舵員の復唱。

「よーそろー」「よーそろー」と艦長と操舵員の復唱。

船団はいっせいに左十五度に変針して横隊となる。対空、対潜見張りに、バシー海峡の夜はまた訪れる。空は美しく晴れ上がり、星が大きく頭上に輝いている。

翌日は、南国の陽がいっぱいに照りつけた。遠くに比島の山々が、紫色に淡く見えはじめた。昼近く、船団は、比島の沿岸を航海していった。初めて見る南の島。太陽は真上に、暑くギラギラと輝いて、海岸の椰子林を色濃く浮き出させ、砂浜が真っ白に、青い海と調和して見える。海はあくまで青く、神秘の色を深く秘めているようである。

終日、静穏な航海をつづけて第三夜を迎えた。夜中、見張りの疲れでグッスリと眠り、目をさますと、艦は錨をおろして停止していた。いつのまにか、リンガエン湾に入港していたのであった。

満天の星のかなたに南十字星が、水平線の真上にあった。暖かい夜風に、ガラガラとウインチの音を海上に伝えて、輸送船ははやくも荷下ろしをはじめていた。

陸上はひっそりとしているが、大発が往復しているのが見えた。早朝から、大発がいそがしく往復し、貨物の輸送に全力を上げていた。

私たちのまず最初の目的は達したのである。しかし、マニラはまだ遠い。艦は夕刻、出発するとのことである。

甲板士官の発案で、希望者で上陸し、椰子の実を取りにゆくこととなり、内火艇を下ろした。海岸に椰子林があり実をつけていたが、陸軍の歩哨が立って警戒していた。

聞くと、食糧として管理しているので、とることはできないという。私たちはさらに海岸に沿う道路を奥にはいっていった。管理されていない椰子の木には、すでに取りつくされてしまったのか、一つも実はついていなかった。

やがて、草と竹で編んだような家が一軒あり、家の前の泥のなかに、水牛が二頭、黒々とからだを横たえていた。

小川で洗濯をしている陽焼けした原住民のような女のひとが、意外と日本語で話しかけてきた。見なれない服装の兵隊だと思って、話しかけてきたようであった。いろいろ話して見ると、りっぱな日本人であり、十年前に、四国から移住してきたとのことであった。遠く故郷を離れ、異国の地に住む人を見て、私は人間の生活力の強さを思った。椰子の実は、陸軍が管理している以外は、このあたりにはない、という話で、私たちはあきらめて艦にもどった。

マニラ湾ニ突入スベシ

昭和十九年十二月二十七日、一五〇〇、いよいよ最終目的地であるマニラに向け、たった一隻でリンガエン湾を出港した。船団をぶじに送りとどけて任務を果たした駆逐艦、海防艦、駆潜艇の乗員すべてが、甲板上にならんで、帽振れでぶじを祈り、見送ってくれた。私たちも、いつまでもいつまでも帽子を振って別れをかわしたのであった。

湾外に出て、速力十三ノット、海岸に沿って南下した。

艦の機関は、快調に力づよいひびきを私たちの身体に伝え、艦首から切り裂かれる波は、舷側を泡だてていそいで後方に流れ、夕陽のさす海上に長い航跡の跡を曳いた。

どこまでも果てしなく黒々と見える陸地を左に見て、やがてようやく夜が明けると、山々がしだいにあざやかに浮き出てきて、左前方に、バターン半島が見えだしてきた。

朝靄が海面から湧き出しては、半島の周囲に立ちこめ、半島の山なみが浮き出て美しい。

半島をまわると、湾口にコレヒドール島が入口を扼していた。開戦時のマニラ占領のためには、どうしても落とさなければならなかったこの島の価値が、如実によくわかる思いであった。

バターン半島の最短位置に、野戦重砲を多量に集め、そこからコレヒドール攻略の支援砲火を行なわなければならなかったことも、じっさいにその地形を眼のあたりにしてよくわかるのであった。私は、感慨を深くしてこの島を眺めた。いまはなにごともなく静まり返っている。コレヒドール島の左の水道をとおり、艦は減速して湾内にはいっていった。徐々に視野をひろげてゆく湾内には、ひくく靄がたちこめている。その靄の上に、無数の沈船のマストが突き出ていて、林のように見えた。

太陽がのぼって、靄が急速に晴れ上がると、船首を突き出したもの、船橋をわずかに水面に出したもの、マストだけ出ているもの、デリックが浮き出ているもの、まさに艦船の墓場のようであった。

連日の空襲で、しだいに数を増したものであろうが、何百隻となく沈んでいる。

高雄の宿屋で会った駆逐艦の乗組員がいっていたとおり、「マニラにいったらかならず沈められる。毎日がすごい空襲だ」といったその言葉の真実がわかる気がした。

それだから艦は、「マニラに突入すべし」という異様とも聞こえる命令を、輸送艦隊司令部からもらったのだ、ということを、おびただしい沈船を目にして、私は理解することができた。

湾口から約一時間、朝陽の照り映えるかなたに、マニラの市街が見え、岸壁が数本、長く突き出て、屋根が駅のプラットホームのようにおおっていた。近づくにつれて、アメリカ式の岸壁と設備であり、外国の臭いがした。

艦は二号岸壁に横づけし、ワイヤーをとると、前扉を下ろしてただちに荷上げを行なった。横須賀を出港して一ヵ月近く、思えば平穏な航海をつづけて、ただなんとなく着いたような気もするし、いろいろなことがあったような気もした。

マニラも連日の空襲と聞いたが、それらしい気配もいまはなく、青々とした空には、まばゆい南の陽が、ジリジリと照りつけているだけである。

沈んでいる大小無数のマストや船体、波止場付近に見える爆撃の跡も、緑濃い熱帯植物に見えかくれする白い建物や、あざやかな街なみを見ると、まったく不自然な対照のようで、ウソのように思われた。

見張り当直で指揮所の上に勤務した私は、そんな感じを抱きながらも、目を港の全周上空に向けて、対空警戒をしていた。

午後すべての荷上げを終わった艦は、港の左側にある軍港の近くに移動し、投錨した。荷を下ろし終わった艦は、任務を果たして内地に帰航するはずであるが、そのような話はだれからも聞こえてこない。

夜、小雨が降り出し、二〇〇〇ごろ空襲警報が鳴り、雨合羽を着て配置についたが、はるか遠くの闇の中に爆撃機一機の爆音がしていた。

やがて爆弾の破裂音が聞こえると、飛び去ったらしく、爆音が遠ざかっていった。どこかの飛行場に、一発投下したようすであった。空襲警報が解除となり、配置を解かれた私たちは、それぞれの兵員室にもどった。

翌日、朝から熱い太陽が照りつけて、甲板も機銃も熱された。裸になっても、汗はつぎからつぎへと吹き出して、絶えまなく流れた。

午後、抜錨して岸壁に移動し、前扉を下ろした。なにを積むのか、どこへゆくのか、艦長はひとこともいわないが、新たな任務をもらったようであった。トラックが何台も到着し、トラックからただちに艦に積載されていった。トロッコのレールだった。枕木のついたレールが、つぎつぎとトラックから、そのまま艦内の戦車庫に運び込まれていった。

夕刻、約三百組のレールが積載完了し、前扉を閉じると「出港用意」が発令された。

サンフェルナンド急行便

涼しい夜気をうけて、艦は波を切っている。艦首で裂かれた水は砕かれて、きらきらと夜光虫をきらめかせつつ、艦尾に流れてゆく。満天の星は大きくあざやかに輝き、ふり仰ぐと届きそうに近い。

翌日の朝早く、ぶじに到着した。港といっても、小さな桟橋が半ば壊れかかって、暑い陽ざしに照らされているだけであった。

駆潜艇が一隻、艦首と艦橋の半分を残して、海中に沈んでいる。

どこからともなく設営隊員らしい人員が集まり、ただちにレールが運び上げられた。

いつ敵機がくるかもしれない。停泊中に艦が空襲されれば、もっとも弱いのだ。

約二時間で積荷を下ろし終わると、前扉を上げて出港した。

夜間にはいって私は、十時から二時間の哨戒配備についた。曇っているのか、星かげも見えない暗い夜となった。

月はまだのぼってこない。十一時ごろ、通りすぎてきた後方の海面がわずかに明るくなり、曇り空に映えた月が、にじんだようにのぼってきた。

岬のように見える突端に、小島が浮き上がって見える。左舷の陸地は灯り一つ見えず、黒々と闇にとけ込み、山々の重なりがわずかに月の光に見える。

突然、山の中腹あたりに、パッパッと二回、灯火が点滅した。

やがて海岸近くのあたりから、ヒュウーと信号火箭《かせん》が一すじ、赤い尾を引いて上がっていった。

「なんだろう」と思ったが、陸地のことであり、特別に気にする必要がないように思われた。

左舷の見張員は、だれもが認めたものと思われたが、だれもこのことを報告しなかった。

それはたぶん、みんな同じ考え方をしていたからであろう。

なにごともなく艦は、快速で航行している。私もまた割り当ての警戒範囲の見張りにもどった。

「潜水艦らしきもの、左百七十度」

それから約十分後に、後部見張員の報告によって全員が後方をふりかえった。なんにも見えない。ただうす明るい海上が見えるだけである。

信号員は確認したのか、

「浮上潜水艦一隻、左百七十度、右に進む」と発唱している。

「配置につけ！」

艦はにわかにピーンと緊張した。敵か味方かは不明であるが、味方潜水艦でない公算のほうが強い。

全員がすばやく各配置につく。

私は、坐りなれた射手の座につき、弾倉の装填された三連装機銃の銃身を水平に下げた。

「二番配置よし」と班長が戦闘指揮所に報告する。

「一番配置よし」

「前部配置よし」

「高角砲配置よし」

「爆雷配置よし」

「後部配置よし」

低いが力強い声が、海上に流れる。

じっと見つめると、岬の突端にある小島のわずか左に、月光に映えた潜水艦が、ぶきみに移動していた。距離約二千メートル。高角砲は水上弾を装填して、一発必中の照準を開始している。爆雷はすべて安全ピンをぬき、落下させれば作動するように、先輩の山下兵曹と同期の佐藤、池上らが懸命に動き回っている。

潜水艦は小島の方向に、すこしずつ動いている。

「あっ、二隻いるぞ」

一隻は小島の影になっていたので見えなかったが、島から出て岬の方に向かってゆく。丸い司令塔が見えるが、いぜんとして敵か味方か不明である。こちらは暗い闇の中を進んで潜水艦から、遠ざかりつつある。

風はひょうひょうと、鉄かぶとの耳元をかすかに吹き鳴らしている。

やがて二隻の潜水艦は、岬のかなたに消えていった。息づまる数十分がすぎていた。

「用具収め」が発令され、弾倉をはずし、薬室に装填されている弾薬包を抜く。

哨戒直のものは、またもとの見張り配置につく。私も指揮所の眼鏡に取りついて、暗い海面をさぐった。陸上の信号と浮上潜水艦とは、無関係ではないように思われてならなかった。

夜が明けて、マニラ湾に入港した。

最初の夜に投錨した地点に仮泊した。マニラの市街を見物したかったが、上陸は許可されなかった。

「マニラ市街は、テロ行為が多いため、外出禁止になっている」

ということであった。

軍需部から受領してくる生鮮食糧はとぼしく、野菜は冬瓜《とうがん》とか、紫色の大きな里芋などが支給され、粉味噌でつくった味噌汁に冬瓜がよく現われた。

照りつける太陽は、静止している艦の鉄を焼く。昼食は前甲板にシートでおおいをかけ、その下で褌一枚になって食べるが、汗は止めどなく流れて褌の紐でせき止められ、褌がすぐに洗ったように濡れるのであった。

夜は、全員が甲板上に寝た。夜は気温も下がり、涼しくなる。寝心地はよかった。星は美しく、星をあおいで寝る心地は、戦場にあることを忘れさせるほどであった。

補充兵も、志願兵も、星空を見上げながら、故郷の話に花を咲かせていた。夜半にスコールがきて騒然となったが、またすぐに静かになり、昭和十九年の大晦日はすぎていった。

明けて昭和二十年の元旦は、昨日と同じく暑かった。朝食は昨日の午後についた餅が、雑煮として冬瓜の味噌汁にはいっていたが、せっかくの主計科の心づくしも、すでにすっぱくなっている餅であった。

それを食べてから全員が前甲板に整列し、艦長の号令で、内地の方向に向かい宮城を拝し、武運の長久を祈念した。

午後から岸壁に移動して、またレールの積載を行ない、夕刻にはサンフェルナンドに向けて、二回目の輸送に出港した。

マニラの司令部も、艦のレール輸送が終われば、内地に帰すという話が伝わってきたが、艦がどこから命令をうけて行動しているのかは、艦長以外にはわからなかった。艦長は言葉のすくない人であり、マニラに内地からの物資を輸送し終えた時点で、すぐに内地に帰港するはずであったのが、こうしたレール輸送に使われることなどについては、いっさい語らなかった。ただ与えられる任務を、黙々と遂行するために全能力を傾ける人であった。

われわれもまた艦長を信じ、艦の幸運を信じ、艦長の命令のとおりに行動することで十分であった。

私はいつのころからか、本艦は絶対沈まないという気がしていた。なぜかわからないが、乗艦いらいのいろいろのことを体験して、少しずつその思いが確かなものとなってゆくようであった。

前回と同じく、翌朝ぶじに到着したが、荷上げが午後おそくなってからはじまり、終わったのが夕刻であった。

艦は夜半に、マニラへの帰港の途についた。前回のこともあり、陸地にも私は十分警戒して見張っていた。

夜明けの海は、いつ見ても静かで美しい。東方から海上が明けそめると、海はじょじょに本来の青さを取りもどしてゆく。艦首に砕かれる波は、目にしみるように白く清潔である。海岸に寄せる波の白さと、深い緑色と紫色の山々とは、よく調和のとれた絵のような美しさであった。

陽がのぼり、頭上にせまってくるにつれて、それらは白熱につつみこまれてしまう。午後になって、マニラまであと三時間ばかりの地点にさしかかった。ようやく艦内にほっとした

空気が流れ、やわらいできたとき、

「あっ、船が燃えている」

と叫び声が上がった。その指さす方を見ると、白く光る海岸に、一隻の貨物船が砂浜に乗り上げて、煙と炎をさかんに吹き上げて炎上している。

約一千トンばかりの船であった。海岸まで約四千メートルである。どこからきた船か、いま少し前に敵機に襲われたらしい。武装をほとんど持たない商船は、必死にのがれて沈没を防ぐために、海岸に直進して砂浜に乗り上げたのであろう。

レイテ島のあたりから、小型機やB24が飛来して一撃を加え、さっと風のように消え去るということは、かねてから聞いていたが、現実に目の前に被害をうけて炎上している船を見ると、信じられないように思われた。

沿岸哨戒をして飛び回っているわけではないのに、いつのまにか空襲に現われるということが納得のゆかないことであった。思うに、浮上潜水艦が現われた夜のことを思い合わせると、要所要所に原住民のゲリラ分子がいて、昼夜、海上を監視し、ただちに敵に連絡しているものと考えられた。それにしても、いままで往復四回も通っていながら、敵機と遭遇しなかったのはなぜだろうか。夜間だけ航行していたからかもしれなかった。もしも二時間ばかり早くこのあたりを航行していれば、炎上中の船は本艦であったかもしれないのだ。

そんなおもいで、燃えつづけている船を私は見つめていた。すると視野の中に、黒い浮遊物がはいってきた。目をその方向に向けると、右前方、左四十度、距離約五、六百メートルのところに人間が浮いて、手を上げている。

　私はとっさに報告した。

「左四十度に人が浮いています」

　全部で四人いた。大声で助けをもとめ、手を上げているが、声は聞こえない。艦長は、双眼鏡をジッと見ていたが、

「機械停止」「救助用意」を発令した。

　甲板士官が指揮してロープが用意され、艦は近寄っていった。近づいてきた者からロープを投げてやり、五、六人がかりで艦に引き上げてやった。

　ロープにつかまった遭難者は、みずからはい上がる体力がなく、ぐったりとしているので、一人を引き上げるのに、だいぶ時間がかかった。

　その間に、手のあいている者は甲板に、シートで日除けをつくり、毛布を敷いて休憩所を急造した。

　指揮所の見張りをのぞいて、大部分が作業に従事し、他の見張りも救助作業に注意を奪われていた。

　四人を艦上に収容するまでに、すくなくとも三十分か四十分を要した。

　私は指揮所にいて見張りをつづけ、ときどき作業を見たりしていた。

　ようやく四人を収容し終わったとき、艦から三百メートルぐらいのところに、さらに一人だけ、離れて浮いている者がいた。私は少し気がかりになってきた。敵機がいつまた現われ

るかもわからない地点に、長く停止していることの不安と、敵潜の雷撃をうけたら回避することのできない危険性を考えたからであった。

海面をぐるりと眼鏡で確かめ、眼鏡から眼を離して、水平線から上空を警戒した。ふと、爆音を聞いたようにおもった。周囲を見回したが、飛行機の影はない。しかし、爆音は低く聞こえる。思わず上空を見ると、はっとした。Ｂ24が一機、頭上に迫ってきている。

「敵機、Ｂ24、頭の上」

大声で叫ぶ。全員がいっせいに頭上を見る。

「配置につけー、対空戦闘」

「前進半速、急げ」

艦長の鋭い、やつぎばやの号令がかかる。

ダダーッと私は鉄梯子をおり、機銃に飛びついた。壁にかけてある鉄かぶとをかぶり、急速に銃身を上げ照準した。仰角約八十度、ガチャン、ガチャンと弾倉が装填され、開栓を引いてもどす。

「二番配置よし」

Ｂ24は艦が配置につくのを見ると、クルリと反転した。あの貨物船を攻撃したのは、こいつかもしれない。爆弾も機銃も使い果たしたので、向かってこないのだろう、と私は思った。

艦はようやく速度を増し、ザザーッと波を分け出した。風が起こって、耳元をヒューと鳴らして過ぎてゆく。

一人だけ海上にとり残された者は、艦が走り出したのを見て、必死に片手を上げて救助を求めている。それが私の機銃台の真正面にきて、じょじょに艦尾の方に遠ざかってゆくのを、私はただじっと見送っていた。

浜辺には、船がまだ炎々と燃えつづけており、少し小波の立ってきた海面は、鉛色に沈んだ色を見せていた。救助された四名は、いずれも台湾の船員で、空襲中の船から海中に飛びこんだもののようであった。疲れと安心感からか、彼らは身動きひとつしないで眠っていた。艦は十六ノットで、一路、マニラに急行している。マニラにはいる前に、小型機が来襲するかもしれない。

マニラ湾の落日

夕方、マニラに入港した。救助された船員は、司令部の指示で下艦していった。艦はいつものブイに舫をとった。ひときわ赤々と美しい夕日が沈んでゆき、青い空に残光がしばらく湾内に映えて、夜にはいった。

翌日、また岸壁に移動し、レールの積載がはじまった。

「これでレールは終わりであり、これだけ輸送すれば、本艦は任務を解かれて内地に帰港できるそうだ」

という話がはいった。昼食後まもなく、艦長があわただしそうに士官を集めて会合してから、司令部に命令受領にいった。

心なしか、湾内にも異様な緊張が漂いはじめたようであった。

水偵や零戦が飛び上がっていた。甲板士官がきて、

「ただちに前扉を閉めろ」と命じた。

私たちはなにかが起こったか、または起こりつつあるのを感じたが、いわれるままに配置につき、前扉を閉鎖した。それまで積載中の作業員も、トラックに乗って引き揚げてしまっていた。それまで積載したレールは、そのまま戦車庫内におさめられている。

作業が終わってから、甲板士官が前部甲板員を集めて、はじめて真相を明らかにした。

「偵察によれば、マニラの沖を、敵の機動部隊と大輸送船団が北上中との情報がはいった。したがって明日、マニラが大空襲される公算がきわめて大きい。艦をどうするかは、いま艦長が司令部にいっておられるので、帰られたらはっきりする」

その話のさいちゅうに電信員がやってきて、さらにくわしい情報を伝えた。

「傍受した報告によると、敵は戦艦五隻、巡洋艦三隻、航空母艦五隻の大機動部隊。その後方に、輸送船二百隻以上が、マニラの西方三十カイリを北上中である」

やがて艦長が帰ってきて、全員を前甲板に集合させた。

「敵大輸送船団および敵機動部隊が、マニラ南西を北上中であり、明早朝から艦載機による大空襲が予想される。司令部は、在港艦船は陸上に上がって退避せよ、という指示もしたが、本艦は香港に向けて、いまから出港することとした。しかし、敵機動部隊と輸送船団のなかを突破することとなるので、かならずや敵と遭遇することを、覚悟しなければならない。そ

のときは、艦の高角砲、機銃を、すべて発射しながら突撃する。全員もう一度、各持ち場を点検して出港用意にかかれ」

艦長の口調は、いつもとまったく同じであった。

艦内は急に緊張した空気につつまれ、出港用意を急いだ。

空は曇ってきて、あたりがうす暗くなってきた。

私は前扉のボルトを点検し、しっかり締めつけ終わってから、居住区にはいって下着を交換した。おそろしい感情はなかった。身のうちから、なにかがこみ上げてきて興奮してくるのを感じた。

爆雷長の山村先輩からサラシ布をもらい、手拭のようにして、「撃滅」と墨書して鉢巻にして締めた。

日没になる前に、艦は出港した。

前方に、一等輸送艦らしいのが、同じく出航している。この艦がいたことは、まったく知らなかったが、二隻で香港にゆくことにしたようである。

一等輸送艦らしいのは、のちに水雷艇「初雁」とわかった。

その「初雁」が一番艦となって先頭を切り、暗く荒れ模様の港外へ、全速で出港した。

「艦内哨戒、第一配備！」

全員が戦闘配置につき、その場で見張りを行なう。敵と遭遇する時刻は、夜半十一時から翌日午前一時のあいだであろうということである。港外に出て針路を西北にとり、之字運動もしないで一直線に走り出した。夕食も夜食も交代で行ない、目を皿のようにして暗い海上を見張った。

双眼鏡をすべて出して、首に下げた。

夜はしだいにふけてゆき、それとともに視界がわるくなって、海上は真っ暗な闇につつまれた。

わずかに、一番艦の艦尾から巻き上がるスクリューの水煙が、かすかに眼鏡に映るていどであった。

だれも話すものもなく、艦は全速を出している。機関の音と振動と、波の音だけが重々しく聞こえるのみであった。戦車庫内のレールが、艦の動揺によってガラガラと崩れるのが、ときどき聞こえた。

時は刻一刻と、会敵の時期にちかづいてゆく。艦の緊張も、それとともに極度に高まっていった。闇のなかになにかの気配をかぎとるかのように、全神経を集中させた。

「前部異状なし」

「中部よし」

「後部異状なし」

一等輸送艦。敵の制空権下、強行輸送をおこなう必要にせまられて誕生した高速補給艦で、約260トンを搭載できた

報告が絶えまなく艦橋に、ひくくとどけられる。波の音も、機関の音も、風の音も、耳にはいらなかった。

雨合羽を着た人形のように、身動きもせず、機銃台に立ちつくす乗員の上に、ときどき艦首から砕けるしぶきが、霧となって降りかかった。

「ワレテキキドウブタイトソウグウ　タダイマヨリトツゲキヲカンコウス」

会敵の場合、打電する電文を用意してあった。

やがて十一時になった。が、なにも見えない。逆探（逆電波探信機）も感度なし。肉眼では先頭艦も、海上をおおう霧か靄《もや》とともに、闇にとけこんで見えない。

十二時がすぎた。あと一時間、祈るような気持であった。いまにも闇の中に、敵艦がふいに現われてくるような気がした。

〇一〇〇も異状なくすぎた。がしかし、まだ油断はできない。〇三〇〇になって、ようやく虎口を脱した気配を感じた。おそらく敵の前方を横切ったものと思われた。

やがて海上に、夜明けが訪れてきた。曇天で、海上はいぜんとして荒れ気味である。

海面に霧がかかり、視界は悪い。夜が明ければ、敵潜水艦と機動部隊からの哨戒機に、発見される脅威がある。それに優秀なレーダーを装備している敵は、こちらが発見しない前に、その所在を探知することができる。

いぜんとして、警戒見張りを厳重にして航進する。艦首の分ける波が、右舷が大きいので点検すると、右の動揺どめが艦底からはがれ、水圧によって外方に曲げられていることがわかった。

〇八〇〇すぎに、交代で朝食をとる。気温が上がってきたが、雲はひくく視界は同じく悪い。

〇九三〇ごろ、右舷に艦影を発見した。霧の中にボーッとにじんだように見え、艦型もよく見えない。

巡洋艦らしい型である。艦と反航の態勢で、停止しているように見えた。信号員が必死に大型眼鏡に取りついて、敵味方の識別と艦種を確認しようとしているが、よく見えないようであった。やがて、それは影のように霧の中に消えていった。

敵ならば当然、攻撃してくるであろうし、そのままにしてゆくとは考えられないので、味方の重巡らしいということになった。

午後になって、敵機動部隊と遭遇する危険性もうすらぎ、艦内哨戒第三配備となり、通常の三直交代となった。之字運動をせず、全速で香港めざして直進した。

その夜の晴れた星空は、ことに美しく見えた。

翌日の午後、遠くに大陸が見えはじめた。近づくにつれ、しだいに風景がはっきりしてきた。赤い土肌がつらなり、緑の樹木があざやかであった。海岸にそって北上し、一四〇〇ごろ香港に入港した。広い港内には、船の影が見えなかった。

港内のブイにワイヤーをとり、はじめて目にする香港島の街なみや、対岸の半島を眺めまわした。

夕刻、「初雁」に給油船が横づけされて、燃料補給をうけているのが見られた。

その夜は、艦内で酒保がひらかれ、ぶじに敵前を脱出できたことを祝福しあった。

翌日、艦は動揺どめ修理のために、ドック入りすることになっていた。「初雁」は〇八〇〇、私たちの艦とたがいに帽振れをかわしながら、内地に向けて滑るように出港していった。

午後になると艦はブイを離れ、曳船に引かれてドックに向かった。港の入口に近い太姑ドックという造船所の船台に上ったころは、すでに夕刻であった。

翌日から修理のための準備が、艦の周囲に進められていった。艦体を支えるためのつっかい棒や土台、外舷を塗装しなおすための足場などがほどこされた。

夕食後、外出が許可された。集会所にいって、配給された券でハヤシライス、ミツ豆などを食べた。

集会所には、多くの姑娘《クーニャン》が働いていた。彼女たちは、それぞれ春子、冬子、夏子、秋子などと日本名がつけられているらしく、片言の日本語で、自己紹介しては給仕してくれた。

中国服をピッチリと着こなして、みんなが上流家庭の娘たちのように品がよく、教養もあった。

集会所の中に、彼女たちのひく「君何時再来《ホーソンツエンツアイライ》」という曲がピアノで流れていた。こんな中にいると、香港はまだ戦場の外にあり、平和そのもののように思われた。

艦が修理を終わるまではなにもすることなく、このしばしのときを、私たちは香港島の見学についやした。造船所の片側には山がせまっており、山の台地に海軍警備分遣隊の宿舎があった。英軍が使用していた四十ミリ機関砲一門と、人員が二十名ばかり、主として見張り警戒に当たっているようであった。

この分遣隊のトラックを借用して、香港島を一周した。島の中央が山脈となり、中腹付近には大商人の別荘や華僑の別荘、かつての英国人の別荘、邸宅が立ちならび、蔣介石の別邸も管理人が厳重に管理して、六角五層の豪華さをいまだに保持していた。

島の上部には、周遊道路が鉢巻のようにつくられていた。かつて香港攻略戦のときに、この道路を進撃していったらしく、道路の曲がり角にはかならず二、三基の墓標が建てられ、草花が供えられていた。

その位置に立ってかなたを見ると、道路のカーブした地点と、その先の突端に、トーチカが二つあった。かならず二方向のトーチカから集中射撃をうけるようにつくられていた。トーチカには、当時の激戦をしのばせる無数の弾痕が、生々しく残っていた。島の反対側には海水浴場などもあり、四方が海のドライブ道路は快適で、しばし私たちの心をなごませてくれた。

敵艦載機来襲す

艦の修理もはじまったころの一月八日の午後おそく、駆逐艦を先頭に、海防艦二隻と駆潜艇二隻に護衛された一万トン級の大型輸送船が五隻、静かに入港して港内に停泊した。

ひっそりとしていた港は、これらの艦船で急ににぎやかになり、その夜の集会所は兵隊でいっぱいであった。いまごろ、こんな船団があることにふしぎさを感じた。どこからきて、どこにゆくのか知るよしもなかったが、どこからともなく、ビルマの飛行場設営のための人員資材を満載しているのだ、というような話が伝わってきた。

船団は、じっと港内にいて出港する気配が見えなかった。入港して三日目の一月十一日早朝、突如、空襲警報のサイレンがひびきわたった。

総員配置につく。雲ひとつない空である。向かいの警備隊の四十ミリも配置についている。手旗でレーダーの感度や、対空見張所からの報告を伝えてくれる。

「セキチュウハントウジョウクウ　ヘンタイバクオン　シンロホクホクトウ」

やがて港外から、爆音がごうごうと聞こえてきたかと思うと、小型機が三機ずつ編隊を組んで姿を見せた。

港内の艦船や陸上の砲台から、いっせいに高角砲が撃ち上げられ、たちまち空は弾幕と轟音に閉ざされた。

第一陣の約二十機は、向かい側の啓徳飛行場めがけて突入していった。はげしい機銃掃射と爆弾の炸裂する音が、間断なく聞こえた。これは港の反対方向にさっと離脱していったが、つぎの第二陣は約四十機で、停泊中の艦船に対しては、猛烈に急降下しては、機銃掃射と投弾を反覆くりかえしてきた。

高角砲と機銃の弾幕は港内に充満し、高角砲の破片が、私たちの艦の周囲にバラバラと降ってきた。

艦船がどうなっているのか、造船所からはよく見えなかった。

投弾を終わって急上昇してゆく敵機が、横腹を見せて艦の上を通過してゆくのと、新手の編隊が港口に現われるのが見えるだけであった。

上空には敵機の姿が自由に飛び回り、友軍機の姿は一機も見えない。

くりかえしくりかえし、敵機は、入れ変わり立ち変わりにやってきた。昼にばったりとやみ、一三〇〇ごろから一時間ばかり空襲して引き上げていった。

その日の戦闘で、輸送船三隻が沈んだようであった。海底に着底して、上部だけが浮かんでいるのが見えた。

翌日も〇五三〇からやってきて、一二〇〇ごろまで空襲して、あとはばったりと止んだ。だが、その敵機のうちの三機は、海面すれすれに低空で侵入してきて、食時中のふいを襲ってきたものもあったりした。敵にも抜けがけの功名を狙うやつがいるのかと、私はその攻撃精神の旺盛なことを改めて知らされた思いがした。

その日、輸送船は全部、沈められてしまった。護衛艦艇も、あるいは直撃をうけたり、至近弾をうけて、ほどんど沈んだ。残るのは、もはや駆逐艦一隻のみであった。

三日目も、敵機は〇六〇〇ごろからやってきた。

目標を、駆逐艦と港湾施設に向けたようであった。

〇八〇〇ごろ、六機の敵機は、ついに太姑造船所に対して攻撃を加えてきた。向かいの山から姿を現わして急降下にはいり、投弾した。艦は全機銃の弾幕を撃ち上げた。私も先頭機の前方を照準し、力いっぱい撃発起動桿を踏みつづけた。

三連の機銃は仰角約八十度で、たけだけしく上下し、カラ薬莢がいそがしく甲板に吐き出された。ほとんどの爆弾は海中で水柱を吹き上げたが、二発は水際のコンクリートに落下し、弾片を吹きちらし、一弾は五十メートル向こうの三階建ての事務所に命中して、その半分が一瞬にして崩れ落ちた。その崩れた煉瓦の粉と砂塵が一面に舞い上がり、上空が真っ赤になって、しばらくはなにも見えなくなった。

照準不能で私は機銃を俯角にして、一、二番手に銃身を水で冷却させた。敵機は、つぎつぎに急降下しては投弾するが、視界不良で見えない。ふと右を見ると、旋回手が頭を垂れている。機銃長である班長に、

「旋回手負傷！」と報告しながら、椅子から下りて抱き起こして見ると、どこにも負傷はしていないし、出血もしていない。

よく見ると、額の上部に小さな傷がついて、血が少しにじみ出ている。鉄かぶとのひさしが、わずかに歪んでいるところがある。

班長は旋回手を、左後方の旗甲板に寝かせておくように指示し、右一番手に旋回手を命じた。

落下する爆弾の炸裂音と、吹き上げられる弾片と瓦礫とともに、火のついた材木が、かるがると舞い上がって飛んでくる。

やがて六機は去り、空はじょじょに晴れた。

グラマンTBFアベンジャー。菅原上水の乗艦108号輸送艦は香港で米艦載機の攻撃をうけ、戦死3名を出した

私は機銃を山の頂上に向けて、俯角を上げ、つぎの攻撃に準備した。左後方の旋回手は、身動きもしないで横たわっている。二名の看護兵はなかなかやってこない。防弾チョッキをなおした。

右胸の布が二センチほど切り裂かれている。

後部の方を見ると、高角砲の砲尾につかまっている前川が見えた。彼は緊張した顔で立っているが、右脚のももを止血帯で包帯をしているのを認めた。彼は破片で足を負傷したらしい。痛さを必死にこらえている顔であるのをさとった私は、わざと彼を元気づけるために、ニヤリと白い歯を出して笑って見せた。

彼は私を認めたが、表情を変えなかった。あるいは私を認めなかったのかもしれない。

後方右舷の建物が燃え上がっている。私はもう一度、前川の方を見た。彼はじっと、向かい側の海の方を見ていた。

山のかげに爆音がするので、私は山の頂上に照準をつけなおした。やがて、三機が頂上から姿を見せた。そのあとに三機がつづいて、そのまま頭上を通過してゆくように見えた。機銃は、ほとんど直角となった。そのとき先頭機がくるりと反転して、逆落としに突っ込んできた。

「てーっ！」

撃発起動桿を、両足でグッと力いっぱい踏みこんだ。ダダーッと、発射器と機銃の反動が伝わってきた。

敵機は照準環の中心に、ぐんぐんと大きくなってくる。そのとたん、強い振動とともに目の前に巨大な火柱が上がった。熱い。とっさに顔を下に向けるが、熱くて火の中に顔を突っこんだようだ。熱さの中で私は、「ああ、これが最後かな」と、ふとそう思った。その間、時間にして何秒くらいのものだったか。一瞬のできごとのようでもあった。

機銃台の下から、黒煙と炎が上がってきている。旋回手を見ると、顔の左側が真っ赤に火傷している。私の顔ぜんたいも、ビリビリ痛む。

敵機は海上を旋回しているらしく、音は聞こえるが、姿は見えない。機銃台の真下に落ちて爆発し、重油タンクを破ったらしいということがわかってきた。爆弾の炸裂した火柱で、機銃台のみんなが火傷を負ったのである。重油が船台の下に流れ、火がついて火勢が急激にひろがって強くなっていった。まるで艦が下から火あぶりになっているような状態である。

艦橋から、「総員退避」が令された。

「よし、みんな、ひとまず艦から離れろ」

という声で、機銃員はそれぞれ思い思いの方向に走った。

艦の内部は両舷から炎が上がっていたので、私は前部に走った。前甲板を前扉のところへいって舷側を見まわしたが、ロープ一本みえない。そのとき、ドックの底に錨を落としていた錨鎖が目にはいった。錨鎖を伝わって降りられないものか、と私は思った。しかし、高い艦首からは、とうてい無理だと判断して、また後部に走った。

高角砲のわきを通るとき、前川のことを思い出してさがしたが、姿が見えない。

だれかが、走れないで倒れた者を、いっしょに退避させようとしている。

「だれか手を貸してくれ。おい、だれか手を貸してくれ」

と叫んでおり、私の前を走っていた者が、力を貸してやった。

私は、後部右舷にいった。

爆雷の近くに、外舷塗装のための足場が吊ってある。そのロープを伝わって足場に降り立ち、足場に両手をかけて、いっぱいに伸びると、ようやく船台のうえにつま先がとどいた。

船台からドックの底に飛び降り、階段を上がって、コンクリートの上を海岸に向けて走った。が、途中、立ち止まって、艦を眺めた。煙が艦全体をつつみ、炎が前部のほうまで広がっていた。

私の機銃台と右舷の機銃台のあたりから、弾薬包が自爆する音が、バン、バン、バーンとさかんにしている。かたわらに寄ってきただれかがいった。

「ああ、艦が駄目になる、なんとかして、火を消さなければ……」

「いや、危険で近寄れない。消火栓もない。水もない。仕方ないんだ」

と、私は自分にいい聞かせるように、彼にいった。海上を旋回しつつ様子をうかがっていた敵機が、ふたたび艦の上空に飛来してきた。

若桜、香港に散る

炎と破裂音の中から急降下してくる爆音が、鋭く耳にひびいた。本能的に海の方向に走る。頭上にせまってくる音で、着弾点の近いことがわかる。コンクリートの突端まで、とてもまにあわないと感じて、いきなりその場へ身を伏せた。

目の前に、爆弾でくずれたものか、身体がはいりそうな穴が口をひらいている。頭から急いでその中にはいったとたんに、三十メートルばかり後方に、爆弾が落下した。

中は思ったよりひろく、室内のようになっていた。穴の入口からのかすかな明かりで、三、四人がすでに入っているのが見えた。

「中にいるのはだれだれか」

と聞くと、単装機銃の射手たちであった。

十九年二月の一般志願兵の彼らも、ほとんどが対空機銃の左マーク持ちで、単装機銃に配置されていた。

「菅原上水、艦はどうですか」

と、口々に心配して聞く。

「艦は炎上中で、機銃弾が誘爆している。残念だが、このままでは本艦は駄目だろう。空襲が終わらなければ、消火もできない。それよりみんな、負傷しているものはいないか」

「はい、だれも負傷していません。菅原上水はどうですか」

「俺か。俺は顔と手を火傷したようだが、大したことはない」

「そうですか、ちきしょう、残念だなあ」

と彼らは、艦の不運を訴えた。

そのあいだにも穴を目がけて、敵機は急降下し、機銃掃射を集中していた。頭上のコンクリートにたたきつける弾着と爆音で、声もよく聞きとれない。

ひろさが約二間四方ぐらいの室である。高さは一間あるかないかで、もう一ヵ所のドックの船台を巻き上げる滑車室のようであり、滑車とワイヤーロープとが、中央に見えた。窓のような入口があり、ワイヤーが、そこから入ってきている。

窓の外に海水が見えた。敵機の機銃弾はその海水にも、しぶきを上げて集中されている。この穴を、防空壕と見ているようである。

「おい、だれか、前川上水を知らないか。見たものはいないか」

と私は、彼らに大声でたずねた。

「前川上水は、山側のほうへ退避したようです」

と、その中の一人が答えた。

顔全体がビリビリと痛い。左手の甲と、ひじも痛いようである。

滑車の縁にさわって見ると、ベトベトして油がついているようだ。私はそれを、とくに痛い顔の左半分に塗りつけた。左手の甲にも塗りつけたが、ツルツルとすべって油がつかないようである。敵機は、しつように銃爆を反覆して、勝ち誇っている。

急に、頭上にたたきつけるように迫る音がした。

身体をまるめて息をつめる。機銃弾の集中がとくにはげしい。

「来るぞ！」と感じたとたん、ガガーンと室内が揺れうごき、穴の一角がガラガラッとくずれ落ちた。

「ちきしょう！」

思わず叫ぶ。とどめの一撃とばかりに投下したものであろう。まさに直撃であった。しかし、コンクリートの厚さが、幸いにも防いでくれた。これを最後に、ようやく敵機は去った。

艦が炎上する煙と、炎と、誘爆する機銃弾、薬包の音だけが高くひびいて聞こえた。

穴から出て見ると、直撃の跡が大きく掘られていた。

艦は近寄りがたい姿で、炎上をつづけている。

方々に退避していた乗員が、艦の周囲に集まってきた。負傷者が調べられ、とりあえず集まった負傷者は、ただちに病院にゆくように命じられた。

異常のない者は、艦の消火に当たるということであった。

私は前川を負傷者の中にさがしたが、彼は見当たらなかった。負傷者はほとんどが軽傷で、小さな破片のはいったものや、火傷を負ったものばかりであった。

警備分遣隊のトラックを借りて病院にいったが、つぎつぎと担架で運ばれてくる重傷者で、病院はごった返していた。

私たちは後まわしにされ、午後になってから治療を受けることができた。顔の火傷は軽かったが、左手の甲は皮が飛んでなくなっており、ツルツルになっていた。また左のひじは、服の下で水ぶくれになって火傷していた。リバノール肝油で包帯してもらい、治療は終わった。

小さい破片がはいったものは、約五センチほども深くはいっていた。

艦の負傷者は十二、三名ほどであった。病室として一室が与えられ、全員がそこに居住して治療をうけることになった。板敷の床にアンペラを敷いた病室であったが、軽傷のわれわれには十分であった。

乾パンが昼食として支給されたが、あまり食欲もなかった。

私は前川のことが気がかりで病室の者に聞いたが、だれも知っているものはいなかった。夜になっても、彼は姿を見せなかった。艦はまだ炎上中で消火もできず、危険で近寄れないということであった。

傷が痛み、前川のことや、今朝からの戦闘のことなどが、いろいろと思いかえされて、その夜は眠られなかった。

艦は二日間燃えつづけて、自然鎮火した。

中部から前部へと延焼し、後部にきて消火した。中央部の機関室が防火帯となったようである。後部に火が入れば弾薬庫に引火して、艦尾は跡かたもなく吹き飛ばされてしまったはずである。鎮火してから、艦内外の点検が始められ、完全な消火作業を行なったようすであった。

戦死者の遺体と遺骨が収容された。戦死者は三名であった。正確には戦死二名、行方不明一名であったが、前川はついに発見されないまま、戦死と認定された。艦にも陸上にもいない彼は、いったいどこへ行ったのだろうか。足の負傷で遠くへ退避したとは思われない。艦に見えないのだから、陸にでたことはまちがいない。

こんなことが何回もくりかえしくりかえし、私の胸の中に思い起こされ、そのたびに、彼の負傷を知りながら、総員退避のときにはそのことを忘れて、自分の目の前だけを見つめて退避した自分というものの身勝手さが、恥ずかしく、私の同期生愛や彼にたいする戦友愛とかは、いったいどれほどのものだったのだろうかと、悔やまれてならなかった。

同期生のもう一名の戦死者は、泉谷上水であった。彼は海兵団では、分隊がちがった。配置も爆雷であった。爆雷は全部、特年兵が受け持っていた。爆雷長に先輩の山村兵曹、その部下に二名の同期生の佐藤、泉谷と、三名で受け持っていた。

泉谷は同期生でも、海兵団時代の同じ分隊では、ほかにだれもおらなかったため、私たちとは離れて仲間に加わらないふうであった。

その彼はドック下の艦底付近で、右腕を破片で失い、重油タンクから流出した油にまみれて戦死していたという話であった。

もう一名は、私の機銃の旋回手であった。彼は額に小さな破片を受け、意識不明となって、脇の旗旒信号マストのところに寝かせておいた。旋回手交替で、右銃の一番手がかわって旋回手となり、対空戦闘をつづけた。戦闘の合い間に見た彼は、同じ姿勢で、身動きも声も出さずに横たわっており、私は戦死したと判断した。機銃長も、私と同じく判断していたようであった。

その彼は、横たわっていた場所とちがう下の下士官通路で、骨となって発見されたという。下に降りるには、ラッタルを下らなければならない。意識不明の中で、せまってくる熱さと機銃弾の誘爆するところを、最後の生きる力を振りしぼって下まではい降り、ついに力つきて戦死したものと思われた。

空襲三日間の戦死者は、艦船部隊、陸上部隊とも、すべて海軍集会所の二階を安置所として収容されていた。

物いわぬ戦士となった人々は、アンペラに包まれて、ひっそりとならんでいた。艦船名、部隊名の標札が立てられ、遺体には階級、氏名を記入した紙片が、つけられてあった。

両手両足のないもの、胴体から下を失ったもの、それぞれが異なった姿であるのが、アンペラの形で判別できた。

艦の標札の場所には、泉谷上水の遺体だけが安置されていた。その夜、三名のお通夜をした。二名の同期生を失った私たちは、全員で線香を上げローソクをともし、交代で一晩中、お通夜をしてその冥福を祈った。

赤い支那ローソクの光に立ち昇る線香の煙が、位牌にまといつくように消えていった。
翌日、集会所の遺体はトラックに積載されて、火葬場に運ばれていった。

おしよせる苦難

私の場合は顔の左半分と、左手の甲と、左手の肘の火傷だけであった。そのうちでも、手の甲の火傷が比較的重かった。肘は服の下で水ぶくれとなっていた。毎日、リバノール肝油を塗付されるだけであったが、治療をうけにゆくと、乾いて貼りついたガーゼを湿らせもしないで引きはがすために、張りかかってきた皮がむしられ、そのたびに血が出て、なかなか回復しないようであった。

艦の負傷者の大部分は、爆弾の小さな破片が入っているものであった。細い鉗子《かんし》の先に、リバ肝のガーゼを傷口から徐々に入れるのだが、約五センチほども入るものもいた。尻に破片の入ったものは、入院していた。尻に厚くガーゼが当てられ、包帯を巻いているのだが、ガーゼが膿でビッショリであった。あおむけに寝られないので、身体を横にしていなければならず、つらそうであった。

それらの人からくらべれば、私の傷は、かすり傷のようなものに思われた。艦では焼けた機銃や弾倉を、工作部に修理に出すための作業や、焼け残った物の整理作業を、毎日やっているようであった。

私たち負傷者は、一室を与えられて治療を受けていた。板敷の床にアンペラを敷き、電灯もない室であった。

夜は、赤い支那ローソクをともし、アンペラの上に毛布をひろげ、それにくるまって眠った。南京虫がはい回り、シラミが増殖して、身体中をモゾモゾと動き回って、寝苦しかった。朝は新聞売りの少年の呼び声で、目をさました。治療がすむと、室で下着をひろげてシラミ取りなどして、時間をすごした。全治したものから、艦に復帰していった。

私は、手の甲になかなか肉が上がってこないため、一番最後まで残った。皮が張って、いちおう全治となるまで、一ヵ月を要した。最後まで残っていた三名とともに、艦に復帰した。

一ヵ月ぶりに見る艦は、煙に焼け焦げて赤さびていた。焼け跡を整理して、以前と同じように各班が居住していた。炊事は向かいの丘にある警備分遣隊とともに炊事をし、そこで食事をした。

病院帰りは、シラミと疥癬をみやげに持って帰った。帰った日に、下着から毛布まで徹底的に煮沸された。被服といっても、着たきりしか持っていないので、素っ裸になって、脱いだ物を煮えたぎっている釜の中に入れれば、万事が終わりであった。

焼けた機銃は修理が完了していたが、艦を復旧するかどうかが、まだ決定していなかった。単装機銃はほとんどが無傷で、いつでも使用可能であった。やがて全員が、艦から警備分遣隊にうつって同居することとなり、分遣隊の山に機銃陣地をつくるように指示があった。

単装機銃の全部を山に上げ、毎日、陣地づくりをおこなった。

比島に上陸した米軍は、こっこくとマニラに突入する情勢のようであった。

二月中旬ごろに、コンソリの編隊が、連日のように香港爆撃にやってきた。一〇〇〇ごろから、レーダー各見張所からの情報が、つぎつぎとはいってくる。一〇三〇ごろになると、空襲警報のサイレンが、周囲の山々にこだまして鳴り渡り、私たちは自分の機銃陣地に配置につく。機銃の仰角を八十度にして弾倉を装填して待っていると、やがて、ごうごうと編隊を組んだB24が現われ、バラバラと爆弾を投下した。高度約五千メートルでゆうゆうと爆弾を投下し終わると、港口から海上に抜けて帰る。約五十機が三波ぐらいに分かれて港内を一周し、爆弾の雨を降らせた。

私は敵機の方向を判定して、大丈夫と思うときには敵の爆撃を見ていた。機銃による射撃は、敵機の高度が高く、かえって陣地を教えるのみで効果がなかったので、射撃の命令は出されなかった。頭上に敵機の方向が向いているときには、防空壕にはいった。陣地めがけて投下する五百キロ爆弾は、空気を切り裂きながら落下してくる。その音は、まるで頭の真上に落ちてくるようなすさまじい振動と衝撃であった。

ほとんどが海に落ちて巨大な水柱を上げた。その衝撃で浮かんでくる魚を拾いに、ドックにはたらいている工員街からサンパンを漕ぎ出して、われ先にと群がり集まるのが、防空壕の入口から眺められた。

破壊用爆弾と人員殺傷用爆弾の二種類を混用しているらしく、無数の細かい破片が、道路に砂利のようにまき散らされて、その破片は、カミソリの刃のような切り口をしていた。爆撃は約一時間つづくのが普通であった。おそらくサイパンあたりからくるのであろうと思われた。

一〇〇〇に一時作業をやめ、早めに昼食をすませて待機していると、やがて空襲警報が鳴る。

「それ、定期便がやってきたぞ」

P38戦闘機が現われると、その2日後から空襲が始まった

といい合って、自分の機銃陣地につくのであった。

空襲は一週間ばかりつづくと、ピタリとやむ。忘れたころに双胴のP38が、飛行機雲をひきながら飛んでくると、その二日後から編隊がやってくるのであった。そのときによって機数と時間には、少しのちがいはあったが、コンソリデーテッドB24は変わらなかった。

陸上にうつっても、艦の警備が必要なので、交代で艦に泊まり、夜は歩哨に立った。夜食として汁粉や雑炊をつくって食べられるので、希望者が多かった。

糧食庫は、じっさいには焼けなかったが、焼失したことになっていたらしく、米や缶詰、砂糖、小豆などが豊富であり、なんとか処置しなければならないもののようであった。

しかし、夜ひとりで歩哨に立っていると、さまざまのことが思い起こされて、なんとなくさびしい感じがしてくるのであった。

二月の末にマニラは落ちた。そのマニラから、特務駆潜艇三隻が香港にたどりついた。彼らは、マニラの市街戦がはじまるころに、八隻で夜暗にまぎれて出港したが、コレヒドール島に忍んでいた敵の魚雷艇に発見され、応戦しながら避退しているうちに、五隻は離ればなれとなり、三隻だけがようやく香港に着くことができたという話であった。その中の一隻に、マニラから連れてきたという一匹の猿が、マストに、なにも知らぬげにつながれていた。

三月にはいって、艦の再建が可能かどうかを決定するために、工作部から調査員が四、五名やってきて、艦の内外を細かく視察して帰っていった。その結果、艦は修理されることに決定した。ただちに造船所は修理にとりかかった。

艦はにわかに活気づいた。

工員たちは、満足に栄養がとれないためか、青白い顔に細い手足ではたらいていた。鋸も鉋《かんな》も、イギリス式で押すものを使っていた。一枚の板を切るのにも、何回も休みながら切っていた。

日本人の監督が見えないと、腰を落としてしゃがみ、ノートの切れ端のような紙を取り出して、拾った吸殻をほぐした煙草を巻いて吸っていた。

「どうして仕事を、まじめにしないのか」と、手まねで聞いてみると、「飯が食えないので、力が出ない」という返事であった。

香港は消費都市であり、生産物はほとんどない。そのすべてが、大陸からの輸送によるのであったが、鉄道は広東を結ぶものだけであり、主として軍が使用していたものと思われた。

海上交通は、大型ジャンクにたよる以外に手段がなかったようである。その大型ジャンクも、沿岸哨戒の敵機に発見されれば、攻撃されて沈められるような情況であったのだ。

香港に住む中国人に、食糧が不足したのも、戦況の悪化から必然的にそうなったものと考えられた。

米は、一般市民の口には入らぬほど高価になっていた。

別荘地帯に住む一部の人々は買えたかもしれないが、ほとんどのものがラーメンのような食物を主食にしていたようであった。物価は高く、その日の米の価格によって、毎日、変動していた。

残飯や握り飯で、なんでも交換できる状態だった。工作部にはたらく工員も、その例外ではなかったようすであった。

艦の修理は、それでもすこしずつでき上がっていった。終日、鋲打ちの音が鳴りひびくころには、六割ぐらい仕上がっていた。

ふたたび海への日

艦ができ上がるまで、機銃陣地は陸上にそのままであり、日中は艦で整備作業を行ない、夕方、その日の警戒勤務員を残して分遣隊に帰る、という生活がつづいた。

マニラが落ちてから、B29が広東から上海までの大陸沿岸を往復して、哨戒をしていた。

小さい船舶は見つけしだいに銃爆撃されるようであった。大陸奥地から飛んでくるのか、朝九時ごろ香港島の沖を通り、夜九時ごろに帰ってゆくようすであった。

上陸から帰るとまもなく、キーン、キーンと、特有の金属音をまじえたエンジンの音が聞こえ、「配置につけ」の号令で、山の陣地に走るのであった。

しかし、港内に入ってくることはほとんどなかった。配置についても、海から吹いてくるそよ風に、酔いをさましているような状態であった。ある夜、いつものように配置についたが、B29の爆音が港内に入ってくるようであった。

「おかしいな」と思ったとたんに一発投下し、はるか左の方向に火柱が上がった。敵機は、そのまま海上に遠ざかっていったが、翌日になって、敵機は銅羅湾に爆弾を投下したものとわかった。そこは水上生活者のサンパンが、夜になると集結しているところである。そのサンパンの灯りを目がけて落としたようであった。数日して、干潮に乗ってそのときの死者が、港口の方に流されてゆくのが見えた。

米軍は二月中旬に硫黄島に上陸し、激戦中であるとの話が伝えられた。われわれがはこんだ対戦車艦が輸送した陸軍も、勇戦敢闘しているようすがしのばれた。そして、一升びんを下げて水をもらいにでた上等兵曹の姿が、目に浮かんでくるのだった。

三月中旬、ついに硫黄島は玉砕した。

それからはB24による空襲が、毎日のように始まった。天候に関係なく、雲が一面におおっているときでもやってきて、雲の上から爆撃した。レーダー照準をするらしく、重油タンクに命中して三日間も炎上させたりした。向かいの啓徳飛行場は陸軍が使用していたのだが、B24がやってきても飛び上がることはなかった。

双眼鏡で見ると、掩体の中に戦闘機らしい機体がはいっているのが見られた。ある者は囮《おとり》飛行機だといい、他の者は特攻隊用のとっておきの飛行機だともいったりした。

敵機が去ると、夕方の湾内をマルヨン艇が、爆音を立てて走り回って訓練するようになった。二名が乗って、一名が機銃にとりつき、一名がハンドルを握って三十ノットぐらいの速さで走り回っていた。集会所にゆくと、彼らといっしょになることがあった。飛行靴をはき、三種軍装に兵長の階級章をつけていた。私と年齢が同じぐらいか、もっと若い顔をしている者もいた。

予科練も乗る飛行機がなく、海上特攻要員とならなければならないところまで、状況が切迫しているのかと、前途のますます容易でない戦いの激しさを予測した。

四月にはいって米軍は、沖縄に上陸を開始した。南の方から三機、五機と飛んできては、啓徳飛行場に着陸し、翌日は北の方向めざして飛び去っていった。だれいうとなく、あれは沖縄に突入する特攻隊だということであった。

大陸奥地の敵の基地から、小型機も出没するようになっていた。

ある日、二式大艇が一機飛来し、啓徳飛行場付近の海上につながれてあった。夕食後、上陸しようとして着がえをしている最中に、突然、空襲警報があわただしく鳴り渡ったので、急いで陣地に走った。定期便にしては時間が合わないと思いながら、装填して待っていると、西の方向に爆音がする。

夕陽にくっきりと稜線を浮き出している鋸山の上に、点々と五機があらわれた。

飛行場上空まで侵入すると、一列縦隊となり、先頭機から二式大艇めがけて降下射撃を行なった。

二番機の射撃で二式大艇は火を吐き、たちまち燃え上がった。それは射撃訓練でも楽しんでいるような、整然とした一方的な攻撃のようにおもわれた。

水平飛行にもどった敵機は、私たちの陣地に横腹を見せて飛んできた。いままで見たことのない異様に首の長い戦闘機である。

ドックの岸壁に、水雷艇「初雁」が繋留していた。この艦は二月下旬ごろに、どこからかヒョッコリともどってきた。どこに行くのか、出ていくと二十日ばかり帰ってこないで、忘れかけたころにやってきた。対空戦闘に慣れているらしく、撃ち落とした敵機の種別や機数が、艦橋の両側に白ペンキで描かれていた。出ていって帰ってくるたびに、一つ、二つずつ、確実に多くなってゆくのが一目瞭然であった。彼らもすでに配置につき、「撃ち方はじめ」の号令を待っている態勢にあった。

敵機は、気づかずに腹を見せてやってきた。

私たちが引き金を引くより一瞬はやく、「初雁」の全機銃が、いっせいに火をふいた。曳光弾が先頭機と二番機、三番機に集中した。低空の敵機の速度は速かったために、時間的にはきわめて短い射撃しかできなかった。

ふいに集中射撃をくらった敵機は、一瞬よろめき、操縦士も呆然としたか上昇もせず、一直線に丘の方に直進し、山にあわや衝突と見えたが、ようやくに左急旋回でのがれた。そして、後続の二機も同様であった。ばらばらに、思い思いの方向に散り、鋸山の上空で集合してかなたに消え去っていった。

P51ムスタング。航続力をほこる第二次大戦最優秀戦闘機

それがノースアメリカンP51に、はじめて出会った日のことだった。

それから二、三日後の昼すぎてまもない時刻に、山の後ろ側に小型機の編隊爆音が聞こえ、高角砲が急射撃を三発おこなった。低空で舞い下りてきて港内を飛び回ったのは、じつは零戦五機であったのだ。P51の奇襲攻撃いらい、やや神経質となっていた陸上の高角砲が、先制射撃をしてしまったもののようであった。

友軍に誤って射撃されたことも知らないように、五機のわが零戦は、港内を勇ましく飛び回った。それは明日、沖縄に向かう特攻機であった。しかし、五機の零戦は、満々の闘志を香港の空いっぱいにふりまいて、あおぎ見る私たちに、かぎりないたのもしさを感じさせた。かれらは一時間ばかり制空したのちに、啓徳飛行場に着陸した。

その日の夕方、沿岸哨戒のB29が海岸線から港内に入ってきた。帰るついでに港内の状況を偵察してゆこうと考えて、入ってきたもののようであった。

啓徳飛行場に、いっせいにエンジン音がとどろいた。

まもなく零戦五機が、全速で上昇してきた。これを見たB29は急反転して逃走しはじめたが、零戦はグングンと追っていった。やがて追いついた敵機に攻撃をかけているのが、夕空のかなたに見られ、じょじょに小さくなっていった。約三十分ほどして五機は、勢いよくかえってきた。みごとに撃墜したもののようであった。

翌日〇九〇〇ごろ、この五機は、翼をふりながら上空を一周し、そろって沖縄の方向に遠ざかって消えていった。

四月下旬、沖縄もついに玉砕し、「大和」も特攻隊として出撃し、沈んでしまったことがわかった。艦はこのころ、いっさいの修理を完了し、機銃を搭載し弾薬を補充してドックを降り、ふたたび海上に浮かんだ。

港内で試運転を終わり、新たな任務をもらうまで、岸壁に待機していた。

アモイ急行便

昭和二十年五月一日に、艦の乗員はそれぞれ進級した。先輩の山村兵長は二等兵曹に任官し、二期の私たちは兵長になった。

沖縄が玉砕して米軍に占領されてから、香港は忘れられたように、B24の空襲もこなかった。暑さがくわわって、南国の青空に太陽はなにごともないかのように照りかがやき、木々の緑もあざやかだった。

六月にはいってまもなく、艦は試運転をかねてか、アモイに補給品受領の任務をもらい、南シナ海に出航した。

ひさしぶりの海は、新鮮で楽しくさえあった。艦首が切り裂く波も、はたはたと鳴る軍艦旗も、白く長くひく航跡も、機関室からひびくエンジンの振動もこころよいばかりであった。朝に出港し、午後に入港して岸壁に横づけ繋留した。アモイは、西洋風の雰囲気をもつ古い小さな町である。

私たちは、さっそく上陸して市内を見物した。夜にはいって警戒警報が鳴りわたり、いっせいに灯が消えた。

B29の爆音が暗い沖合いを、ひくく旋回しているようであった。

やがて、ドーン、ドーンと音がして、照明弾らしいものを投下したか、海上がボーッと明るくなった。約三十分ほどして、爆音が遠ざかってゆき、警報も解除された。なにをしていたのか不明のままに、私は配置についていたが、「用具収め」で配置を降りた。

夜中に港の奥から、一隻の船がエンジンの音も高らかに出ていったが、翌朝には帰ってきた。それは掃海特務艇であるらしく、昨夜、B29が投下していたのは機雷であり、港口を封鎖していたものと判明した。そして、この掃海艇が一晩中かかって、掃海してきたもののようであった。

沿岸の哨戒飛行はかかさずつづけられており、最近は大陸奥地のP51の基地に連絡をとって、発見された時刻によって、往復四時間以内であるならばP51に攻撃される状態にあった。

水雷艇「初雁」の艦橋にも、P51の撃墜マークがふえてきていた。

艦はどこで発見されたものか、あるいは敵のスパイ監視員による通報で、封鎖にやってきたものかもしれなかった。

つぎの夜も機雷を投下し、掃海艇が出ていって朝に帰ってきた。

掃海艇は、船が港にはいればB29が封鎖にやってきて、こうしたことに慣れているのか、なにごともないように、ポンポンと軽快なエンジンの音を立ててかえってきた。補給品がなかなかそろわないのか、艦は三日間も停泊していた。

ようやく積載を終わり、四日目の朝に出港した。くるときには、幸いに会わなかった定期便に、帰りはかならず行き会うものと考えられたが、はたしてアモイを出て四時間ばかりしてB24に出会った。

すばやく配置につき、弾倉を装填し薬室に弾を入れた。

コンソリは高度を上げて遠く旋回しながら、しきりに艦のようすをうかがっているようである。

香港まで、あと二時間ばかりである。

海上がやや波だって、天候がわるくなりつつあった。そのままの状態で、敵機はつかず離れず追尾してくる。もしかすると、無電でP51の基地に連絡をとり、それの到着するのを待っているのかもしれない、と感じられた。しかし、約一時間後、コンソリはあきらめたように反転して去っていった。

艦はつぎの任務をもらうまでドックの岸壁に、ワイヤーをとって停泊した。割当ての食券をもらって上陸し、集会所にゆき、ビールや酒を飲んでは騒いで帰ってきたりした。

私は内地に帰りたいとも思わなかったし、内地がどうなっているか、くわしく知ることもできなかった。船に乗っていれば、敵機と潜水艦との戦いは、内地でも外地でも、同じことだくらいにしか考えていなかった。

二回目の任務は、ふたたびアモイに機雷百五十個をはこんでゆくことであった。触角が取りはずしてある丸い機雷が、気味わるく戦車庫におさめられ、艦は出港していった。

港外に出ると、全速を出した。アモイまで約六時間であった。

アモイ到着まであと二時間の地点で、B29と出会った。遠くの方を低空で旋回しながら、攻撃してくるようすもない。総員配置についたまま、にらみあいをつづけながら、時間が経過していった。まもなくアモイに到着するころになって、敵機は視界から去った。

しかし、油断はできない感じがした。機銃は仰角をかけ、装填したままにして、入港用意を行なった。アモイの岸壁に横づけ作業中は忙しい。それぞれの持ち場で、はやくワイヤーをとり、繋留して前扉を降ろし、ぶきみな荷物を上げてもらわなければならない。

艦橋指揮所に一名と、前部と後部に一名ずつの三名を見張りにのこして、全員が作業にとりかかっていた。

　突然、指揮所の見張りが、

「飛行機！」と大声を上げた。

　向かいの山から、ふいに機銃の撃ち上げる音がした。はっとして見上げると、太陽を背にしてさきほどのB29が、エンジンの音をしぼり、音もなく突進してくるのが見えた。高度は二千メートルぐらい。背をまるめて機銃に走り、いっきょに撃発起動梃を踏んだ。

　頭上にせまったB29の爆音と機銃の発射音にまじって、爆弾の落下音が、ザーッと聞こえ、向かいの山の影で、大きな爆発音三発が上がった。敵機は、そのまま一航過していってしまった。奇襲をしてきたのだが、爆弾ははずれて土砂をふき上げただけであった。

　しかし、もっとも忙しい時期をねらい、太陽を背にし、エンジンの音を消して、ふいに攻撃をしてきた敵機の戦法には感心させられた。途中であきらめたように姿を消し、じつは遠くからチャンスを待っていたのであろう。あるいはスパイから、艦がいまなにをしているのか、連絡を受けて攻撃してきたものかもしれない。

　日没まで、見張りは増員された。

　夜になると、沖合いに機雷投下の音がし、やがて掃海艇が出てゆくのも、前と同じであった。

　翌朝、艦は岸壁をはなれ、香港に帰ってきた。

香港に停泊中は毎日、サンパンに乗った姉妹が商売にやってきた。魚や野菜を持ち、残飯と交換にくるのであった。それは、朝食時にやってくるのがつねであった。

この姑娘に、新聞を持ってきてくれるようにたのんだら、翌日、漢文で埋まった新聞を持ってきた。日本語の新聞はないかと聞くと、「ある」というので、それをたのんだら、それからは日本版を持ってきてくれた。

残飯が少ないときには、

「少ない、もっと入れてくれ」

と空缶を振りまわして、艦から去らないでいるが、食べ残しを集めた残飯でなく、炊いて配食して残った飯をやるので、少ないこともあった。

しかし、つぎの日にもやってきて、けっこう商売になっているように思われた。

いよいよ内地も、本土決戦を期していることや、空襲が激しいことなどが、新聞によってわかった。戦いの推移がますますはげしくなり、全員が特攻とならなければならないときであるということが、ひしひしと身にせまってくるようであった。

七月下旬、三度目の任務として、上海の物資を受領にゆくこととなった。明朝〇八〇〇、出港ときまり、その前夜、重油タンクのある給油所に移動して、燃料補給をおこなっていた。

私は、見張り勤務を終わり、機銃台の弾薬箱の上に寝そべって、夜空の星を眺めていた。冷えた鉄が、背中からここちよく身体に伝わり、ウトウトとねむけを誘うようであった。

突然、爆弾が落下したような大音響がひびき、ボッと明るくなった。爆音もなにもしなかったのに、と思い、飛び起きて音のした舷門の方に走っていってみた。居住区からも乗員たちが飛び出してきた。岸壁と舷側のあいだが燃え上がっている。

「火を消せーッ、砂をかけろ」

だれかが指示している。五、六人が岸壁に走って、手で土砂をつかんで投げつけて、ようやく消火した。

この間に原因がわかった。機関科の補充兵が、重油タンクにはいった油量の点検を命ぜられてやってきたが、カンテラを持って点検し、重油ガスに引火、爆発したものであった。かれはすぐに病院にはこばれたが、下半身火傷で、不幸にも翌日、死亡した。

重油タンクがやぶれ、外舷がふくれ出して、亀裂した部分から海水がはいり、艦は左舷にすこし傾斜してきた。

機関長以下、機関科員が応急処置をして、艦の傾斜は止まり、排水ポンプによって傾斜が復旧した。

艦は上海出港が中止となり、修理のためにまたドックに上がることとなった。

ドックは火が消えたように静まり、修理になかなか着手しなかった。

敵機動部隊が本土周辺に接近し、艦砲射撃を加えたり、艦載機による空襲を強化して、いよいよ本土に上陸する気配が感じられた。

八月六日に新型爆弾が広島に使用されて、多大の損害を受けたと報じられた。艦の修理にとりかかる気配もなく、暑い陽ざしの下で汗をぬぐいながら、整備作業に明け暮れしていた。

八月十五日も整備作業で午前中を終わった私は、昼食後、午睡をしていた。

午後の作業前に目をさまして甲板に上がると、陽よけテントの下に、甲板士官や機関長、先任将校たちが椅子に身体を沈めるようにしてうなだれ、思いにふけっていた。いつもとちがう沈んだ空気であった。

午後の整備作業は別命あるまで中止、ということで、煙草盆のまわりに集まって、なにかあったのかと先任伍長に聞くと、

「よくはわからんが、終戦とか停戦とかの放送があったようだ」という。

情報にはやい通信長の唐沢上曹も、

「なんでも、ポツダム宣言を受諾するかどうかで、一時、休戦ということらしい」

と、長いあごをなでるばかりである。

私は要領をえないままに、機銃台に上がって機銃の各部に油をさした。休戦だ、停戦だという話がかわされ、台湾の航空隊は、一時休戦だから戦闘再開に備えて、この間に訓練をしておかなくてはならないと、猛訓練をはじめたという話も聞こえてきた。

補給される米は、玄米のような黒い米が補給されていた。すこしでも精米しようとして、米つき作業員が交代で出た。

やがて終戦であり、無条件降伏をしたことが判明したが、艦はなにごともないかのように静まっていた。

戦いに敗れたという実感が湧かなかった。根拠地司令部からも、特別な指令がこないよう

であった。

最後の軍艦旗

なにもすることのないままに、八月もすぎようとしていた。工員街のほうで、毎夜、爆竹の鳴る音がつづいたが、四、五日して、またもとのように静まった。ドックの守衛には、香港占領時に英軍とともに捕虜となったインド軍の兵士が、造船所長の監督下にはたらいていた。

六名ばかりが守衛として毎日、勤務し、水煙管《みずぎせる》でゴボゴボと音をたてて、煙草を吸っているのをよく見かけた。

彼らはいぜんとして、忠実に守衛に勤務していた。造船所は閉鎖したのか、工員は一人も出てこなかった。子供たちが二、三人でやってきては、艦のゴミ捨て場で吸殻を拾ってゆくのが見られるくらいで、とくに無条件降伏をしたからといって、変わったところはなかった。

八月三十一日の朝、グラマンやP51とちがう見なれない小型機が編隊でやってきて、港内をひとまわりして去っていった。

その日の午後に、駆逐艦を先頭にして巡洋艦、戦艦が静かに港口から姿をあらわした。

艦体は空色に塗装され、ポンポン機銃がならび、艦尾に洗濯物をなびかせ、艦橋、主砲、機銃台の上に雑多に立ったり、坐ったりして眺めている乗員が見えた。

空母は外洋に待機しているのか、港内には入ってこなかった。私たちはそのイギリスの艦隊を、甲板に立って眺めていた。

彼らの入港状態は、私の教育されたことや、いままで艦でやってきたことと、まったく違っていた。脱いだ上着やシャツが、砲塔やポンポン機銃の上に、たくさん見うけられた。煙草を吸いながら坐ったり、腰かけたり、立ったりして入港してくる艦隊を見ているうちに、はじめて、

「日本が負けたのか」

というくやしさと怒りのようなものが、私の胸にこみ上げてきた。

艦隊は港の中央に錨をおろし、夜はビルディングのような電灯を輝かせて、停泊していた。

九月にはいって、司令部から命令があった。

「九月十日までに、艦をそのままとして、九竜地区に集合せよ」というものであった。そのほかに、それにともなう処置事項が細かく指示されてきたようである。

その夜、酒保をひらいて、ひさしぶりに全員でさわいだ。艦に在庫の糧食も処分すべく、缶詰や汁粉など毎日のように出された。小銃の菊の御紋章をヤスリで削ったり、弾薬庫の機銃弾、砲弾の数量を数え、砲側や機銃台にある弾薬も集めて、弾薬庫におさめた。

機銃や高角砲、爆雷の分解手入れを、完全に行なったりして、けっこう忙しくなった。

英国の艦隊は一兵も上陸せず、ただじっと停泊しているのみであった。

九月九日、いよいよ艦を出る前日、私は身の回り品を衣嚢に入れ、整理をすますと機銃台に上がった。

夕暮れのそよ風が涼しい。甲板の前部から艦橋後部を眺めていると、乗艦いらいのさまざまなことが思い浮かんできた。戦死した人々の顔や傷をうけて倒れた場所などが、一度につぎつぎと思い出されてくるのだった。

司令部から、英国煙草とウイスキーがとどけられ、乗員たちに煙草一箱と、ウイスキーが五人に一本ずつ配給された。そのほかにも地元製の煙草が一人六十個ずつと、「ほまれ」十個ずつが支給された。

夜になって、艦全員で残してあった酒保用品をすべて出して、大宴会をひらいた。

一年間住みなれ、私をそだて、戦ってきた艦を去ることに、いくらさわいでも歌っても、なおたりないような思いがした。

翌朝〇八三〇までに、指定された場所に集合することになっていた。乗員たちは衣嚢をかつぎ、静かに岸壁に降り立ち、迎えのランチが着くところまで歩いた。

私は艦を、もう一度ふりかえった。無人の艦は、ドックの中に前扉を高くそびえさせ、機銃の覆いが風にふくらんでいる。

ランチに乗船し、朝もやのただよう港内を、九竜の波止場に向かった。太陽が高くなるにつれ、海上は急速に晴れ上がっていった。

突然、「君が代」のラッパが喨々《りょうりょう》と、近くで鳴りわたった。見ると「初雁」が、そこに繋留されてから、最後の軍艦旗を掲揚しているところであった。

朝風にはためく真新しい軍艦旗は、霧の晴れた青空にあざやかに映えた。

「敬礼！」

私はランチの上で、一心に挙手注目をしていた。「初雁」の乗員も力をこめて旗をあおぎ、ラッパは強く高く、港内にひびきわたっていった……。

水雷艇「初雁」。船団護衛に従事、二等輸送艦108号の菅原兵長らと苦楽をともにした「初雁」も、香港で終戦を迎えた

われもまた故山に帰る

菅原権之助君の手記は、右のようにして終わる。そして当の私は、八月十五日の終戦の詔勅の後、八月二十七日の早朝、船岡駅に着いた。身体だけは乗降口から降りたが、持物は窓から出してもらう。ホームに立てて背負ってみたが、どうも一人では立ち上がれそうもない。

やむなく車内へ向かって、

「だれか、ちょっと手を貸してくれ」

というと、ふたりばかりが急いで降りてきて、腕を入れた荷を引き起こしてくれた。

まもなくして汽車は動き出した。私は持物を背に腰をかがめたまま、

「さよなら、どうもお世話さまでした。お元気で」

と、別れの言葉を述べた。

この駅で降りた軍人らしいのは、私一人のようである。出札口で無賃乗車証明書を係へ手渡し、いちおう待合室にはいってみた。

早朝の駅舎内は閑散としている。昨夜も列車内で考えていたことではあるが、さて、これからどうするか、しばらくは思案していた。始発のバスで、まっすぐに帰宅しようか、それとも昼ごろにしたらいいのか、また一人では動かすにもらくではない荷物はどうすればよいか、などと自問自答をくりかえした。

しかし、明るいうちに家の戸口へ入るのだけは、どうしても避けなければならない。それがまず第一であった。敗残兵としての姿を、みんなの前にさらしたくないという偽らない心情であった。自分の力がおよばず、日本が敗れたという、なにか責任を果たし得なかったことへの悔恨が、ひしひしと胸を衝くのである。

隣り近所の人たちをはじめ、国民学校の児童生徒の歓呼の声、そして町長さんからの励ましの言葉に、自分は存分にこたえた仕事をやってきたのか、軍務に精励したといえるのだろうかと、若いながらに、その使命感を考慮せずにはいられなかったのである。

ともかく、ここで最終バスに乗ることとし、車内は混雑すると思ったので、近くの新聞販売店へいって、荷物を数日間あずけることにした。店主は二、三日ならさしつかえないから、隅の方へ置いていくようにという。

ふたたび駅の待合室にもどって、夕暮れを待った。

八月下旬の陽ざしは、まだまだ強い。ときどき腰をあげては、周辺の景色を見る。ホームの北の方、線路わきの土堤には、以前と同じように桜の木が果てもなくつづき、青い葉を繁らせていた。また、南西の方には、やはり桜の大木にかこまれた船岡城趾が、むかしのままに眠りこけているふうであった。

かつて、テレビ放映した『樅の木は残った』の悲劇の武将・原田甲斐の居城である。国道沿いに連なる山の中腹までもいかないところに、平坦地をこしらえ居城とした。

周囲ばかりか、各所に植えられた桜は、いまは大樹となり、春の開花のころは近隣の人々を招きよせていた。

駅舎を出てはまわりを眺め、足に疲れをおぼえると、駅舎にもどって腰をおろす。そのうち、郷里の方からバスがやってきた。小学校での一年先輩だった佐藤寿男氏と会う。彼とは行政区こそちがえ、二十メートルとも離れていない場所に住み、幼少時代からの遊び仲間である。

彼はとても足が早く、たまに喧嘩でもして追いかけられたら、もうどうしようもなかった。

「おお、いま帰ってきたのか」

「ああ、今朝の列車で帰ってきたところだ」というと、

「そうか、早く家へ帰って喜ばせてやれよ」と、彼はいう。

私は、しばらく口をつぐんでいたが、

「夕方に帰るつもりなんだ」

と話すと、彼はけげんな顔をしていたが、

「そうか、それでは、おれが早く帰ったら、家の方へ連絡しておくよ」

といいながら立ち去っていった。

なぜ、自分がすぐにも家へ帰ろうとしないのか、それはもとより、彼にはわかるはずはなかったろう。

なにかほかに用事でもあって、夕方には帰宅の予定らしいと考えたことだろうと思う。

そのあとも、同じ一年先輩の阿辺寿美子さんとも会った。やはり夕方には帰ることを告げる。

夏の一日は長い。私は昼食もとらずに、夕刻を待った。

懐かしいわが家、そして両親や弟妹、多くの幼友だち、みんな、ここより二十四キロはなれたところにいる。声をかければ、すぐに返事がかえってきそうな近くまでもどりながら、どうも足がすすまなかった。

夕方、最終バスに乗る。木炭バスは、ときおり唸りをあげながら、満員客を乗せて十二キロ先の角田駅まできた。

ここで下車し、あとの十二キロの道を歩くことに、すでに腹をきめていた。バス路線をではなく、その東側寄りの方向で、枝野、小斎両村をへて郷里へつづく道があった。この道路なら、そう知人と会うこともなかろうと思った。

陽はとうに西山に沈んでいた。市街を抜け桑畑の中に伸びる道を歩き、阿武隈川を越える。

澄んだ水がさらさらと流れている。細長く砂丘がどこまでもつづく。

あちこちで鳥が鳴きさわぐ。ふるさとの方を見ると、薄墨をぼかしたような彼方に、思い出ふかい「お舘山」の姿があり、正面には「鬼形山」があった。

暗くなるのも間近い。さあ、こんどは急ごう。一足、一足、それはもう疑いもなく、ふるさとへつづく道なのだ。

途中、かつて演習などが実施された真菰ヶ原へきたところ、夕闇が忍び寄ってきた。

急ぎ足のため、汗がふつふつと出てくる。たまに驚くような小鳥の叫びや、生い茂る萱の葉ずれの音が聞こえるばかりであった。

この萱野を出抜けると、一軒の農家があった。私はからからに乾ききった咽喉をうるおすため、一杯の水を所望した。

主人は、一目で海軍からの復員兵であると察したのか、水を手渡してくれながら、自分の息子も海軍で南方方面らしいが、まだ帰ってこないと話していた。

うまい水だった。ここの水も、故郷の金山の水も、変わりはないだろう。とてもおいしい飲み水であった。

元気が出てきた。昨夜の寝つかれぬ夜行列車、そして十二キロの徒歩も、もうそんなものは、なんでもない。故郷はすぐそこにあるのだ。

まもなく、金山の北端の集落である原町へはいった。

若い連中が暑さしのぎに道路へ出て、話し合っている。それは聞きなれた同郷の人々の言葉であり、しかも一級下の末野高保君の声であることがわかった。

「お晩です」

と、むかしながらの挨拶をした。彼はびっくりした。

「作郎ちゃんかい。いま帰ってきたのか？」

「うん、どうにか、こうして帰ってきたよ」

顔はたがいに、はっきりとは見えない。ただ、声を通じての親愛感だけは知るのである。

「いずれ、またな」と、別れる。

原町堤防を歩く。両側は田圃だ。百姓育ちの自分には、稲の匂いはわかる。長者山の近くにきたとき、ぷーんと鼻をつくものがあった。

「ははあ、泥の匂いだナ、そうだ。泥の匂いだ」

それは、なんとも言いえない喜びであった。故郷の泥の匂い――私はこのときほど、土の香り、泥の匂いというものに感動したことはない。生か死か、おそらく死の方に近いだろうと、いつも思いながら、ようやくたどりついた故郷、その故郷へ、いままぎれもなくもどったという実感が、じーんと胸をうつのであった。

――ただ一匹の虫けらのように、いまでいう人権などはどこにもなかった軍隊の二年二ヵ月の生活、それにお前はよく耐え抜いてきた。よくも頑張りつづけてきた。

ひとりでに、涙があふれてきた。これが生還の感激の涙なのか。もはやわが家まで数百メートルにせまった暗闇の道路に立ちどまって、私は私自身に語りかけ、そして励ました。

苦しさは九割強、楽しさは一割弱の苦難の生活。思い出の駒のかずかずが、きりきりと舞いながら、脳裏をかすめていった。

「よしッ。これでよしッ」

あれこれと思いつめ、考えぬいてまた故郷入り。みずから敗残兵などと、いままでもやもやと悩みつづけてきたことなどは、いっさい過去のことではないか！　いまは、ひたすらにぶじを祈ってくれていた家族との再会があるだけだ。

歩こう。急ごう。なんにも考えずに、わが家へ——。

わが家の前に立ち、

「ただいま帰ってきました」

と声をかける。

私が船岡まで帰っていたことは、佐藤寿男氏たちから、家族に連絡されていた。両親、そして弟妹たちが、大喜びで迎え入れてくれた。

私は数年後、このときの感動を、つぎの詩に表現した。

　　泥土の匂い

　終戦となり

二年ぶりに

郷土《くに》へ帰ってきたのは

まだ暑さも残っていた
八月下旬の或る夜だったが
あのときの
水路から掘りあげて間もない
泥土の匂いを
私は決して忘れてはいない
そして私はいまもなお
この土に黙々と
生き続けている

単行本　平成十四年五月「二人の海軍特年兵の記録」改題　光人社刊

執筆者の方でご連絡がとれない方があります。お気づきの方は御面倒で恐縮ですが御一報くだされば幸いです。

NF文庫

海軍特別年少兵

二〇二〇年五月二十四日　第一刷発行

著　者　増間作郎／菅原権之助

発行者　皆川豪志

発行所　株式会社　潮書房光人新社

〒100-8077　東京都千代田区大手町一-七-二

電話／〇三-六二八一-九八九一(代)

印刷・製本　凸版印刷株式会社

定価はカバーに表示してあります

乱丁・落丁のものはお取りかえ致します。本文は中性紙を使用

ISBN978-4-7698-3167-9　C0195

http://www.kojinsha.co.jp

NF文庫

刊行のことば

第二次世界大戦の戦火が熄《や》んで五〇年——その間、小社は夥しい数の戦争の記録を渉猟し、発掘し、常に公正なる立場を貫いて書誌とし、大方の絶讃を博して今日に及ぶが、その源は、散華された世代への熱き思い入れであり、同時に、その記録を誌して平和の礎とし、後世に伝えんとするにある。

小社の出版物は、戦記、伝記、文学、エッセイ、写真集、その他、すでに一、〇〇〇点を越え、加えて戦後五〇年になんなんとするを契機として、「光人社NF（ノンフィクション）文庫」を創刊して、読者諸賢の熱烈要望におこたえする次第である。人生のバイブルとして、心弱きときの活性の糧《かて》として、散華の世代からの感動の肉声に、あなたもぜひ、耳を傾けて下さい。

＊潮書房光人新社が贈る勇気と感動を伝える人生のバイブル＊

ＮＦ文庫

海軍戦闘機物語
小福田晧文ほか

秘話実話体験談で織りなす海軍戦闘機隊の実像

強敵Ｆ６ＦやＢ29を迎えうって新鋭機開発に苦闘した海軍戦闘機隊。開発技術者や飛行実験部員、搭乗員たちがその実像を綴る。

戦艦対戦艦
三野正洋

海上の王者の分析とその戦いぶり

人類が生み出した最大の兵器戦艦。大海原を疾走する数万トンの鋼鉄の城の迫力と共に、各国戦艦を比較、その能力を徹底分析。

どの民族が戦争に強いのか？
三野正洋

戦争・兵器・民族の徹底解剖

各国軍隊の戦いぶりや兵器の質を詳細なデータと多彩なエピソードで分析し、隠された国や民族の特質・文化を浮き彫りにする。

三号輸送艦帰投せず
松永市郎

苛酷な任務についた知られざる優秀艦

制空権なき最前線の友軍に兵員弾薬食料などを緊急搬送する輸送艦。米軍侵攻後のフィリピン戦の実態と戦後までの活躍を紹介。

戦前日本の「戦争論」
北村賢志

「来るべき戦争」はどう論じられていたか

太平洋戦争前夜の一九三〇年代前半、多数刊行された近未来のシナリオ。軍人・軍事評論家は何を主張、国民は何を求めたのか。

幻のジェット軍用機
大内建二

新しいエンジンに賭けた試作機の航跡

誕生間もないジェットエンジンの欠陥を克服し、新しい航空機に挑んだ各国の努力と苦悩の機体六〇を紹介する。図版写真多数。